AF191429

Das Buch

Über fünfundzwanzig Jahre ist es her, dass Lina und Joe ihre bepinselten Händchen gegeneinander drückten, um eine neue Farbe zu erschaffen – so einzigartig wie ihre Freundschaft. Als sie sich nun unerwartet auf einer Party wieder gegenüberstehen, wissen beide schnell: Dieses Mal ist es so viel mehr. Doch die Zeit hat Spuren hinterlassen, die eine Beziehung unmöglich zu machen scheinen …

Die Autorin

Elja Janus lebt mit ihrer kleinen Familie in Aachen, wo sie 1982 das Licht der Welt erblickte und ein Weilchen später Deutsche Philologie, Psychologie und Theologie studierte. Angetrieben von dem Glauben an die Liebe arbeitet sie heute als Paarberaterin und schreibt über eines der größten Gefühle der Welt.

Immer noch wir

Ein Roman von Elja Janus

Mehr zum Autor finden Sie auf
www.facebook.com/pg/eljajanusschreibt/ und
www.feuerwerkeverlag.de/elja-janus/

Abonnieren Sie auch unseren Verlags- und Autoren-Newsletter und
erfahren Sie so als Erster von unseren **Neuerscheinungen,
Autorennews** und exklusiven **Buch-Gewinnspielen**:
www.feuerwerkeverlag.de/newsletter

Originalausgabe März 2019
© FeuerWerke Verlag, alle Rechte vorbehalten
Maracuja GmbH, Laerheider Weg 13, 47669 Wachtendonk
Herstellung: Books on Demand GmbH
Printed in Europe
Umschlaggestaltung: Buchcoverdesign.de / Chris Gilcher –
buchcoverdesign.de unter Verwendung von
Adobe Stock: 91268220 (Leonid Ikan), 84396633 (alice_photo),
162297271 (purplebird)
Lektorat: Claudia Grundschok, Berlin

ISBN: 978-3-945362-51-8

Für R., die mir ein zweites Leben geschenkt hat.

Für alle, deren Herzen voll von Hoffnung oder Angst sind. Beides ist so wertvoll, wenn wir einander nur finden und ergänzen.

Kapitelübersicht

Kapitel 1

CAROLINA

JEDES Mal, wenn ich in seine Richtung schaue, ist sein Blick auf mich gerichtet. Jedes einzelne Mal. Seit beinahe zwei Stunden. Es ist ein seltsames Gefühl, nicht schmeichelhaft, aber auch nicht beängstigend – es wirkt beinahe wie eine Analyse, als wäre ich etwas, was zu Forschungszwecken tanzt.

Es kostet mich alle Mühe, nicht zu oft zu ihm rüber zu gucken, aber seine ungeteilte Aufmerksamkeit macht es mir nicht leicht, ihn einfach zu ignorieren.

Auf Ü30-Partys gibt es manchmal diese Typen, die eher Ü50 sind, sich irgendeine Beute ausgucken und nicht mehr entwischen lassen, wenn sie nur das geringste Interesse wittern.

Doch das hier ist anders.

Noch einmal streift mein Blick ihn. Und trifft genau auf seinen. Ich schaue ihn mit aller Strenge an. Da bildet sich eine steile Falte auf seiner Stirn, seine Augen werden schmal, seine Lippen sind ein einziger gerader Strich. Äfft er mich etwa nach? Aber anstatt wütend zu werden, muss ich bei seinem Anblick plötzlich lachen. Sehe ich wirklich so aus?

Sein Gesicht entspannt sich wieder. Und er lächelt. Er lächelt auf eine Art, die auch mich lächeln lässt, ob ich will oder nicht. So unsympathisch sieht er eigentlich gar nicht aus. Eher irgendwie das Gegenteil. Und irgendwie auch ganz süß.

Gespielt genervt verdrehe ich die Augen, wende mich dann wieder meinen tanzenden Freundinnen zu und lasse Zeige- und Mittelfinger durch die Luft Richtung Bar trippeln, begleitet von einem fragenden Blick. Bianca schüttelt den Kopf, Isabelle hebt als Bestellung ihr Cocktailglas. Hin und her taumelnd quetsche ich mich auf der

Tanzfläche durch die wogende Menschenmasse, lasse mir unterwegs von zwei Frauen auf die Füße treten und von einer anderen den erhobenen Ellenbogen gegen die Stirn rammen. Endlich an der Bar angekommen, habe ich den zweiten Drink noch nötiger und ordere meine Strawberry Margarita und Isabelles Tequila Sunrise, als ich merke, dass mich jemand von der Seite ansieht. Der Typ ist mir gefolgt.

„Was?", frage ich mit einem unterdrückten Lächeln. Aus der Nähe sieht er noch weniger unsympathisch und noch weniger unsüß aus als aus der Ferne.

Seine Brauen wandern amüsiert nach oben. Für einen Moment treffen seine Augen meine, und mich beschleicht eine Vorahnung und eine Erinnerung in einem.

„Ich kenne dich", ruft er ohne Vorgeplänkel über die Musik hinweg, und ich kann nicht mit Sicherheit sagen, ob es eine schlechte Anmache oder die Wahrheit ist.

„Ach ja?", frage ich argwöhnisch.

Ich kenne dich, flüstert jedoch auch ein unsicheres Stimmchen in mir.

„Ja." Er klingt erstaunlich sicher.

„Und woher bitte?", will ich wissen, während ich mit dem Barkeeper Cocktails gegen Geld tausche.

Die Schultern des Fremden heben sich, um im nächsten Moment wieder hinabzufallen. „Ich habe keine Ahnung."

Wenn ich seine Miene richtig deute, weiß er nur zu gut, wie blöd ihn das dastehen lässt.

Aber dieses Lächeln … Es ist eindeutig mehr Erinnerung als Vorahnung. Wie ein leises Anklopfen der Vergangenheit. Von einer Sekunde auf die andere bin ich mir sicher, dass seine Augen braun sind, obwohl ich es in dem schummrigen Licht nicht erkennen kann. Ein warmes Braun.

Wer bist du?

Die mit Sicherheit braunen Augen werden schmaler, während er mich weiterhin aufmerksam mustert. Schnell nehme ich einen Schluck aus meinem Glas.

„Sag Bescheid, wenn du es weißt." Und aus einem mir unbekannten Grund muss auch ich lächeln. Um die Spuren meiner eigenartigen Freude zu verwischen, wende ich mich schnell ab, um mich auf den Weg zu meinen beiden besten Freundinnen zu machen.

„Erwischt, ich hab dein Lächeln genau gesehen." Selbst durch die dröhnende Musik kann ich hören, dass sein Grinsen noch breiter geworden ist. „Und zwar nicht zum ersten Mal."

Kurz drehe ich mich noch einmal um, um ihm mit meinem Cocktail zuzuprosten, und sehe gerade noch, wie er sich mit vor der Brust verschränkten Armen und dem gleichen Fragezeichen im Gesicht wie zuvor gegen die Bar zurücksinken lässt.

Als ich bei Isabelle ankomme und ihr den Cocktail in die Hand drücke, ist Bianca verschwunden. Doch ehe ich mich suchend umblicken kann, weist Isabelle zum Rand der Tanzfläche, wo sich die Dritte in unserem Bunde mit einem gutaussehenden Typen unterhält. Isabelle verzieht das Gesicht, als wolle sie sagen: Klar, dass sie wieder einen Volltreffer landet. Aufmunternd lächle ich ihr zu und stoße mit ihr an, ehe wir weitertanzen.

Im Laufe der nächsten Lieder stellen sich meine Schuhe langsam als schlechte Wahl für diesen Abend heraus. Ich gebe Isabelle ein Zeichen, setze mich an einen der kleinen, runden Tische am Rand und schlüpfe leise fluchend aus dem Schuh, als von der anderen Seite des Tisches eine Stimme erklingt.

„Verrätst du mir deinen Namen?"

Da schleicht sich ohne Erlaubnis ein Grinsen auf meine Lippen, und ich nehme schnell einen Schluck meines Cocktails, damit er es nicht bemerkt. Ich muss nicht hinübersehen, um zu wissen, wer mir ein weiteres Mal gefolgt ist.

„Nein."

„Soll ich dir meinen sagen?"

„Nein."

Ich vertrage definitiv nicht so viele Cocktails, wie ich bräuchte, um jede meiner Gefühlsregungen zu überspielen. Aus einem unerfindlichen Grund mag ich seine Art, die mir bei anderen extrem auf die Nerven gehen würde.

„Du bist hart." Er klingt enttäuscht, doch als ich zu ihm sehe, zeigt sein Gesicht das gleiche Lächeln, das ich krampfhaft unterdrücke. Sein Blick liegt auf den in immer unterschiedlichen Farben aufblitzenden Tanzenden. „Du hättest dich nicht hingesetzt, wenn du nicht mit mir reden wolltest." Aus dem Zucken in seinen Mundwinkeln schließe ich, dass er es nicht ganz ernst meint.

„Ich sitze, weil ich die falschen Schuhe anhabe, du Wichtigtuer."

„Quatsch", sagt er und winkt gespielt lässig ab.

Ich muss lachen. Da guckt er wieder zu mir und lächelt; so ehrlich, dass es durch mich hindurch wandert und überall kleine, federleichte Spuren hinterlässt.

„Du findest mich einfach wahnsinnig charmant."

„Ungemein." Übertrieben eifrig nicke ich, was nun ihn zum Lachen bringt, während er sich durch das dunkle, gewellte Haar fährt, dessen Unordnung mir so vertraut erscheint wie seine Mimik.

Wer bist du?

„Wer bist du?", fragt er. Liest er meine Gedanken? „Komm schon, gib mir einen Tipp."

Anscheinend macht ihm das Rätselraten irgendwie Spaß, genau wie mir. Es ist, wie mit einem alten Freund herumzualbern.

„Wie alt bist du?", forscht er weiter.

„Fünfunddreißig. Und nur zu deiner Info: Sollte ich dich jemals charmant gefunden haben, liegt diese Phase nun offiziell hinter uns." Nicht wirklich, denn da ist wieder dieses Lächeln auf seinem Gesicht, dieses extrem schöne Lächeln.

„Damit kann ich leben. Ich bin vierunddreißig."

Tadelnd schnalze ich mit der Zunge, obwohl er es wohl kaum hören kann. „Du hättest wenigstens den Anstand haben können zu sagen, du wärst auch fünfunddreißig."

„Du hast schöne Augen. Macht es das wett?"

Ich verdrehe die angeblich schönen Augen. „Kannst du hier doch gar nicht sehen."

„Ich kann vielleicht die Farbe nicht sehen. Aber das schlechte Licht macht mich nicht blind. Wenn das bei dir der Fall ist, sind wir mit unserer Mission, den anderen zu erkennen, sowieso aufgeschmissen."

„Das ist *deine* Mission, nicht unsere." Wir wissen beide, dass das nicht ganz der Wahrheit entspricht.

„Also, ich heiße -"

„Nein", fahre ich dazwischen, und er sieht so zufrieden aus, als habe er mich reingelegt.

„Siehst du, es macht dir Spaß." Sein Grinsen ist beinahe so breit wie sein Gesicht. Der Anblick löst das Gleiche in mir aus wie der Moment, nach einer langen Reise wieder die eigene Wohnungstür aufzuschließen. Das Grinsen des Fremden ist wie ein Stück zu Hause. Es ist seltsam. Und schön.

„Ganz vielleicht ein ganz wenig", gestehe ich ihm zu, und er lehnt sich immer noch selbstzufrieden auf seinem Stuhl zurück.

Isabelle wirft mir einen beleidigten Blick zu, weil sie weiterhin allein tanzt und sie sich nun wahrscheinlich auch noch von mir verraten fühlt. Also stehe ich auf und teste, ob meine Füße noch eine Weile durchhalten werden. Geht.

„Ich geh mal wieder tanzen, Fremder", kündige ich an.

„Hau bloß nicht ab, ohne dich zu verabschieden."

„Als würde mir das gelingen. Du starrst mich doch eh die ganze Zeit an."

Er zuckt mit den Schultern. „Vielleicht versuchst du, durchs Toilettenfenster zu entkommen."

Ich unterdrücke ein Lachen. „Langsam machst du mir Angst."

„Stimmt nicht." Selbstsicher zwinkert er mir zu, und in mir regt sich das Bedürfnis, ihn zu schubsen, in der Hoffnung, ihn damit auch innerlich ein wenig aus dem Gleichgewicht zu bringen. Warum auch immer.

„Ciao, Fremder", verabschiede ich mich anderthalb Stunden später.

Mittlerweile tanzt er selbst und hat tatsächlich nur noch zwischendurch zu mir herübergesehen. Vielleicht hat er verstanden, dass er das Rätsel nicht allein gelöst bekommen wird.

„Ciao, Fremde. Sehen wir uns wieder?"

Was soll ich darauf antworten? Erstens weiß ich nicht, worauf seine Frage abzielt, und zweitens will ich ihm nicht zu viel von mir verraten. „Wir werden sehen."

Seine Bewegungen verebben, und er schaut mich direkt an. „Du hast das gleiche Gefühl, oder?"

Zum ersten Mal blitzt so etwas wie Unsicherheit in seinen Augen auf, und für einen kurzen Moment überlege ich, ob ich das nicht länger genießen sollte. Dann entscheide ich mich dagegen, weil ich ihn mag und ich das Gefühl nicht loswerde, dass in dem bekannten Unbekannten mehr Unsicherheit schlummert, als er mir bis jetzt gezeigt hat.

„Ja, das habe ich", erwidere ich, und in diesem Moment bin ich sicher, dass er eine schöne Erinnerung ist. „Viel Spaß noch."

Und dann stehen wir voreinander und wissen nicht weiter.

„Das ist schräg." Er fährt sich durchs wirre Haar und mir scheint, er ringt genauso mit dem Wunsch, mich zu umarmen, wie ich es bei ihm tue.

Am Rand der Tanzfläche wird Bianca nörgelig; sie hat eine unterirdische Laune, seitdem ihre neue Bekanntschaft mit einer anderen herumknutscht.

Mit größter Mühe reiße ich mich innerlich von dem Fremden los, ehe ich mich mit ein bisschen Abschiedsschmerz in der Bauchhöhle abwende. Sein letztes Lächeln ist im Vergleich zu den vorherigen extrem schmallippig.

Du hast es ja selbst so gewollt, grummelt es in mir.

Nein, hab ich nicht, hält ein anderer Teil dagegen, und ich muss Letzterem unweigerlich recht geben.

Also drehe ich mich noch einmal um und blicke direkt in das zugleich fremde und vertraute Gesicht. Fragend legt er den Kopf ein wenig schief, und irgendetwas in mir wird bei diesem Anblick weich. Ich gehe zu ihm, lege ihm einen Arm um den Hals, stelle mich auf die Zehenspitzen, und während ich spüre, dass sein Arm meinen Rücken umfasst, flüstere ich in sein Ohr: „Ich bin nächstes Mal wieder hier."

Nachdem wir uns losgelassen haben, schaue ich noch einen Moment in seine erleichtert lächelnden Augen, die ganz bestimmt braun sind, ein warmes Braun, bevor ich meine verwirrt dreinblickenden Freundinnen erreiche.

„Wer war das denn?", fragt Isabelle und mustert ihn über ihre Schulter hinweg.

„Ich habe keine Ahnung", sage ich und kann den Blick des Fremden noch deutlich auf meinem Rücken spüren.

Kapitel 2

CAROLINA

„TUT mir leid, ich weiß, dass ich das jetzt zum x-ten Mal frage, aber du weißt noch immer nicht, wer er ist?"

Ich verdrehe die Augen in Biancas Richtung und rühre dann aufstöhnend in dem Cappuccino, den mir die Kellnerin soeben gebracht hat. „Nein."

Es macht mich ja selbst verrückt. Vielleicht hätte ich ihm doch einfach meine Nummer geben oder ihn wenigstens nach seinem Namen fragen sollen.

Seit beinahe vier Wochen denke ich ständig über ihn nach. Ich male mir Geschichten aus, um der Wahrheit über uns, der Erinnerung an ihn auf die Pelle zu rücken. Ich denke mir Geschichten aus, seitdem ich ein kleines Kind bin – hätte ich meine Fantasie nicht, hätte ich meinen Job nicht. Aber dieses Mal will sie sich einfach nicht fügen. Ich bin meine Freunde, meine Bekannten, irgendwelche Partys der vergangenen Jahre durchgegangen. Ich bin zu meiner Mutter gefahren, um alte Klassenfotos anzuschauen.

Nichts. Niemand.

Je mehr Gesichter mir meine Erinnerungen eingeben, desto mehr vergesse ich das eine Gesicht, für das ich einen Namen suche, eine Beschreibung, irgendetwas. Immer wieder blitzt kurz sein zur Seite geneigter Kopf auf, sein unordentliches, gewelltes Haar, seine bestimmt braunen Augen, aber wenn ich ihn zu fixieren versuche, verschwindet er im Nebel oder verzerrt sich, als hätte ich ihn in ein Spiegelkabinett geschoben.

Dennoch bin ich mir sicher, sein Gesicht, sein Lächeln, selbst seine Stimme aus beliebig vielen wiedererkennen zu können. *Wenn* ich ihm wiederbegegne, wenn er nur auftaucht.

Bitte sei da!

„Ich halte ja schon die Klappe", unterbricht Bianca mein Nachsinnen. „Ich finde es nur so aufregend. Was machst du, wenn er da ist?"

„Ich habe wirklich keine Ahnung", gebe ich zu.

„Du könntest ihn einfach küssen." Das würde Bianca tun.

„Wieso sollte ich ihn einfach küssen?"

„Weil es irgendwie heiß ist. Er sieht echt gut aus, und du könntest vielleicht mit einem Sex haben, den du aus einem früheren Leben kennst."

„Eben noch sollte ich ihn nur küssen", gebe ich lachend zurück.

Gespielt genervt rollt sie mit den Augen. „Herrgott, Caro, lass das Leben doch einfach mal auf dich zukommen."

Es ist nicht ernst gemeint. Ich lasse das Leben ständig auf mich zukommen, noch nie war ich ein Fan ausführlicher Pläne. Nur mit zwanglosen Affären habe ich es im Gegensatz zu Bianca nicht im Geringsten.

„Du meinst, ich sollte vorsorglich anfangen, die Pille wieder zu nehmen, weil ich womöglich in ein paar Tagen mit einem Sex haben werde, dessen Namen ich nicht einmal kenne?"

„Jetzt schwimmen wir auf einer Wellenlänge." Wohl wissend, dass das kein ernst gemeinter Vorschlag war, zwinkert sie mir zu.

„Du kommst doch mit, oder?"

„Als würde ich mir das entgehen lassen. Und Isabelle ist auch dabei."

Zumindest stehe ich dann nicht ganz so blöd da, falls er nicht auftaucht.

„Apropos." Ich nicke in Richtung Tür, während ich meinen Laptop vom leeren Stuhl in meine riesige, von bunten Blumen überwucherte Tasche räume, um Isabelle Platz zu machen.

„Wow, ist das kalt geworden." Sie schüttelt sich wie ein nasser Hund, ehe sie sich auf den freien Stuhl fallen lässt, aus ihrer Jacke schlüpft und die weiße Mütze von ihrem dunkelbraunen, kinnlangen Bob zieht. Sofort legt er sich wieder genau so hin, wie es sich für einen Bob gehört. Einmal mehr beneide ich sie um ihre wohlerzogenen

Haare. Würde man fünf beliebige Tage meines Lebens auswählen, lägen meine schulterlangen, wirren Locken fünfmal anders.

„Du bist doch Samstag dabei, oder?", hakt Bianca gleich nach.

Isabelles Kopf dreht sich ruckartig zu mir. „Weißt du etwa was Neues?"

„Nein", stöhne ich genervt – vermutlich weniger von der ständigen Fragerei als von der Antwort, die ich geben muss.

„Frag ihn einfach am Samstag." Ohne meiner Gereiztheit Beachtung zu schenken, lächelt sie die Kellnerin an und bestellt durch das Heben meiner Tasse ebenfalls einen Cappuccino. „Und ja, ich bin dabei", sagt sie dann und strahlt mich mit funkelnden braunen Augen an.

„Ganz ehrlich: Glaubt ihr, dass er kommt?"

Jetzt stöhnt Bianca auf. Sie und Isabelle haben diese Frage in den vergangenen Wochen in etwa so oft gehört wie ich ihre danach, ob ich etwas Neues wisse.

„Ja", erwidern beide langgezogen im Chor.

Verlegen gucke ich auf den Tisch. Ein Teil von mir ist fest davon überzeugt, dass er kommt. Ein anderer gerät bei dem Gedanken, ihn nie wiederzusehen, in hellen Aufruhr. Sonst bin ich weniger der Typ für verpasste Chancen.

„Wie läuft das Buch?", will Isabelle wissen.

Meine Schultern zucken müde. „Schreibblockade."

„Wieso?"

Weil meine Geschichten immer ins Stottern geraten, wenn ich es auch tue. Und gerade stottere ich nur so vor mich hin, weil ich an der Aufgabe verzweifle, ein Puzzleteil zu finden, das wie fünfhundert andere zu einem einheitlich blauen Himmel gehört, ohne das Teilchen versuchsweise einfach mal anlegen zu dürfen.

„Keine Ahnung", murmle ich, um das Gespräch nicht wieder auf den Fremden zu bringen. „Wird schon wieder. Und bei dir in der Schule?"

Isabelle seufzt. „Pubertierende können einem so was von auf den Geist gehen. Es steht schon wieder die nächste Klassenkonferenz vor der Tür, weil sie ihre geistigen Fähigkeiten lieber ins Mobben als in ihre Hausaufgaben investieren."

„Zwölf Wochen Ferien im Jahr", säuselt Bianca, und ich grinse, während Isabelle sie böse anfunkelt.

„Sagt die Frau mit Freikaffee auf Lebenszeit", schnaubt sie dann.

„Dir ist schon klar, dass der Kaffee nicht umsonst geliefert wird? Aber wo wir gerade davon sprechen ..." Sowohl für ihr Alter als auch für ihre schlanke Statur erhebt sich Bianca etwas zu schwerfällig von ihrem Stuhl. „Ich geh dann mal wieder an die Arbeit." Mit diesen Worten richtet sie ihre Schürze, wirft ihre langen, dunkelblonden Haare zurück, küsst uns auf die Wangen und verschwindet hinter der Theke. Sogleich scheinen sich ihre Angestellten neu zu ordnen, so als wollten sie vor der Besitzerin einen guten Eindruck machen.

„Also ..." Grinsend lehnt sich Isabelle in ihrem Stuhl zurück. „Was ziehst du Samstag an?"

Ich weiß nicht, ob ich sie lieben oder schlagen soll, weil sie wieder mit dem Thema anfängt, um das meine Gedanken ohnehin ständig kreisen.

Kapitel 3

CAROLINA

SEIT einer endlos langen Dreiviertelstunde tanzen wir zu dritt, während ich andauernd nervös zum Eingang schiele. Wir sind früh dran, dennoch werde ich immer unsicherer, ob er kommen wird. Unsere Begegnung liegt einen Monat zurück, und ich frage mich, ob er auch nur eine Minute seiner Zeit verschwendet hat, um mir in seinen Gedanken einen Platz einzuräumen.

In der Hoffnung, Zeit und Nervosität totzuschlagen, stehe ich inzwischen an der Bar, um mir einen Drink zu holen. Der Mann auf der anderen Seite des Tresens übergeht mich bereits zum dritten Mal, als von der Seite eine erstaunlich vertraute Stimme erklingt. „Ich kenne dich."

Der Satz zupft behutsam an meinen Mundwinkeln, noch bevor ich mich umdrehen kann.

„Ist das deine Masche?"

Sein Gesicht verzieht sich in gespieltem Schrecken. „Oh nein, hab ich das schon mal bei dir versucht?"

„Das war bereits das vierte Mal", flunkere ich, und seine Miene wird noch erschrockener.

„Oh, verdammt. Hat es beim ersten Mal funktioniert?"

„Hey, du hast gesagt, das war die beste Nacht deines Lebens", rufe ich empört.

Er streicht sich über das Gesicht, so als wäre er peinlich berührt. Die kleine Geste löst in mir das unerwartete Bedürfnis aus, Biancas Idee in die Tat umzusetzen und ihn einfach zu küssen. So etwas habe ich noch nie gemacht. Und jetzt tue ich es auch nicht.

„Ach, das warst du. Ja, war super. Wiederholen wir das bald?"

Grinsend schüttle ich den Kopf.

„Du bist wirklich hart."

„Du erinnerst dich also doch", erwidere ich mit hochgezogenen Brauen.

Jetzt lacht er ohne Deckung. „Und? Hattest du eine tiefgreifende Erkenntnis über mich?"

Zum ersten Mal seit vier Wochen nervt mich die Frage so überhaupt nicht.

„Nein. Und du über mich?"

Ich kann mir bereits denken, wie seine Antwort lautet. Und tatsächlich schüttelt er nur bedauernd den Kopf.

„Darf ich für die Dame etwas mitbestellen?", fragt er dann. „Strawberry Margarita?"

„Gut geraten." Es macht mich übertrieben glücklich, dass er sich erinnert. „Gerne, der Typ hinter der Bar scheint eher auf Dunkelhaarige zu stehen."

„Na, dann lasse ich mal meinen Charme spielen." Er zwinkert mir zu, und als der Barkeeper das nächste Mal vorbeikommt, bestellt er ohne Probleme.

„Okay, das war ein wenig beeindruckend", gebe ich zu. „So, dann schauen wir mal, wie viel bei der Drink-Sache nur Glück war. Rate noch etwas über mich", fordere ich ihn heraus.

„Was kriege ich, wenn ich richtigliege?" Er klingt nicht weniger herausfordernd.

„Nichts da. Ich habe einen Wunsch frei, wenn du falsch liegst."

Resigniert lacht er auf, während er die Getränke entgegennimmt und bezahlt. Noch während ich mich bedanke, ist er bereits woanders.

„Deine Augen sind blau." Seine Stimme klingt sicher.

„Richtig. Weiter."

„Du bist dran."

Ich hatte es befürchtet. Und irgendwie gehofft.

„Deine Augen sind braun."

Er nickt und lehnt sich gegen die Bar, um mich genauer zu mustern. Ich weiche seinem Blick nicht aus und überlege mir in der Zeit schon meine eigene nächste These. Es ist nicht nur sein lässiger Look mit T-

Shirt und Jeans in einem Laden, in dem die meisten Männer Hemden tragen, als müssten sie ihren Singlestatus durch zumindest scheinbaren beruflichen Erfolg rechtfertigen. Er hat etwas auf eine clevere Art Witziges, etwas Waches, was immer in Bewegung ist. Er wirkt, als hätte er Spaß daran, seine Gedanken nicht einzusperren wie wilde Tiere, die es zu zähmen gilt. Ich glaube eher, dass er mit ihnen über Wiesen tobt, um anschließend mit ihnen zu picknicken.

„Du hast mindestens einen Bruder oder eine Schwester. Ich tippe auf männlich", reißt er mich aus meinen Gedanken.

„Richtig. Einen Bruder. Und du machst beruflich etwas Kreatives."

Den Kopf hin und her wiegend wägt er ab. „Mülltonne rauf", sagt er und folgt seinen Ausführungen mit den Händen, „dazu die Frage, ob links oder rechts, über den Müll sinnieren, wie er sich als buntes Allerlei neu anordnet, Mülltonne runter, neue Mülltonne rauf ... Doch, ich glaube, ich lasse es durchgehen."

„Du bist zu gütig."

„Möööp", macht er, als sei er ein Buzzer, der auf eine falsche Antwort reagiert. „Daneben."

„So ein Glück, dass du dran warst."

„Verdammt." Um seinen gespielten Ärger zu unterstreichen, schlägt er leicht mit der Faust auf die Theke. „Dein Lieblingsfilm ist die totale Schnulze."

„Möööp, falsch."

„Denkst du. Denken Frauen immer. Was ist dein Lieblingsfilm? Kleine Warnung: Wenn du jetzt *Schlaflos in Seattle* oder *Tatsächlich ... Liebe* sagst, bin ich weg."

„Verlockend, aber nein. *Matrix*, erster Teil."

„Okay, ich gebe zu, dass ich trotz dieser Neo-Trinity-Sache nicht ganz richtiglag. Also, was willst du?"

Er nimmt einen Schluck von seiner Cola, und es kommt mir vor, als tue er es, um seine Unsicherheit zu überspielen.

Was soll ich mir denn nun wünschen? Ich wünschte, ich wüsste, wer er ist. Ich wünschte, wir würden ewig weiter die Fremden spielen. Kurz: Ich bin verwirrt.

„Tanz mit mir", sage ich. Eine Übersprunghandlung, das ist mir schon klar.

Der Fremde guckt amüsiert. „Oh, wie unschuldig sie doch ist."

„Möööp", mache ich nur, weil mir gerade etwa eine Milliarde Bilder durch den Kopf schießen, die allesamt klarmachen, wie nah man sich beim Tanzen kommen kann. Auch wenn ich nicht vorhabe, meine Tagträumereien in die Tat umzusetzen.

Es läuft *This girl* von *Kungs vs Cookin' on 3 Burners*, irgendwie kein Lied, bei dem man sich mal eben näherkommt, und womöglich ist das das Beste, was mir passieren kann. Man sieht ihm an, dass er gerne tanzt, und ich bin überrascht. Beim letzten Mal stand er die meiste Zeit ja nur am Rand, um mich zu beobachten. Ab und zu weht ein Hauch des Geruchs des Fremden herüber, und ich muss an eine neulich gelesene Studie denken, in der es darum ging, wie wichtig der Geruch für die Partnerwahl ist. Dieser hier riecht unglaublich gut.

Als das Lied zu Ende ist, tanzen wir noch ein weiteres, dann legt er den Kopf schief und weist mit dem Kinn auf zwei freie Stühle. Es sind genau die beiden, auf denen wir einen Monat zuvor saßen, nachdem mir meine Schuhe vorübergehend einen Strich durch die Rechnung gemacht hatten. Zum ersten Mal in meinem Leben bin ich dankbar für unbequeme Schuhe, wenn auch nur rückblickend.

„Du bist dran", fordert er mich auf, sobald ich mich auf den Stuhl ihm gegenüber habe fallen lassen. Leider hatte ich auf der Tanzfläche zu viel Spaß mit ihm, um mir nebenbei eine neue These zu überlegen.

Denk, Caro, denk nach ...

Durch meinen Kopf schleicht ein Bild von ihm, joggend im Wald mit seinem Labrador oder irgendeinem Hirtenhund. „Du hast einen Hund."

Kurz zuckt in seinem Gesicht etwas. „Seit einem Jahr nicht mehr. Wie werten wir das?"

„Als Fettnäpfchen?" Ich presse die Lippen aufeinander. „Tut mir leid."

„Ich habe schon mehr verloren." Durch sein wiedergekehrtes Lächeln blitzt einen winzigen Moment lang echter Schmerz. Am liebsten würde ich ihm noch einmal sagen, dass es mir leidtut. Denn das tut es. Sehr.

„Also, ich lasse es durchgehen." Nachdenklich streicht er sich mit dem Daumen über das Kinn, und schon wieder möchte ich ihn küssen. Was ist denn nur los mit mir?

„Du hast studiert", rät er.

„Richtig. Du hast eine Schwester."

„Möööp. Einen Bruder." Die Freude über meinen Fehler blitzt in seinen Augen auf.

„Mist. Älter oder jünger?"

Einer seiner Mundwinkel hebt sich minimal, bevor er sich ein Grinsen nicht ganz verkneifen kann. „Älter."

Forschend mustere ich ihn, um dem Grund für seine Belustigung auf die Schliche zu kommen, aber anscheinend will er es beim Grinsen belassen.

„Also, was willst du?"

Bitte, sei besser im Wünschen als ich!

Er rückt seinen Stuhl ein Stück in meine Richtung. „Schau mir eine Minute lang in die Augen, ohne wegzusehen."

Amüsiert lache ich auf. Damit habe ich nicht gerechnet.

„Das ist nicht so leicht, wie du denkst", verteidigt er sich.

„Für uns beide wohlgemerkt", ergänze ich.

„Wir werden sehen."

Er legt sein Handy auf den Tisch und timt eine Minute. Wir blicken einander in die Augen, und er startet den Countdown.

In meinem Bauch schwebt für einen Moment ein Kribbeln, als würde eine Fliege in mir surrend ihre Runden drehen. Ich muss grinsen, und er lächelt zurück, wobei sich seine Augen kurzzeitig verkleinern und die Fältchen, die sie umranden, sich vertiefen. Das ist verdammt sexy.

Nach den ersten Sekunden entspannen sich unsere Gesichter, und als erstes fällt mir die Wärme in seinen Augen auf. Dann erkenne ich etwas anderes, wie eine Schicht tiefer verankert – eine Traurigkeit, die mir selbst die Tränen in die Augen treibt, als habe sie etwas mit mir zu tun.

Überrascht blinzle ich, und er lächelt leicht, als hätte er geahnt, dass genau das passieren wird. Es ist, als erlaube er mir für einen wortwörtlichen Augenblick, in ihn hineinzusehen. Mit einem Mal fühle ich mich ihm so nah, dass ich kurz davor bin, mich doch noch über den Tisch zu beugen und meine Lippen auf seine zu legen. Ich sehe den Kuss geradezu vor mir. Langsam. Innig.

Sein Blick wird sanft, doch in dem Moment, in dem ich mich frage, was er wohl in meinen Augen liest, nehme ich wie aus weiter Ferne das Blinken des abgelaufenen Timers wahr und kehre in die Realität zurück. Eine extrem laute Realität. Bis gerade eben hat eine Stille, die es gar nicht gegeben haben kann, den hohen Raum bis unter die Decke gefüllt, sodass ich mir sicher war, hören zu können, wenn der Barkeeper zehn Meter weiter einen Strohhalm fallen lassen hätte. Der Fremde greift zur Seite und stoppt den lautlosen Alarm, ohne seine Augen von mir zu lösen.

„Und?", fragt er dann, während sich sein Oberkörper ein kleines Stück von meinem entfernt. „Um eine Erkenntnis reicher?"

„Ja." Ich weiß jetzt, dass ich dich unbedingt kennenlernen will. Dass ich wissen will, welche Traurigkeit in dir vergraben ist. Dass ich herausfinden möchte, wie sich deine Lippen auf meinen anfühlen. Dass ich dir liebend gerne deinen Namen direkt ins Ohr flüstern würde, um dir zu zeigen, wie lächerlich nah ich mich dir gerade fühle. „Aber nicht um die, nach der ich seit einem Monat suche. Und du?"

„Dito", sagt er nur.

Wir raten weiter. Er wünscht sich von mir, dass ich die Schuhe ausziehe und mich vor ihn stelle, um zu wissen, wie groß ich ohne Absätze bin – gut zehn Zentimeter kleiner als er. Wir hätten auch einfach Größenangaben austauschen können, aber er besteht auf dem direkten Vergleich. Wieder will ich ihn küssen, als ich auf Höhe seines Halses einatme – ein Deo? Ein Eau de Toilette? Ich kenne den Duft nicht, aber aus der Nähe ist er noch besser als beim Tanzen.

Nach und nach finde ich immer mehr Neues über ihn heraus. Ich liege richtig mit der Einschätzung, dass er nie Alkohol trinkt – seine knappe Begründung lautet: „Kontrollfreak". Und dass er wie ich hier in Aachen geboren wurde, stimmt auch.

Bei seiner nächsten falschen These – ich habe keine Katze – fordere ich sein Ausweisfoto. Mit einer großen Rede über einen schlechten Tag für Fotos inklusive einer Nebenerklärung dazu, dass es eigentlich nur schlechte Tage für Fotos gäbe, zeigt er es mir. Den Rest der

Ausweiskarte verdeckt er mit der Hand. Wieder huscht etwas wie eine Erinnerung durch mich hindurch, die mehr durch das Gehörte als durch das Gesehene ausgelöst wird. Und doch: Es bringt mich keinen Schritt weiter.

Immer wieder schauen Bianca und Isabelle herüber, ohne dass sie heute auch nur versuchen, mich zum Tanzen zu animieren. Gegen eins geben sie mir ein Zeichen, dass sie gehen wollen, begleitet von der stummen Frage, ob sie mich allein lassen können. Lächelnd nicke ich ihnen zu, und der immer vertrautere Fremde folgt meinem Blick und macht dann ein überzogen nachdenkliches Gesicht.

„Wieso macht sich eigentlich keiner Sorgen, ob du eine Serienkillerin bist, die Männer um die Ecke bringt, die sie unaufgefordert an der Bar anquatschen?"

Ich muss lachen. Ich mag seinen Humor. Ich mag seine ausgeprägte Mimik. Irgendwie mag ich alles an ihm.

Bianca winkt mir noch einmal zu, und Isabelle schickt mir eine Kusshand. Dann sind wir nur noch zu zweit unter den restlichen paar hundert Menschen.

„Bist du allein hier?", frage ich.

„Möööp", macht er, und ich lächle.

„Was willst du?", frage ich, auch wenn es eigentlich gar keine These war.

Kurzzeitig verrät mir sein Blick, dass wir das Gleiche wollen. Aber das wird er nicht tun. Oder? Nein. Oder?

Vermutlich war mein Blick für einen Moment so leicht zu deuten wie seiner, denn er lacht auf. „Lass uns noch mal tanzen", bittet er dann mit sanfter Stimme.

Er hat einen besseren Zeitpunkt erwischt. Es läuft *Feel it still* von *Portugal. The Man.* Zum ersten Mal kommt mir das Lied extrem sinnlich vor. Die Tanzfläche ist überfüllt, und ich tue nichts dagegen, dass mich die Meute sich rhythmisch bewegender Menschen in seine Richtung treibt.

Mehrmals stoße ich gegen ihn, zuerst nur mit dem Arm oder der Schulter. Dann streift seine Hand meinen Unterarm, und irgendwann liegt eine seiner Hände an meiner Hüfte, während eine meiner eigenen

Hände zu ertasten versucht, ob sie sein nervöses Herz oder nur den dröhnenden Bass wahrnimmt. Seine Augen weichen meinen nicht aus. Stück für Stück schiebt sich seine freie Hand in die Haare an meinem Nacken. Es scheint ihm nichts auszumachen, dass sie feucht sind vom Tanzen.

„Ich weiß, ich bin nicht dran mit Wünschen, aber …", sagt er so leise, dass ich es gerade noch hören kann, und seine Augen lassen meine einfach nicht entwischen, während sein halber Satz zwischen uns vibriert.

Angehaltener Atem und wild klopfendes Herz.

Meine Hand hebt sich wie von allein und streicht mit den Fingerspitzen von seiner Schläfe in sein unordentliches, ebenfalls verschwitztes Haar hinein. Sein Daumen streift leicht über meine Lippen. Dann beugt er sich herab, und sein Daumen macht Platz für seinen Mund.

Kawumm, kawumm, brüllt mein Herz über die Musik hinweg, und ich presse meine Lippen fordernder auf seine, sodass der festere Griff in meinem Nacken wohl nur die logische Konsequenz ist.

Ich will ihn. Ich flippe gleich aus, so sehr will ich ihn.

Seine Zunge schleicht über meine Lippen, die sich bereitwillig öffnen. Ich hoffe, er hört mein übertriebenes Aufstöhnen nicht, als seine Zungenspitze meine trifft. Seine zweite Hand legt sich wie selbstverständlich auf die Stelle zwischen meinem unteren Rücken und meinem Hintern, und er zieht mich näher an sich heran.

„Lass uns verschwinden", flüstert er in mein Ohr, und zu meiner Überraschung höre ich es, nicke ich. Auch er sieht mich ein wenig erstaunt an, lächelt dann aber und zieht mich hinter sich her von der Tanzfläche.

Die Garderobe ist leer, sodass wir nicht lange für unsere Sachen anstehen müssen. Sonst wäre ich ohne gegangen.

Sobald wir an der frischen Luft sind, zieht er mich an sich und küsst mich wieder so, dass mein Verstand keine Möglichkeit hat, gegen meine Entscheidung zu protestieren.

„Wohin?", fragt er atemlos. Sein Gesicht ist meinem so nah, dass ich das Wort schmecken kann.

„Ich wohne um die Ecke." Wie ich höre, bin auch ich außer Atem. Und wie ich höre, nehme ich ihn mit nach Hause.

„Perfekt", murmelt er, schon wieder halb an meinem Mund.

„Ich hab nicht aufgeräumt", fällt mir blödsinnigerweise ein.

„Perfekt", wiederholt er noch einmal, mich lächelnd küssend. Die Antwort ist verwirrend sexy. Und der lächelnde Kuss ist es auch.

„Hier entlang." Ungeduldig ziehe ich ihn hinter mir her, weil es kalt ist und ich auch sonst unbedingt nach Hause will.

Erst an meiner Haustür fällt mir mein Namensschild ein, doch er scheint gar nicht zu versuchen, auf unfaire Mittel zurückzugreifen, um meinen Namen herauszubekommen. Er sieht nirgendwo anders hin als in meine Augen oder auf meine Lippen.

„Ich pfusche nicht", bestätigt er mein Gefühl.

Seine gemurmelten Worte machen mir bewusst, was ich hier gerade tue. Ich kenne nicht einmal seinen Namen. Mein kurzes Zögern entgeht ihm nicht.

„Wir müssen das nicht machen", sagt er mit rauer Stimme, doch mir fehlen seine Lippen, weil er sich ein paar Zentimeter von mir entfernt hat, um meine Reaktion einzuschätzen. Ich rechne ihm das verdammt hoch an. Aber jetzt soll er mich wieder küssen.

Lächelnd ziehe ich ihn an seiner Jacke wieder zu mir herunter und werde mit einem weiteren ebenso lächelnden Kuss belohnt.

Sobald ich in meiner Wohnung das Licht einschalte und das Wohnzimmer inklusive Küchenzeile mit seinen Augen sehe, wird mir bewusst, dass ich nicht übertrieben habe. Auf dem weißen Sofa liegt noch die zerknüllte rote Wolldecke, der Laptop thront obenauf, die meisten Ausdrucke der ersten Romankapitel runden den liebevoll errichteten Turm ab, einige wenige der Papiere liegen auf dem Boden verstreut. Auf dem kleinen, alten Holztisch davor steht sowohl die Kaffeetasse vom Morgen als auch die vom Nachmittag, die Küchenzeile versteckt sich unter dem Mittagsgeschirr, weil ich nicht dazu gekommen bin, die Spülmaschine auszuräumen. Zumindest nicht ganz. Wegen der Hälfte, die ich ausgeräumt habe, stehen sowohl die Spülmaschine als auch zwei Schranktüren offen.

Angestrengt überlege ich, wie viele Outfits ich heute Abend in meinem Schlafzimmer anprobiert und dann liegengelassen habe, voller Hoffnung, den wiederzusehen, der nun mit mir auf das Chaos blickt. Die meisten habe ich wohl weggeräumt. Wenigstens das.

„Glaubst du mir, wenn ich erschrocken gucke und vorgebe, hier wäre eingebrochen worden?", frage ich, mich zu ihm umdrehend.

„Klar." Nur ein Wort aus seinem Mund und es ist mir egal, wie es hier aussieht.

Zum ersten Mal sehe ich ihn im Licht – seine braunen Haare, die nicht ganz so dunklen warmen, braunen, wachen Augen, seine helle Haut, seine schönen Schultern als i-Tüpfelchen auf seinem schlanken, sportlichen Körper. Er ist alles andere als eine Enttäuschung. Ich hoffe sehr, er sieht das in Bezug auf mich genauso.

„Stimmt aber nicht", murmle ich, von seinem Anblick und der Situation ein wenig eingeschüchtert.

„Hab ich mir gedacht." Sein Lächeln wird noch breiter, und in meinem Bauch kitzelt es, als würden bunte Seifenblasen platzen.

Um meinem Körper etwas zu tun zu geben, gehe ich an ihm vorbei und schließe die Wohnungstür, durch die der Oktoberwind kalt hereinzieht. Dann stehen wir voreinander und rühren uns beide nicht.

„Tut mir leid, ich bin eine Chaotin", entschuldige ich mich, nur um wenigstens irgendetwas zu sagen.

„Keine Ahnung, ob das dazu führt, dass du dich besser oder schlechter fühlst, aber in mir sieht es mindestens genauso aus", sagt er sanft.

Im letzten Moment kann ich mich noch davon abhalten, meine Jacke und den Schal einfach über den nächsten Stuhl zu werfen. Stattdessen hänge ich sie gemeinsam mit seiner Lederjacke fein säuberlich an der Garderobe hinter der Tür auf.

Es ist seltsam. Einerseits will ich ihn unbedingt küssen, andererseits ist die Situation so schräg, dass ich keine Ahnung habe, wie ich anfangen soll. „Willst du was trinken?", frage ich deshalb und bin schon an der Küchenzeile, um die offene Schranktür zu schließen und die mit den Gläsern zu öffnen, als ich ihn hinter mir spüre.

„Nein, eigentlich nicht."

Sein Atem streift meinen Nacken, den Ausgangspunkt für die Gänsehaut, die sich einmal über meinen gesamten Körper schleicht. Seine Lippen legen sich behutsam auf die Stelle unter meinem linken Ohr und formen dort einen sanften Kuss. Das Gleiche tun sie an meinem Hals und – dann erstarrt er.

„Oh Gott", murmelt er. Aber es ist kein *Oh Gott* der Erregung, das er nur vergessen hat zu flüstern, sondern eher ein *Herrjemine*, wenn er Worte wie Herrjemine benutzen würde. Was er wohl nicht tut.

Ich frage mich, ob mein Deo versagt hat, ob seine auf meinen Hüften liegenden Hände mehr gefunden haben, als er in der vorherigen Dunkelheit erwartet hat. Dann höre ich an seinem Atem, dass er lautlos lacht, während sich seine Hände von mir lösen und er einen kleinen Schritt zurücktritt. Das alles passt gerade so gar nicht hierher, nicht zu meinem Gefühl, nicht zu meinen Erwartungen.

Irritiert drehe ich mich um. Stück für Stück gibt die auf seinem Mund liegende Hand seine ungläubige Miene frei. Das dazugehörige Kopfschütteln, das eher die Zeitlupenversion eines echten Kopfschüttelns darstellt, wirkt so verstört, wie ich es bin. Will er lachen? Ist er vielleicht kurz davor auszuflippen?

„Tut mir leid." Er räuspert sich und fährt sich mit beiden Händen durch das Haar, um sie dann im Nacken verschränkt liegenzulassen. Blöderweise fällt mir bei der Geste auf, wie schön seine Arme sind, ehe er wieder redet. „Aber ich kann das jetzt nicht."

Soll ich heulen oder ihn einfach vor die Tür setzen? In diesem Raum ist gerade zu viel, was ich nicht verstehe. Inklusive mir selbst. Ich kann ihn nur anstarren.

„Halt mich bitte nicht für ein Arschloch, Carolina", murmelt er sanft und lässt die eindeutig zu schönen Arme wieder sinken.

Mein Atem setzt aus, mein Herzschlag für einen Moment gleich mit. Mein Name hallt in meinen Ohren nach.

„Wie hast du mich gerade genannt?" Meine Stimme klingt wie nach zu vielen Zigaretten und noch mehr Whiskey, doch ich bin froh, dass ich überhaupt etwas herausbekommen habe.

„Deshalb kann ich es gerade nicht." Kurz schließt er die Augen und fährt sich mit der Hand über das Gesicht, als könne er die Realität dadurch verscheuchen oder zumindest so tief einmassieren, dass es ihm gelingt, sie zu begreifen. „Ich weiß, wer du bist."

„Woher? Seit wann?"', stammle ich. „Seit einer halben Minute, und wenn ich dir sage, woher, weißt du auch, wer ich bin. Willst du das?"

„Keine Ahnung." Das ist eindeutig die Wahrheit. Ich bin nur durcheinander. „Kaum jemand nennt mich Carolina", füge ich überflüssigerweise hinzu.

„Hab ich damals auch nicht." Wieder dieses sanfte Lächeln. „Aber ich wusste nicht, ob ich etwas verrate, wenn ich dich anders nenne."

„Du kannst mich Caro nennen." Ich klinge verwirrt. Ich *bin* verwirrt.

Beinahe lacht er, ohne dass ich wüsste, wieso. „Ich werde dich nicht Caro nennen."

Mein Kopf droht zu platzen. Tausend Fragen quetschen sich gleichzeitig in ihn hinein, sodass am Ende keine wirklich zu mir durchdringt.

„Soll ich gehen?"

Ich reagiere nicht.

„Wir können auch einfach etwas trinken oder räumen deine Spülmaschine aus und ein oder so." Er meistert die Situation um einiges souveräner als ich. Aber er ist auch eindeutig in der überlegenen Position.

„Du bist eine gute Erinnerung, oder?" Die Angst vor einem Nein ist so groß, dass meine Stimme zittert.

„Das hoffe ich." Er lächelt und fügt nach einer Weile hinzu: „Für mich bist du eine der besten. Eine aus der Zeit, bevor mein Leben in zu viele Stücke zerbrach." Zu meiner Überraschung ist sein Tonfall der eines Freundes.

Ein Teil von mir will immer noch so gerne mit ihm schlafen, noch mehr als zuvor. Ein anderer fühlt sich unterlegen und verkriecht sich in der am weitesten entfernten Zimmerecke.

Will ich wissen, wer er ist? Wenn er mir nur sagen könnte, ob ich es nachher wieder rückgängig machen will.

Aufmerksam betrachtet er mein Gesicht, während er einfach dasteht, an den Esstisch gelehnt und die Hände hinter sich auf die über hundert

Jahre alte Holzplatte gestützt, als gehe er hier regelmäßig ein und aus. „Brauchst du Abstand?"

„Ich weiß nicht. Vielleicht?" Mir kommt es vor, als habe er gerade alle Antworten, während ich eine einzige, riesengroße Frage bin. Wenigstens eines muss ich wissen. „Würdest du nach der Erkenntnis immer noch mit mir schlafen wollen?"

Ein liebevolles Lächeln breitet sich auf seinem Gesicht aus – es beginnt in den Augen und wandert dann weiter bis auf seinen Mund, der so gut küssen kann. „Absolut. Aber ich würde auch verstehen, wenn es dir zu schräg wäre."

Wie ich darauf reagieren soll, weiß ich nicht, also bleibt unser Gespräch ein Monolog.

„Was hältst du davon, wenn ich dir meine Telefonnummer hierlasse, und du rufst an, wenn du einfach mal einen Kaffee trinken oder was essen gehen möchtest? Oder wenn du nicht selbst drauf kommst und wissen willst, wer ich bin."

Immer noch benommen nicke ich.

„Okay, hast du etwas zum Schreiben?"

Von dem kunstvoll errichteten Haufen auf meinem Sofa hole ich einen der Ausdrucke und einen Stift. Über den Tisch gebeugt schreibt er seine Nummer auf das Blatt. Voller Staunen blicke ich erst auf die Zahlen, dann in sein Gesicht. Ich bezweifle, dass ich jemals solch eine Handschrift gesehen habe. „Die Zahlen sehen aus wie gemalt." Mich überkommt das Bedürfnis, mit dem Finger darüber zu streichen, in der Hoffnung, sie dann auch zu fühlen. Sie sind so schön.

Er zwinkert mir zu. „Wärmer." Es klingt, als spielten wir Topfschlagen. „Darf ich dich noch eine Sache fragen?"

Ich bin mir sehr sicher, dass das nicht fair ist, weil er doch eh schon alles weiß. „Okay", sage ich trotzdem.

„Bist du glücklich?"

Eine seltsame Frage. Doch er stellt sie so ernsthaft, dass ich nicht daran zweifle, dass er die Antwort wirklich hören will. „Meistens ja", antworte ich also ehrlich.

„Das ist gut." Kurz lächeln wir uns an. Dann geht er zur Garderobe, nimmt seine Jacke vom Haken und öffnet die Wohnungstür, ehe er noch einmal ungläubig den Kopf schüttelt. „Tut mir leid", sagt er dann. „Oh Mann, du glaubst nicht wie sehr."

„Mir auch." Mehr als erwartet.

Er umarmt mich, bevor er den Flur entlanggeht und ich die Wohnungstür hinter ihm schließe. Die Wohnung fühlt sich trotz der Unordnung plötzlich leer an.

So sehr ein Teil von mir Angst davor hat, seine Identität herauszufinden, so wenig kann ich aufhören, darüber nachzudenken. Er hätte es mir nicht sagen müssen, er hätte einfach mit mir schlafen können. Er scheint also zumindest Respekt vor mir zu haben. Und er will mich wiedersehen.

Schritt für Schritt gehe ich die Situation noch einmal durch. Er hat gesagt, wenn er mir verrät, woher er es weiß, dann weiß wiederum ich, wer er ist. Es ist also nichts wie ein Muttermal oder etwas anderes an mir. Ich hatte mit dem Gesicht zur Küche gestanden, er auch. Ich stelle mich hin wie einige Minuten zuvor und betrachte die Küche. Hat er die Schränke oder Geräte eingebaut? Das passt nicht zu ihm, und ich glaube, er wäre mir damals aufgefallen. Er wäre etwas anderes als eine warme Erinnerung. Außerdem wüsste er dann wohl kaum meinen Vornamen. Ich betrachte das dreckige Geschirr – keine persönlichen Gegenstände oder Souvenirs darunter. Mein Blick gleitet weiter nach rechts, und mein Herz stolpert hinterher, um dann ein ungläubiges *Kawumm* zu wispern.

An der Pinnwand ein Foto. Eine fast Siebenjährige und ein Sechsjähriger am letzten Tag ihrer gemeinsamen Kindergartenzeit. Sie, den Kopf voller wirrer, mittelblonder Korkenzieherlocken, grinst und präsentiert dadurch ihre erste Zahnlücke; er – ein paar Zentimeter kleiner - hält ihre Hand und guckt mit leicht schief gelegtem Kopf und wachen, braunen Augen trotz seiner Angst vor Fotos gottgeben ebenfalls in die Kamera.

Johannes und Carolina.

Er hatte Angst, der zweite Teil ihres Namens fühle sich vernachlässigt, weil alle sie nur Caro nannten - eigentlich hatte er vor den meisten Dingen Angst. Sie teilte ihm zuliebe die Sorge in Bezug auf seinen Namen, weil alle ihn nur Hannes nannten, fand Jo aber bereits als Vierjährige zu uncool, sodass sie ihn nach einem Cowboy aus dem Fernsehen benannte. Johannes und Carolina. Lina und …

Joe.

Ich stürze zur Tür und reiße sie auf. Dann bleibe ich wie angewurzelt stehen. Er lehnt an der gegenüberliegenden Wand wie eben noch an meinem Küchentisch.

„Gut gemacht, Sherlock. Hab mir schon gedacht, dass du nicht lockerlässt."

„Joe", flüstere ich ungläubig, während sich seine Augen, sein Grinsen, seine Haare, sein Lachen in meinem Inneren zusammenfügen zu dem Jungen, den ich sechs Jahre lang bis zum Ende des dritten Schuljahres meinen besten Freund genannt habe, ehe er für drei Jahre wegzog.

„Hey, Lina", sagt er und lächelt beim Klang seines Spitznamens, den er vermutlich so lange nicht mehr gehört hat wie ich meinen.

Joe und Lina.

Die Kombination lässt sich wohlig seufzend an der Rückwand meines Herzens nieder, als hätte die Stelle schon lange auf die Rückkehr der beiden gewartet.

Ich habe keine Ahnung, wie ich zu ihm in den Hausflur gekommen bin, und doch umarme ich plötzlich Joe. Meinen Joe. Während ich sein leises Lachen an meinem Ohr höre, schließen sich seine Arme so liebevoll um meinen Rücken, dass ich nicht glauben kann, dass er jemals nicht da war. In meinem Leben, in meinem Herzen. Und als seine Hände sanft über meinen Rücken streichen und sein Atem mein Ohr streift, ist mit einem Mal neben all dem Vertrauten auch das Verlangen wieder da. Am Kragen seiner Jacke ziehe ich ihn zu mir herunter, damit er mich küsst.

Und das tut er.

Langsam bewegen wir uns in meine Wohnung, wo ich ihm die Jacke wieder ausziehe, die auf den Boden fällt.

„Darf die hier liegenbleiben?", neckt er mich leise, und ich lache ebenso leise, bevor er mich erneut küsst.

Jeder eine Hand am Geländer der engen Wendeltreppe und eine im Nacken des anderen, Lippen an Lippen steigen wir Stufe um Stufe hinauf zum Dachgeschoss, wo sich Schlaf- und Arbeitszimmer und das zweite Bad befinden.

Im Schlafzimmer angekommen, bleiben wir eine Weile im schummrigen, gelblichen Licht stehen, das von den Straßenlaternen hereingeworfen wird, und küssen uns, küssen uns, küssen uns. Seine Finger streifen über meine Wirbelsäule und die frei liegende Haut am oberen Rücken, meine Hände streichen unter seinem T-Shirt über die warme Haut an seinem unteren Rücken. Sonst tun wir nichts als uns zu küssen, zu küssen, immer wieder zu küssen.

Fühlt sich so ein One-Night-Stand an?

Ich hatte noch nie einen, hatte noch nie Sex mit einem Fremden, auch wenn Joe nicht wirklich fremd ist.

Was tust du hier?, fragt der Teil, der sich eben noch in der Ecke verkrochen hatte.

Was immer es ist, mach weiter, fleht der andere, der schon zuvor nichts anderes wollte als ihn auszuziehen.

Als habe Joe die innere Diskussion belauscht und wolle nun seine Argumente in den Ring werfen, lässt er seine Hände tiefer sinken und schiebt langsam mein Top hoch. Er ist mir seltsam vertraut, während seine Berührungen so fremd sind, und seine Hände auf all den Stellen meiner Haut zu spüren, die diese Hände noch nicht kennen, lässt mich aufseufzen.

Ich hebe die Arme, sodass er mir das Oberteil über den Kopf ziehen kann. Der Stoff vor meinen Augen verschwindet, und ich sehe seine Lippen lächeln, ehe sie von der Beuge meines noch hochgereckten Armes hinunter zu meiner Schulter und meinem Hals wandern.

Sein T-Shirt fällt neben meinem Top zu Boden, und ich küsse alle Stellen seines Oberkörpers, die ich erreichen kann, während er meinen BH aufhakt und mich langsam Richtung Bett schiebt. Mit einem leichten Stoß schubst er mich auf die Matratze. Keine Sekunde später ist sein Körper über meinem, er schiebt den BH von meinen Schultern, und sein Mund wandert zu meinen Brüsten, meinem Bauch, dem Bund meines Jeansrocks, meiner Taille, meinen Brüsten, meinem Hals, meinem Mund.

Ich flippe aus.

Ich rolle uns herum, sodass ich über ihm bin und nun wieder meinen Mund auf Wanderschaft über seinen Oberkörper schicken kann, während meine Hände seine Jeans aufknöpfen. Zwischendurch zieht er mich hoch, um mich zu küssen, und sobald seine Jeans den Boden berühren, wirft er mich wieder grinsend herum, um mir meinen Rock und die Strumpfhose auszuziehen und sich meine Beine entlang zu küssen. Er verweilt an meiner Kniekehle, während seine Hände über meinen Oberkörper streichen. Jede noch so kleine Reaktion meines Körpers scheint er vorherzusehen. Sein Lächeln berührt meine Haut noch bevor ich aufstöhnen kann.

Alles passt so perfekt zusammen, wie ich es noch nie erlebt habe. Gleichzeitig bin ich aufgeregt, als hätte ich noch nie zuvor mit einem Mann geschlafen.

Die eine Hand in seinem Haar vergraben ziehe ich ihn zu mir hoch, um seine Haut wieder an meiner zu spüren, dann schiebe ich mein Bein zwischen seine. Es war noch nie so befriedigend, das Stöhnen eines Mannes an meinen Lippen zu hören, ehe seine Zunge in meinen Mund gleitet. Meine Hand drängt sich in seine Boxershorts, ich höre sein Seufzen, seine Zunge sucht noch sehnsüchtiger nach meiner. Dann löst er sich von mir und sieht in meinen Augen vermutlich das gleiche Zittern wie ich in seinen.

Diese Augen. Er ist es wirklich.

Ich ziehe seine Boxershorts aus, bevor sein Daumen über meinen Slip streicht, sodass ich aufstöhnend den Kopf in den Nacken lege und die Augen schließe. Als ich sie wieder öffne, liegt sein zärtlicher Blick auf mir. Er streift mir den Slip ab und fährt mit seiner Hand zwischen meine Beine. Ich bin mehr als bereit.

Blind öffne ich meinen Nachttisch und taste nach der bunt gemusterten Metalldose mit den Kondomen. Kaum habe ich mich zur Seite gedreht, um sie zu öffnen, wandern seine Lippen meine Wirbelsäule entlang bis zu meinem Nacken. Ich erschaudere. Würde nicht alles in mir nach ihm schreien, würde ich mich nicht bewegen. Aber so drehe ich mich wieder zu ihm, gebe ihm ein Kondom und schiebe die Dose einfach vom Bett, als ich die restlichen silbernen Hüllen nicht sofort wieder untergebracht bekomme. Angesichts meiner Ungeduld wird sein Lächeln breiter.

Die Hände fest um meine Hüften zieht er mich schon im nächsten Augenblick vor sich. Er beobachtet mich genau, und als er fast ganz in mir ist, zieht er mich noch das letzte mögliche Stück an sich heran. Ich keuche auf. Beinahe herausfordernd lächelt er auf mich herab, sodass ich durch alle Erregung hindurch auch lächeln muss, und lässt sich dann auf mich sinken, um mich zu küssen. Ich schlinge meine Beine um ihn und streiche mit der Rückseite meiner Finger seinen Rücken hinab und mit den Fingerspitzen wieder hinauf bis in sein Haar. Er fühlt sich so unsagbar gut an in mir, auf mir, bei mir. So nah.

Das, was zwischen uns passiert, hat etwas unerwartet Zärtliches, wie seine Lippen meine streicheln, wie seine Finger durch meine Haare fahren, er sich zunächst langsam wieder in mir bewegt. Er lässt mich keine Sekunde aus den Augen, alles fühlt sich so seltsam ehrlich an wie nur weniges in meinem bisherigen Leben.

Lina und Joe.

Kurz nachdem ich laut aufstöhne, erstarrt er über mir. Es ist wie die Ruhe vor dem Sturm vor der Ruhe – Frieden und Zerstörung gleichzeitig in diesen paar Herzschlägen, die nur uns beiden gehören.

Dann lässt er sich, seine Lippen auf meinen, mit seinem gesamten Gewicht auf mich sinken. Ich höre ihn an meinem Ohr ausatmen, bevor er meine Schläfe entlang küsst und an meinem Haar tief einatmet. Ich drehe mein Gesicht zur Seite, sodass wir uns Nasenspitze an Nasenspitze ansehen, während er noch auf mir liegt. Diese Augen, in die ich unzählige Male gesehen habe, machen mich zutiefst glücklich. Nichts als glücklich.

Er dreht den Kopf minimal, um seine Lippen auf meine zu legen, wir schließen die Augen, und genau wie ich atmet er langsam durch die Nase.

Ich atme aus. Er atmet ein.

Er atmet aus. Ich atme ein.

Ich aus. Er ein.

Er aus. Ich ein.

Seit einer Ewigkeit habe ich mich nicht mehr so lebendig gefühlt wie in dem Moment, in dem sich meine Lunge mit der Luft füllt, die eben noch in Joes Lunge war. Ja, da ist nur Glück. Und Leben.

Ich fliege. Ich fliege, aber ich falle nicht.

JOE

Während ich Linas Luft atme, habe ich nach so vielen Jahren wieder das Gefühl, dass sich meine Lunge bis zum Rand füllt. In mir regt sich eine leise Angst, sie ihr womöglich wegzunehmen, doch das überraschende Bedürfnis nach ungebändigtem Leben hindert mich daran, meine Lippen von ihren zu trennen.

Irgendwann lösen sich unsere Münder doch voneinander, und erstaunlicherweise kann ich weiteratmen. Langsam rolle ich mich von ihrem warmen Körper herunter und kann ihr Lächeln geradezu in meiner Brust spüren, sobald ich es auf ihrem Gesicht sehe. Der Anblick ist so vertraut, ich kann nicht anders als mitzumachen.

Zum ersten Mal stelle ich mir nach dem Sex nicht die Frage, ob ich bleiben oder gehen soll. Mehr noch. Ich will bleiben. Ich hoffe, ich darf bleiben. Lina legt ihren Kopf auf meine Schulter und küsst meinen Hals. Es fühlt sich an wie eine Antwort, obwohl ich mich nicht getraut habe, die Frage zu stellen.

Eine Weile liegen wir nur da, sie streicht mit der Nase über meine Haut und küsst immer wieder meinen Hals, mein Ohr, meine Wange. Zwischendurch kitzeln mich einzelne Locken, doch ich mag sie nicht wegstreichen. Viel zu zärtlich bewegen sich meine Fingerspitzen über ihre Schulter und ihren Arm.

Aus dem Fenster in der Dachschräge über uns schaue ich in das beruhigende nächtliche Nichts.

Ihre Haut ist so weich, dass meine Hand ein Leben lang nichts anderes mehr berühren müsste, um glücklich zu sein. Noch während sich der Gedanke einen Platz in meinem Herzen sucht, an dem er wohnen kann, ohne allzu großen Tumult anzurichten, merke ich es: Es ist etwas, was ich lange nicht mehr in dieser reinen Form gefühlt habe. Es ist wie eine vage Erinnerung. Eine Erinnerung, wie Lina es bis vor einer Stunde auch noch war.

Glück.

Es überrumpelt mich, denn es hat sich beinahe unbemerkt in mich hineingeschlichen. Vielleicht habe ich es in dieser Intensität auch einfach nur nicht wiedererkannt.

Ich wende Lina mein Gesicht zu, sie sieht auf und küsst mich zärtlich, ehe ich ihr vom Glück erzählen kann. Als sie die Decke über unsere nackten Körper zieht, fühle ich mich an die selbstgebauten Höhlen erinnert, in denen wir uns früher gemeinsam vor der Welt versteckt haben.

Mich lässt das Gefühl nicht los, dass ich etwas Großes, etwas von enormer Bedeutung sagen müsste, weil unser Wiedersehen so voller Bedeutung zu sein scheint. Und das Glück sollte ich womöglich auch nicht übergehen. Aber ich habe Angst, dass ich es verscheuche, wenn ich mir dessen noch mehr bewusstwerde. Vielleicht will ich es aber auch nur nicht ganz fühlen. Das Große. Das Glück.

„Das Fenster ist perfekt", murmle ich und meine eigentlich den Moment.

Ich kann ihr Lächeln an meiner Wange fühlen. „Das Fenster ist der Grund, wieso ich die Wohnung unbedingt haben wollte", flüstert sie kitzelnd, und das Ungesagte in ihren Worten – das Gemeinsame – krabbelt von meinem Ohr warm durch mich hindurch und legt sich gemütlich zusammengerollt in meinen Bauch.

Der Moment ist noch perfekter als perfekt, und ich bin mir nicht sicher, ob ich das aushalte. Plötzlich rührt sich in mir doch das Verlangen aufzustehen und zu gehen. Sofort. Das alles hier könnte *zu* groß für mich sein. Ich muss die aufkeimende Panik knebeln, damit ich nichts Blödes sage, um gewaltsam etwas zu zerstören.

„Wie ist es, Müllmann zu sein?", säuselt sie an meiner Wange.

Leise lache ich auf, weil sie etwas Blödes gesagt hat, ohne dass es blöd war. „Befreiend. Den ganzen Tag nur eine einzige Entscheidung: links oder rechts?"

„Und dazwischen die Vorstellung, wie der Müll als sich immer wieder wandelndes, buntes Durcheinander ein neues Bild malt."

Ich fühle mich seltsam verstanden. „Genau", murmle ich und bekomme das Lächeln nicht weggewischt, nicht einmal weggedacht, nicht weg aus meinem Gesicht. Ich kann mich beim besten Willen nicht daran erinnern, wann mir das das letzte Mal passiert ist. Ist mir das überhaupt schon mal passiert?

„Klingt gut", sagt sie.

Ich bin mir sicher, dass sie mir den Müllmann nicht abgekauft hat. Aber in diesem Moment weiß ich, dass sie mich als Müllmann nicht weniger mögen würde. Dieses unsinnige Gespräch macht mit einem Mal erstaunlich viel Sinn.

„Bist du Autorin?", frage ich sie, an den Wust von bedrucktem Papier auf ihrem Sofa denkend.

„Ja." In ihrer Stimme schwingt ein Hauch Überraschung mit. „Woher weißt du das?"

„Du glaubst nicht, wie viele Normseiten im Müll landen."

„Nachdem ich am Anfang sehr viel bei Verlagen eingeschickt habe, ohne dass sich jemand für meine Bücher interessiert hätte, kann ich mir das vorstellen", spielt sie weiter mit und küsst auch weiterhin mein Gesicht. Auf eine noch immer beängstigende Weise fühlt sich das gut an, sehr gut. So vertraut und unbekannt zugleich.

„Erinnerst du dich an das Fenster im damaligen Haus meiner Eltern?"

Anstatt zu antworten, lächle ich.

„Deshalb wollte ich diese Wohnung. Danach habe ich meinen ersten Buchvertrag bekommen. Am Anfang stand hier mein Schreibtisch."

Einen Moment lang reise ich in das Dachgeschoss ihres Elternhauses zurück. In ihr Zimmer mit dem schrägen Fenster, unter dem wir saßen, fernab von der Realität – sie schrieb, ich malte, beide mit der Ernsthaftigkeit des sechsjährigen Bestsellerduos.

„Und? Bin ich eine schöne Erinnerung?", frage ich dann, wie sie es vorhin noch mich gefragt hat.

„Eine der liebsten", antwortet sie noch ehrlicher als ich zuvor. „Jetzt noch mehr", brummt sie dann. Ich beneide sie dafür, dass sie das aussprechen kann, was ich kaum zu fühlen wage.

Ich küsse sie auf die Stirn und ziehe sie ein Stück näher an mich, obwohl das gar nicht möglich ist. Sie legt ihren Arm über meinen Bauch und rückt selbst noch ein wenig näher, obwohl das noch weniger möglich ist. Irgendwie schafft sie es trotzdem. Vor meinem inneren Auge erscheint Lina in ihrem Elfenkostüm aus der ersten oder zweiten Klasse. Und plötzlich frage ich mich, ob sie damals nicht doch die Wahrheit gesagt hat. *Ich kann wirklich zaubern,* höre ich die kleine Lina flüstern, als sei es das größte Geheimnis, das sie hatte und das sie niemandem als mir anvertraute. Auch das ständige Kribbeln unter ihrem Arm spräche dafür.

Ich will mich noch einmal ganz an sie verlieren. Noch einmal so präsent sein wie sonst nie. Ich küsse ihren Mund und stelle meine stumme Frage. *Würdest du mir und all meiner Angst vor dem, was du mit mir machst, noch einmal Zuflucht gewähren?*

Ich lausche der Antwort. Ihre Hand streift behutsam durch mein Haar und ihre Zunge schleicht sich zwischen meine Lippen.

Ihre Küsse, ihre Haut, ihr Haar. Ihre bloße Anwesenheit.

Lina.

Ihre Brüste streifen meine Brust, ihr Gesicht ruht an meinem Hals, ihr noch heftiger Atem trifft meine Haut. Und dann ist da noch immer dieses Glück, das anscheinend beschlossen hat, einfach ein Weilchen zu bleiben, obwohl es sich bei mir nicht besonders heimisch fühlen kann. Wir kennen uns ja kaum, das Glück und ich. Es ist, als wäre Lina der Wecker für einen Teil von mir, der sehr lange sehr tief geschlafen hat. Keine Schlummerfunktion, stattdessen endloses Klingeln durch und durch.

Ihre sommersprossige Schulter schmeckt vom Tanzen noch leicht salzig. Mit beiden Händen streiche ich durch ihr zerzaustes Haar, das trotzdem nicht so wirr und lange nicht so kraus ist wie damals, sondern vielmehr sehr lockig. Außerdem ist es erstaunlich weich. Wieso ist denn alles an ihr so weich? Sie hebt den Kopf mit den geröteten Wangen, und ich darf sie wieder auf die ebenfalls herrlich weichen Lippen küssen.

Was wird aus uns, wenn ich morgen aus ihrer Wohnung trete? Ich will gar nicht an das denken, was dann passieren kann. Da ist sie wieder, die Angst. *Du hast hier nichts zu suchen,* will ich ihr zurufen. *Das hier ist angstfreie Zone. Das hier ist der Platz mit dem Glück.*

„Was ist?" Lina streicht mit den Fingern über die Falten, die sich wohl in meine Stirn gefurcht haben. Sie verschwinden. Einfach so.

„Nichts. Blöde Gedanken."

„Ich?" Ihre hochgezogenen Augenbrauen zeigen mir, dass sie nicht mit einem Ja rechnet.

„Bestimmt nicht", flüstere ich.

Sie lässt sich wieder neben mir in die Kissen fallen und hat sich scheinbar vorgenommen, jedes einzelne Haar auf meiner Brust zu küssen. Während ihr Daumen gedankenverloren über mein Herz streicht, ist es, als würden auch die Falten dort verschwinden. Zumindest für den Moment.

Es ist ein verdammt guter Moment.

„Verrätst du mir, was du neben deinem Job als Müllmann machst?", murmelt sie.

„Das da." Mein Finger zeigt auf das beinahe schwarze Rechteck in der dunklen Decke, durch das wir beide schauen, ohne etwas zu sehen.

Sie wendet mir ihr Gesicht zu, es zeigt gespielte Bewunderung. „Du bist Astronaut?"

„Genau." Ich glaube nicht, dass eine Frau mich in meinem gesamten Leben so oft zum Lachen gebracht hat wie Lina in den vergangenen paar Stunden. Das Gleiche gilt fürs Lächeln. Und fürs Glücklichsein. Vielleicht hat das mit dem Glück ja gefehlt, weil Lina gefehlt hat. Wieder so ein Gedanke, der mir die Brust ein wenig enger werden lässt. Ich schiebe ihn weg.

Ihre Finger suchen sich zärtlich einen Weg durch meine Haare, während Linas Herz bei meinem anzuklopfen scheint. Es macht einen Spalt breit auf, bevor aus Ehrfurcht Angst wird und es wieder abschließt.

„Ich bin Grafikdesigner. Ich illustriere Zeitschriftenartikel, Bücher und so."

Sie lacht los. „Nicht dein Ernst."

„Doch."

Sogar ihr Lachen ist weich.

„Wir haben uns wohl beide nicht sonderlich weiterentwickelt seit dem zweiten Schuljahr", ergänze ich noch.

„Hannes und Caro sitzen auf nem Baum. K-ü-s-s-e-n sich", ahmt sie die Hänseleien der anderen Kinder nach. Mit einem Lachen erinnere ich mich, wie geschockt ich war, als sie eines Tages die kleinen Fäustchen in die Seiten gestemmt meinte: „Dann machen wir es nächstes Mal halt einfach."

„So schlimm war es am Ende gar nicht", necke ich sie und küsse dann ihre gespielte Empörung weg. Mit meinen Lippen, meiner Zunge und auch mit meinen Händen.

Irgendwann schlafen wir ein.

Kapitel 4

JOE

SEIT Jahren bin ich neben keiner Frau mehr aufgewacht. Und selbst davor habe ich es nur selten versucht, und jedes Mal war es zumindest enttäuschend, fühlte sich in den meisten Fällen sogar katastrophal falsch an. Heute schlage ich die Augen auf und stelle direkt fest, dass sich hier gleichzeitig nichts und alles falsch anfühlt. Nichts und Alles stehen in meinem Herzen mit fest ineinander verschränkten Händen herum – das habe ich noch nie gefühlt.

Ein Blick auf meine auf dem Nachttisch liegende Armbanduhr verrät mir, es ist gerade einmal neun, aber die vergangenen fünf Stunden habe ich durchgeschlafen. Für mich grenzt das nahezu an ein Wunder. Mir ihren Rücken zugewandt hat Lina sich in meinen Armen eingerollt, ihre Haare stehen in alle Richtungen, viel mehr kann ich nicht von ihr sehen. Die Neugierde in mir rumort, und mir wird bewusst, dass ich sie noch nicht im Tageslicht gesehen habe. Am liebsten würde ich mich über sie beugen und ihr schlafendes Gesicht betrachten – so wie ihr Atem klingt, muss sie friedlich aussehen. Doch ich möchte sie nicht wecken.

In mir regt sich das Bedürfnis zu fliehen. Aber es ist nicht stark genug, um den Arm unter ihrem Kopf hervorzuziehen und unbemerkt zu verschwinden. Ich schließe die Augen und frage mich, ob ich wohl noch mal einschlafen kann. Als ich sie wieder öffne, ist es halb elf. Und Lina ist weg. Es ist verwirrend, dass mir Letzteres im ersten Moment mehr Angst macht als die Tatsache, dass ich noch immer in ihrem Bett liege.

In unmittelbarer Nähe öffnet sich leise eine Tür, und dann erklingt ein leises Knacken – Linas Fußgelenk? Ich drehe mich um, um sie endlich bei Tageslicht zu sehen. Sie ist nackt. Ich bin überwältigt. Und das, obwohl ich schon so viele nackte Frauen gesehen habe.

Das ist der Moment, in dem ich begreife, dass Menschen durch genau das schön werden, was wir für sie empfinden. Das ist der Moment, in dem ich verstehe, dass ich sie bereits viel zu nah an mich herangelassen habe. Das ist der Moment, in dem ich fliehen und bleiben will und ich deshalb nichts tue als sie anzusehen, weil eine solche Entscheidung mir gerade unmöglich ist.

„Guten Morgen." Mit einem unsicheren Lächeln kommt sie schnell zum Bett und damit zu mir, legt sich hin und zieht die Decke halb über sich. Ich glaube, es wäre ihr lieber, sie wäre nicht nackt, während ich wünschte, sie würde in meiner Gegenwart nie wieder etwas anziehen.

„Guten Morgen", erwidere ich lächelnd. Ihr kurzer Pfefferminzatem-Kuss animiert mich, ebenfalls ins Bad zu verschwinden, um auf die Toilette zu gehen und mir mit dem Finger bestmöglich die Zähne zu putzen.

Als ich zurückkomme, sieht sie mir liebevoll entgegen. Ihr Kopf liegt auf ihrem rechten Arm und einzelne Sonnenstrahlen malen durch das Fenster ein Muster auf ihre Haut und die um sie herum drapierte Bettdecke. Es sieht aus, als verschwinde ein Teil von ihr in einer weichen, weißen Wolke. Als ich mich neben sie lege und einen Blick aus dem Fenster werfe, sehe ich den Baum, dessen spärlicher Rest an Blättern für den Schatten zwischen den hellen Flecken verantwortlich ist. Zu gerne würde ich jeden Zentimeter Lina küssen – jeden hellen und jeden dunklen.

Sie hat sich abgeschminkt, und ich sehe ihre Wimpern, die heller sind als gestern Abend, und die Sommersprossen, die schon immer da waren. Wieso übermalt man etwas so Schönes?

„Du bist schön", stelle ich fest, selbst überrascht, weil ich es ausgesprochen habe, und sie lacht mit einem Hauch Verlegenheit, was sie noch schöner macht.

„Meine Haare sehen furchtbar aus."

„Bei mir sieht es *im* Kopf so aus. Und nein, tun sie nicht. Sie sehen nach dir aus." Woher kommt diese Zärtlichkeit in meiner Stimme? Es ist höchste Zeit für mich zu gehen. Aber mein Körper verweigert die Kooperation und bleibt neben der schönen Lina liegen.

Sie wirkt unsicher, was wiederum mich unsicher macht.

„Alles okay?", zwinge ich mich zu fragen.

Sie nickt, holt dann aber tief Luft, und ich bekomme Angst vor den Worten, für die sie so viel Atem benötigt.

„Ich habe so etwas noch nie gemacht", sagt sie leise. „Ich meine, einfach mit jemandem geschlafen."

Ich weiß nicht, ob es ihr unangenehm ist, dass sie es noch nie zuvor gemacht hat, oder dass sie es jetzt getan hat. Soll ich geschmeichelt sein, weil sie dennoch mit mir geschlafen hat, oder mich ärgern, dass ich sie vielleicht zu etwas gebracht habe, was ihren Prinzipien widerspricht?

„Ich kenne die Regeln nicht", fügt sie noch hinzu.

Im Gegensatz zu ihr habe ich derlei Dinge schon viel zu oft gemacht, und sie lässt mich all meine Regeln einfach vergessen. Allein die Tatsache, dass ich immer noch da bin, ist der beste Beweis. Wir liegen hier zusammen im Regel-Nichts, also kann ich ihr kaum weiterhelfen.

„Brauchst du Regeln?", frage ich deshalb zurück.

Ihre erste Antwort ist ein Schulterzucken. „Sonst eigentlich nicht", sagt sie dann und grinst wie das Mädchen auf dem Foto in ihrer Küche. Tausend Erinnerungen werden wachgerufen, die mir Geschichten darüber erzählen, dass sie starren Prinzipien nie etwas abgewinnen konnte.

„Was willst du denn jetzt machen?", frage ich und hoffe inständig, dass sie mich nicht loswerden will.

„Dich küssen?", wispert sie mit funkelnden Augen. Es klingt, als spräche die Schlange im Paradies. Man weiß, man sollte der Versuchung nicht nachgeben. Man weiß, man wird dennoch von der verbotenen Frucht kosten.

Ich sollte wirklich, wirklich gehen.

Aber ich rücke an sie heran, ziehe sie mit meiner Hand im Nacken das letzte Stück zu mir und küsse sie. Der Kuss ist viel zu sanft. Der Großteil des Sexes war viel zu sanft. Selbst der Schlaf war viel zu sanft. Sie macht einen ganzen großen Teil von mir viel zu sanft.

Welchen? Ist das mein Herz?

Da mir alles hier so fremd erscheint, könnte das gut sein. Ich habe es so lange nicht mehr wirklich benutzt.

Sie beißt mir in die Unterlippe, und ich lache leise. Der Biss und das Lachen sind auch zu sanft.

„Du willst mich nicht nur küssen", murmle ich.

„Nein, ich will dich nicht nur küssen", murmelt sie.

Ein Bein um meine Hüfte geschlungen zieht sie mich auf sich. Ich kann nicht ignorieren, wie sich die Vorfreude in mir ausbreitet, weil ich beinahe nur noch aus Vorfreude bestehe. Ich will nicht spüren, dass sie so große Macht über meine Gefühle hat. Ich will nichts wollen. Es war schwierig genug, die vergangenen vier Wochen in potenzieller Vorfreude zu verbringen.

Sie greift nach den Kondomen, aber aus einem mir unbekannten Grund will ich auch das noch nicht. Ich sehne mich danach, dass sie wieder zittert, ich will ihr Stöhnen als Vorgeschmack, nicht nur als Hauptspeise.

Ich umfasse ihre Hüften und lege meine Lippen auf ihren Nabel, bevor ich mich langsam hinabküsse und abwarte, wie sie reagiert. Sofort schiebt sie mir ihr Becken minimal entgegen, und ich lächle an ihrer Haut, ehe ich mein Ziel erreiche.

Ihr schwerer Atem treibt mich fast in den Wahnsinn. Ein tiefes Beben erfasst schließlich ihren Körper und da erst geben meine Hände sie frei. Dann schlafe ich noch einmal mit ihr.

Verliere mich.

Finde mich.

Noch nie hat ein Mensch es mir erlaubt, so mit ihm unterzutauchen. Noch nie habe ich mir das erlaubt. Ganz da und meilenweit weg in einer anderen Welt, die heller ist als meine. Linas Welt. Sie fühlt sich so unglaublich gut an.

LINA

Ich bin außer Atem, ich bin sprachlos. Die Hände in seinen Haaren vergraben liegt Joe neben mir und wendet mir sein Gesicht zu.

„Mache ich mich lächerlich, wenn ich sage, dass das der beste Sex meines Lebens war?", frage ich begleitet von einem wohligen Seufzer. „Nicht sehr", sagt er grinsend.

„Und wenn ich sage, dass ich das gestern Abend auch gesagt hätte?" „Nicht sehr." Jetzt lacht er, dreht sich ganz zu mir und drückt seine Lippen auf meine. „Wie du mich gestern bereits zitiert hast: Das war die beste Nacht meines Lebens."

Ich lache mit ihm und mir wird klar, wie gern ich ihn habe.

„Hast du Lust, etwas frühstücken zu gehen?", frage ich übermütig.

Im nächsten Moment zieht sich mein Inneres zusammen, weil ich mitansehen muss, dass er wie auf ein stummes Kommando hin zu verschwinden scheint. Ich kenne die Regeln wirklich nicht. *Bitte sag etwas!*

„Es ist gleich zwölf, und ich bin zum Mittagessen verabredet." Seine Stimme ist fremd, seine Worte sind schleppend.

Da ist plötzlich viel mehr Platz als die paar Zentimeter weißen, knittrigen Lakens, das zwischen meinem und seinem Körper aufblitzt. Schlagartig komme ich mir vor wie eine von vielen. Es ist ein richtig mieses Gefühl, eins, das Löcher in das Herz frisst.

„Tut mir leid, ich -" Er bricht ab – den Satz und die Verbindung, derer ich mir eben noch so sicher war, sowieso. Vielleicht trifft er eine andere Frau. Vielleicht *seine* Frau? Wir haben nicht darüber geredet. Ich bin so unsagbar naiv.

„Kein Problem. War eine blöde Idee."

Ich gebe mir wirklich Mühe, ein Lächeln zustande zu bringen. Es klappt nicht recht.

„Ich gehe duschen", nuschle ich und gebe ihm damit die Möglichkeit zu bleiben oder zu gehen. Ich bin mir nicht sicher, was von beidem schmerzhafter wäre.

„Lina."

Er wirkt so anders. So seltsam. In seiner Stimme liegt ein leises Flehen, wonach auch immer.

„Alles gut", sage ich. Es ist eine Lüge, das wissen wir beide.

Nach dem Duschen wische ich mit der Handfläche über den beschlagenen Spiegel und atme ein paarmal tief gegen die Tränen an. Ich betrachte mein Gesicht, das eben noch gelacht hat, das eben noch geküsst wurde. Es lacht nicht mehr, und es fühlt sich trotz dieser Nacht erstaunlich ungeküsst an.

Das Schlafzimmer ist leer, auf einmal hilft das Atmen nicht mehr gegen die Tränen. Ich hole neue Unterwäsche aus dem Schrank, eine Jeans und einen weiten Pulli, in dem ich mich verstecken kann.

Zu hoch geflogen.

Ich schäme mich dafür, dass ich so groß gedacht habe. Dass ich mir eingebildet habe, etwas zu sein, was ich nicht bin.

Als ich angezogen bin, wühle ich nach Socken und putze mir bereits zum fünften Mal die Nase. Wie der Morgen wohl geendet hätte, wenn ich nicht mehr gewollt hätte als das, was mir nach der gestrigen Entscheidung zustand?

„Ich bin nicht verabredet."

Mit einem Schrei fahre ich herum.

„Tut mir leid. Ich wollte dich nicht erschrecken. Und ich wollte dich nicht verletzen. Und nicht anlügen." Von Wort zu Wort wird seine Stimme dünner. Nervös steht er in der Tür, scheint nicht zu wissen, ob er sich bewegen soll, und falls ja, wohin. „Ich bin mies in so etwas", sagt er leise.

„In was?" Mein Herz rast noch immer, als ahne es den nächsten Schrecken bereits voraus.

„Unter anderem im Entschuldigen." Er kann mich nicht ansehen, und seine weiteren Worte scheinen irgendwo hängenzubleiben, sodass sie nicht raus aus seinem Mund, rein in mein Ohr, rein in mein Herz können.

„Hast du eine Frau? Freundin?", frage ich ihn direkt.

„Nein." Sein schockierter Gesichtsausdruck wirkt mehr als glaubhaft.

„Was dann?"

„Ich bin schlecht in – allem, was mehr ist als solider Durchschnitt."

Keine Ahnung, was er mir eigentlich sagen will. Er scheint es zu sehen. Er atmet einmal tief durch, sein Brustkorb weitet sich sichtlich und macht genug Platz, damit die verhakten Worte einen Weg aus ihm herausfinden.

„Du hast gesagt, du hättest noch nie einfach nur Sex gehabt. Ich hatte nie mehr als das. Noch nie habe ich mich auf etwas mit einer eingelassen, die ich wiedersehen wollte."

Nun sehe wohl ich schockiert aus. Mit zusammengepressten Lippen sieht er mir in die Augen, als rechne er mit meinem schonungslosen Urteil. Aber wie ich überrascht feststelle, schockiert mich weniger das Gesagte als das, was das für sein bisheriges Leben bedeutet.

„Warst du nie verliebt?", frage ich leise. Ich hätte ihm tausend Fragen stellen können, ich weiß nicht, wieso mich diese so sehr quält, dass sie sich vordrängelt wie alte Menschen an der Bäckereitheke.

Ein seltsames Lächeln zieht an seinen Mundwinkeln, ohne dass er ihm richtig nachgibt. „Ich würde gerne mit *Möööp* antworten, kann ich aber nicht." Nach kurzem Nachdenken fügt er hinzu: „Stimmt nicht. Eigentlich will ich gar nicht mit *Möööp* antworten."

„Wieso?" Ich bin irritiert. Und irgendwo tut etwas weh.

„Wie gesagt: Ich bin nicht gemacht für große Dinge." Die Hände in den Taschen seiner Jeans zuckt er mit den Schultern, als sei es halt so. „Am wenigsten für große Gefühle. Große Gefühle sind die Grundlage für großes Leid. Brauche ich nicht. Hatte ich schon."

Deine Mutter.

Unter dem reißenden Zucken in meiner Brust schließe ich für einen Moment die Augen. Wie konnte ich das vergessen? Die Tränen kämpfen sich wieder herauf – sie rollen über meine Wangen, und er sieht mich überrascht an.

„Das mit deiner Mutter tut mir so so leid."

Da ist ein kurz aufflackernder Schmerz, ich kenne ihn aus den Augen, in die ich gestern bei der Stille wummernder Musik eine Minute lang geschaut habe.

„Meine Mutter hat es damals über eine Nachbarin erfahren, die mit deiner Mutter befreundet war", füge ich hinzu. „Sogar ich habe wochenlang immer wieder geweint." Wie muss es ihm erst ergangen sein?

„Ich nicht." Er spricht leise, sein Blick klebt an den Tränen auf meinen Wangen.

Ich nicht. Nur zwei Worte und ich begreife, was er eben zu erklären versucht hat. Es ist einfach nicht da. Wie gerne würde ich den Teil seines Inneren sehen, wo er all das Große weggesperrt hat, damit er es erträgt.

„Wie alt warst du? Vierzehn?", frage ich leise.

Er nickt. „Können wir über etwas anderes reden?"

„Natürlich. Tut mir leid."

JOE

Krebs. Das Wort jagt durch mich hindurch, ohne dass ich es eingeladen habe. Ich lade es nie ein, aber immer wieder kommt es vorbei, klingelt nicht, tritt einfach die Tür ein und sorgt für Unordnung in Kopf und Herz. Manchmal bringt es ein anderes Wort mit. Tod. Meistens kann ich die Tür noch früh genug wieder zuschlagen, um das Ende nicht mit ansehen zu müssen. Zusammen sorgen sie für ein beinahe nicht zu kontrollierendes Chaos – viel, viel größer als das in Linas Wohnung, viel, viel größer als das auf ihrem Kopf nach dieser Nacht.

Mir war nicht klar, dass sie von meiner Mutter weiß. Kaum jemand, mit dem ich noch Kontakt habe, weiß über meine Mutter Bescheid, keiner kennt die ganze Geschichte. Doch Lina hat meine Mutter selbst so sehr geliebt, dass ich in ihrer Gegenwart nicht einmal versuche, so zu tun, als gäbe es eine Wunde, die die Zeit erst hat verkrusten und dann zur Narbe werden lassen.

Lina ist die einzige, die abends vor dem Schlafengehen auch von ihr zugedeckt wurde und die sich morgens mit mir um ihre Pfannkuchen stritt, weil es die besten waren, die ich bis heute gegessen habe. Sie ist die einzige, die auch weiß, wie es sich anfühlte, wenn meine Mutter mit dem immer perfekten Druck eine Hand hielt.

Es ist mir unmöglich, wie über ein längst vergangenes Ereignis beiläufig auch nur mit einer Schulter zu zucken, geschweige denn mit beiden. Also wechsle ich das Thema. „Tut mir echt leid, dass ich diese Essensverabredung erfunden habe, das war total dämlich. Ich wusste nicht, wie ich reagieren sollte. Scheinbar kramst du den Neunjährigen in mir wieder hervor, der dir aus dem Heckfenster zum Abschied gewinkt hat. Ich will nur nicht, dass du denkst, ich könnte dir mehr geben."

„Ich wollte nur Frühstück", sagt sie mit einem leichten Lächeln. „Oder Mittagessen."

„Vielleicht können wir ja schauen, ob wir uns wenig genug nerven, um wieder befreundet zu sein. Das gelingt mir ehrlich gesagt nicht mit vielen."

„Mir schon", erwidert sie selbstsicher, „aber ich weiß noch nicht, ob du bei mir bestehst. Wenn du mich noch einmal anlügst, bist du raus."

„Geht klar." Ich glaube, wir sind uns beide dessen bewusst, dass wir uns gegen Freundschaft gar nicht mehr wehren können.

„Was schreibst du?", frage ich – absichtlich genau in dem Moment, da sie sich eine Gabel Nudeln in den Mund geschoben hat.

Mir gefällt es, Frauen in solche Situationen zu bringen, weil ihre Reaktion so viel über sie aussagt. Manche kauen dann extrem schnell, um anständig antworten zu können. Manche machen mit vor den Mund gehaltener Hand mehrfach „Hm", um zu signalisieren, dass sie noch mit voller Aufmerksamkeit bei der Unterhaltung sind, bevor sie mit leerem Mund antworten. Wieder andere reden einfach mit vollem Mund.

Lina lehnt sich zurück, verschränkt die Arme vor der Brust und sieht mich mit amüsiert verzogenen Lippen kauend an.

„Du Mistkerl", raunt sie dann, als die Nudeln in ihrem Bauch angekommen sind, und lacht. So hat tatsächlich noch keine reagiert. Ich glaube auch nicht, dass eine schon einmal bemerkt hat, dass ich es extra mache.

Ihr Lachen macht seltsame Dinge mit meinem Bauch. Es greift über den Tisch, um ihn tief drinnen zu kitzeln, oder so.

„Interessiert dich auch die Antwort?", fragt sie dann, ehe sie einen Schluck Apfelschorle nimmt, und ich nicke.

„Liebesromane."

„Also doch so eine. Gib zu: Das mit *Matrix* war gelogen aus Angst, du müsstest mich zur Strafe küssen."

„Ja, ich hatte schreckliche Angst, dich küssen zu müssen, aber das war tatsächlich nicht gelogen." Sie lacht und zuckt dann mit den Schultern. „Aber ich mag Liebe. Was ist daran schlimm?"

„Nie von ihr enttäuscht worden?", kann ich mir nicht verkneifen zu fragen.

Ihre Augenbrauen wandern ein Stückchen höher. „Nicht von der Liebe. Nur von Menschen." Eine Weile mustert sie mich. „Ich war verlobt", sagt sie dann, und in meinem Bauch verdreht sich etwas auf eine Weise, die nicht gesund sein kann. „Ich hab ihn mit seiner Kollegin auf der Weihnachtsfeier erwischt. Für meinen Geschmack einen Hauch zu viel Klischee. Lief wohl schon einige Zeit."

„Scheiße." Mehr fällt mir nicht dazu ein. Sich auf nichts und niemanden einlassen zu wollen, kann ich nachvollziehen. Aber wenn doch, dann ja wohl auf sie, auf Lina, oder? Ein Gedanke, der mich wohl hätte stolpern lassen, wenn ich nicht säße.

„Daraufhin habe ich die neue Wohnung gemietet, die alten Möbel einer Wohltätigkeitsorganisation gespendet und seine Sammlung von Konzertkarten verbrannt, die er einzeln in Schutzhüllen verpackt hatte."

„Ich hoffe, du hast die Schutzhüllen vorher entfernt. Da bilden sich sonst giftige Dämpfe."

„Natürlich. Ich habe mich auf eine äußerst verantwortungsvolle Weise wie ein Kleinkind aufgeführt."

Während ich lache, sehe ich vor meinem inneren Auge, wie Lina in ihrem Elfenkostüm um ein Feuer auf einer Waldlichtung tanzt. In diesem Fall war sie wohl eher die böse Hexe.

„In meinem ersten veröffentlichten Roman habe ich das verarbeitet. War super. Selten so viel geweint, selten so viel geheilt."

Mein Lächeln mischt sich mit Unverständnis. Diese Art Leben mag ja für andere funktionieren, aber mir ist das einfach schleierhaft. Wie kann man sich freiwillig diesem ganzen Schmerz und all den Tränen aussetzen? Und dann soll am Ende noch etwas Gutes dabei herauskommen? Einmal durchs Tal der Trauer und dann geradewegs ins hell erleuchtete Himmelreich? Ich glaube nicht an diese Reise. Und selbst, wenn es sie gibt, würde ich sie nicht buchen. Zu viele Berge. Ich will sanft rauschendes Meer. Hintergrundmusik. Seichter Soundtrack zu mittelmäßigem Leben. Das reicht.

„Wir gehen scheinbar unterschiedliche Wege", stelle ich fest. „Na ja, du kannst ja auch nicht den Weg eines anderen gehen. Ist ja seiner", sagt sie. „Man kann nur nebeneinander herlaufen. Vielleicht Händchen haltend", fügt sie dann grinsend hinzu. Wahrscheinlich weil sie sich denken kann, was ich von zwei Händen halte, die sich sehnsuchtsvoll ineinander verschlingen.

Theatralisch verdrehe ich die Augen, um sie noch einmal lachen zu hören. Sie tut mir den Gefallen. Kitzeln mittig im unteren Bauchraum. Das kann nichts Gutes bedeuten. Ich kenne die Mythen, die von derartigen Dingen berichten.

Wieder zu Hause versuche ich zu arbeiten. Mir sitzt eine bedrohlich nahe Deadline im Nacken, und ich habe noch nie eine Deadline versäumt. Donnerstagmittag muss alles fertig sein, und eigentlich steht noch gar nichts.

Ich benötige immer ein wenig Kritzeln, um mich aufzuwärmen. Seit vier Wochen entsteht aus dem Gekritzel jedes Mal Linas Gesicht. Als ich die Versuche der vergangenen Wochen betrachte, werden sie ihr nicht ansatzweise gerecht. In Wahrheit sind ihre Lippen etwas voller, die Augen etwas größer, die Haare auf dem Bild sind die von gestern Abend, ähnlich denen von heute Mittag, aber nicht wie die von heute Morgen.

Ich greife nach der Kreide und wärme mich auf. Mit Lina. Mit ihren Augen, für die ich unterschiedliche Blautöne mischen muss. Innen etwas dunkler als weiter außen, wo sie der Farbe eines im warmen Süden gelegenen, türkisfarbenen Meeres gleichen, eingerahmt von einem dunkleren Ring. Zwei kleine, abgeschlossene Welten inmitten eines Gesichts. Mit ihren lächelnden Lippen, rosa bis rot, changierend je nach Anzahl und Intensität der Küsse, die sie zuvor berührt haben.

Mit ihren wirren, eng gedrehten Locken am Morgen, der Ton ähnlich dunklem Honig. Mit ihren Wangen, ebenfalls an unterschiedlichen Grenzen zwischen zart- und tiefrosa je nach Kälte oder Erregung. Voller beigebrauner Sommersprossen. Wieder muss ich lächeln. Sie ist wirklich schön.

Das Kritzeln bringt mich meiner Arbeit nicht näher. Seufzend lege ich die Hände in den Nacken, recke mich und zwinge mich dann, irgendetwas zu zeichnen, in der Hoffnung auf eine wundersame Eingebung. Aber wie das mit den Wundern so ist: So sehr man auch bittet - sie kommen nicht.

Kapitel 5

LINA

„HAST du nicht." Bianca starrt mich an mit einer Mischung aus Schock und Anerkennung.

„Doch, hab ich." Ich kann nicht aufhören zu lächeln.

„Wer ist er? Was habe ich verpasst?", platzt Isabelle ins Café. Ein paar Leute nahe der Tür schauen auf, während sie sich dessen unbeeindruckt mir gegenüber auf den Stuhl fallen lässt.

„Das Ende der Welt, wie wir sie kannten", neckt Bianca mich, und ich strecke ihr die Zunge heraus. Ungeduldig blickt Isabelle zwischen uns hin und her und macht eine auffordernde Handbewegung, damit sie endlich die heiß ersehnten Informationen bekommt.

„Mein Kindergartenfreund", grinse ich.

„Ich brauche Namen. Fakten. Mehr."

„Joe, mein bester Freund aus dem Kindergarten bis ich fast zehn Jahre alt war."

„Und sie war letzte Nacht mit ihm im Bett", unterbricht Bianca mich, weil ich ihrer Meinung nach wohl nicht schnell genug zur Essenz der Geschichte vordringe.

Isabelle starrt mich schockiert an. „Du hast mit deinem Kindergartenfreund geschlafen?"

Ich pruste los. „Wie ihr gesehen habt, ist er mittlerweile in etwa so erwachsen wie ich." Na ja, womöglich nicht ganz so erwachsen. Womöglich in manchen Punkten steckengeblieben in den Gefühlen eines Vierzehnjährigen, dessen Welt abrupt zum Stillstand gebracht wurde.

„Verdammt." Isabelle lässt sich in ihrem Stuhl zurückfallen, als müsse sie sich erst einmal neu ordnen. Sie kann nicht aufhören, den

Kopf zu schütteln, während sie mich ansieht. „Wusstest du vorher, wer er ist?"

„Ja, er hat es in meiner Wohnung herausbekommen. Das Foto an meiner Pinnwand von mir und dem kleinen Jungen."

„Das ist *er*?" Isabelle fand das Bild immer schon toll.

Bianca stolpert über einen anderen Baustein in der Geschichte. „Hast du ihn mitgenommen, ohne seinen Namen zu kennen? So krank bin ja nicht einmal ich."

Ich zucke wortlos die Achseln. Ich verstehe es ja selbst nicht. „Und? Wie war es? So furchtbar, wie du mir immer einreden willst?" Sie will mich schwimmen sehen.

„Schau nur, wie rot sie wird", sagt Isabelle und wirft lachend den Kopf in den Nacken.

Reflexartig lege ich die Hände auf meine glühenden Wangen. „Nein, es war nicht schlimm." Es war so etwas von überhaupt nicht schlimm, dass ein neues Wort dafür erfunden werden müsste. „Und ehrlich gesagt war es nicht so, wie ich mir einen One-Night-Stand vorgestellt habe."

„Ach nein?", neckt Bianca mich weiter.

„Seht ihr euch wieder?", fragt Isabelle dazwischen.

„Ja, ich schätze, wir versuchen es mal mit Freundschaft." Bei dem Gedanken muss ich wieder lächeln. Aber irgendetwas kratzt an der Wand meines Herzens, als hätte es das Etikett seines neuen Pullovers nicht entfernt.

„Wow, das könnte ich nicht. Das eine oder das andere. War es doch so mies?", fragt Bianca dann. Sie wird mich nicht so schnell vom Haken lassen.

„Gib ihr irgendwas, damit sie die Klappe hält", bittet Isabelle mich stöhnend.

„Es war das Gegenteil von mies. Das Gegenteil von so richtig super schrecklich mies."

Bianca lacht. „Das geht so was von daneben mit eurem Plan von Freundschaft."

Ihr Lachen tut weh. Denn ein nicht unbedeutender Teil von mir glaubt das auch, aber ich will es nicht hören, ich will das nicht glauben. Ich will glauben, dass es ein Happy End gibt.

„Sei still, Bianca", zischt Isabelle, weil sie wohl etwas in meinem Gesicht sieht, was ich aus meinem Herzen verbannt habe.

„Ich wollte nicht …", beginnt Bianca schuldbewusst.

„Alles gut", behaupte ich.

„Tut mir leid", sagt sie noch einmal, und ich lächle mit schmalen Lippen.

Abends klingelt mein Handy, es ist Bianca. Ich stelle den Fernseher lautlos und nehme ab, obwohl mich die Angst vor weiteren Wahrheiten beinahe davon abhält.

„Hi", sage ich und stecke mir ein englisches Weingummi in den Mund.

„Hey. Hör mal, Caro. Das war heute total doof. Ich weiß, du bist anders als ich. Und jetzt mach ich mir die ganze Zeit erstens Gedanken, ob ich dir wehgetan habe, und zweitens, ob er ein Arsch ist, der dich verletzen wird."

Ihre Sorge entlockt mir ein Lächeln.

„Der Satz hat mir nur wehgetan, weil ich selbst nicht weiß, ob es klappt. War also nicht deine Schuld. Aber ich mag ihn wirklich, und ich möchte, dass das funktioniert."

„Trotzdem: Es tut mir leid, wenn ich zu weit gegangen bin. Du bist ein großes Mädchen. Ist er ein guter Kerl? Du brauchst einen guten Kerl, Caro."

Ich lache leise. „Danke, mach dir keine Gedanken." Ich stocke. Denn ich selbst mache mir die ganze Zeit Gedanken. Über tausend Dinge. Tausend Dinge der vergangenen vierundzwanzig Stunden. „Darf ich dich was fragen, Bianca?"

„Klar, raus damit."

Bereits bevor ich anfange zu sprechen, komme ich mir schon dämlich vor. „Wie ist ein One-Night-Stand?"

„Wie meinst du das?"

„Hast du dann das Gefühl, du bist den Männern wirklich nah?"

Ich höre das Lächeln in ihrer Stimme. „Das ist verschieden. Ich meine, die Männer sind unterschiedlich, der Sex ist unterschiedlich. Aber wenn ich jemandem richtig nah sein will, habe ich ja keinen One-Night-Stand, sondern versuche, mehr zu bekommen." Sie zögert. „Willst du mehr?"

„Ich würde das jetzt am liebsten auf mich zukommen lassen. Aber das hat sich schon deshalb erledigt, weil er nicht mehr will. Er hat die Grenzen klar gesteckt, und das ist okay." Ich denke an den Morgen. Er hat die Grenzen *sehr* klar gesteckt. „Vielleicht war es einfach nur so intensiv, weil da diese alte Vertrautheit ist und wir uns mögen und ich zu lange keinen Sex mehr hatte."

„Ja, vielleicht." Ich glaube, sie sagt es mir zuliebe. Aber ich höre es trotzdem gerne. „Eins noch: Ich weiß, ich ziehe dich damit immer auf wie du mich mit den wechselnden Männern … aber es ist okay, Caro, dass du nicht der Typ für einmalige Sachen bist. Es ist okay, wenn du es nur getan hast, weil du mehr willst."

Ich wünschte wirklich, da wäre nicht diese leise Stimme in mir, die sagt, sie habe recht. Ich wünschte, da wären nicht die verräterischen Tränen, die hinter meinen Augen brennen und die der Angst entspringen, dass es eines Tages verdammt wehtun wird.

Kapitel 6

LINA

DREI Tage später bekomme ich eine SMS, mit der ich schon nicht mehr gerechnet hatte. Joe. Sofort dreht sich mein verräterisches Herz einmal im Kreis.

Was tust du bei Schreibblockaden? (Kennst du so etwas? Das sind diese Schranken, die dein Hirn davon abhalten, flüssige Gedanken hindurchwabern zu lassen.) Ich habe morgen Deadline und bringe nur Mist zustande.

Er schreibt, als würden wir uns tagtäglich zig Nachrichten schicken. Tatsächlich ist das die erste seit unserem Mittagessen, seit der gemeinsamen Nacht. Und seitdem brüte ich selbst beinahe satzlos, wenn nicht wortlos über meinem Laptop. Ich freue mich so, von ihm zu lesen, dass mein über das Display streifender Daumen übermütig wird.

Komm vorbei. Ich hab eine Idee.

Er schickt mir nur ein Smiley mit erhobenen Augenbrauen. Leider kann man per SMS nicht mit der Zunge schnalzen.

Vertraust du mir?

Vertraue ich ihr? Gute Frage. Ich vertraue ihr insofern, dass ich weiß, sie würde mich nicht unter einem Vorwand zu sich locken, um mich dann ins Bett zu zerren. Aber die Frage macht noch etwas anderes mit mir. Nein, die Antwort macht etwas mit mir. Als sich das Ja in mir breitmacht, fühle ich die Angst zurückkehren, aber auch das Lächeln.

Wann soll ich kommen?

Sie antwortet sofort. Selbst ihre Finger sind allem Anschein nach euphorischer als meine. Der Gedanke lässt mein Lächeln noch breiter werden.

So schnell du kannst. Sag Bescheid, wenn du losfährst, und bring deine Arbeitssachen mit. Ich sorge für den Rest.

Es kostet mich noch ein wenig Überwindung, mich darauf einzulassen, dennoch packe ich sofort meine Sachen zusammen. Dann werfe ich alles ins Auto und schreibe ihr, dass ich in zehn Minuten da bin.

Nach nur neun Minuten klingle ich bei ihr und gleich darauf ertönt der Summer. Als ich die letzte Stufe nehme und sie nervös in der Tür stehen sehe, drängen sich mir drei Fragen auf: Was hat sie vor? Wieso ist sie so unglaublich schön? Und warum macht sie ständig dieses Ding mit meinem Bauch?

Wir umarmen uns – sie hat das irgendwie drauf, ich kann das bei anderen nicht sonderlich gut, aber mit ihr ist es erstaunlich einfach –, und ich gucke in ihre Wohnung.

„Schon wieder Einbrecher? Verdammt, hast du ein Pech."

„Ja, ich sollte einfach nicht jedem x-Beliebigen die Tür öffnen."

„Wohl wahr."

Ich hänge die Jacke auf, sie nennt mich einen Streber und dann rieche ich irgendetwas Vertrautes, was ich nicht einordnen kann. Herausfordernd strahlt sie mich an und weist mit dem Kinn nach oben.

Ich hebe die Augenbrauen, als wäre ich selbst das Smiley in meiner SMS, als hätte ich ihre wahren Absichten enttarnt. Sie streckt mir die Zunge raus. Ich will sie küssen, verdammt.

Ich steige hinter ihr die Stufen rauf und denke daran, dass ich es beim letzten Mal noch durfte. Sie küssen. Dann öffnet sie tatsächlich die Schlafzimmertür.

Und mir bleibt das Herz stehen.

Es ist ein wenig wie in dem Moment, da ich unser Foto an ihrer Pinnwand sah. Flashback, und plötzlich bin ich wieder sechs Jahre alt. Ihr Gesichtsausdruck ist erwartungsvoll, kopfschüttelnd grinse ich sie an, während ich langsam den Raum betrete.

Sie hat das Bett zur Seite geschoben und den kleinen Couchtisch raufgetragen, der nun unter dem Fenster in der Dachschräge steht. Darauf zwei Tassen, deren Anblick mir sofort ins Gedächtnis ruft, woher ich diesen süßlichen Geruch kenne – schwarzer Tee mit Kirscharoma. Und dann sehe ich etwas, was ich nicht fassen kann: Mitten auf dem Tisch steht ein im Kindergarten wild mit roter Farbe bepinseltes Einmachglas mit einer leuchtenden Kerze darin. Die Flamme malt flackernde Geister der Vergangenheit an die Wände.

„Ich nehme an, das hast du nicht gerade noch bemalt." Meine flüsternde Stimme ist gesättigt mit Ehrfurcht.

„Ist das von damals", bestätigt sie, und ich werde noch ehrfürchtiger, weil Lina jetzt wieder in meinem Leben ist, genau da, wo sie sein sollte.

„Na, dann mal los", sage ich mit einem Kratzen im Hals und gehe mit ihr und meinen Taschen hinüber zu den am Boden und an der Wand liegenden Kissen. Vor einem steht bereits ihr aufgeklappter Laptop, als könne er ihr Tippen nicht erwarten.

Ich habe ewig nicht auf dem Boden gesessen, schon gar nicht dort gearbeitet. Ich lasse den Gurt meiner Laptoptasche von meiner Schulter gleiten und stelle sie ab. Immer wieder sehe ich mich im Zimmer um, das so anders aussieht als noch wenige Tage zuvor, dann lasse ich mich auf den Boden sinken.

„Danke. Das ist – der Wahnsinn." Ich bin überwältigt, dass sie das mit mir durchzieht. Dass sie mir so zur Seite steht.

„Ich weiß, du bist nicht so der Typ für große Dinge, aber das Zimmer hat nur sechzehn Quadratmeter. Ich dachte, das erträgst du", sagt sie mit ironischem Unterton. Innerlich verneige ich mich vor ihr und ihrer Art, meine Marotten wegzustecken.

Ich kann mich nicht erinnern, wann ich zuletzt etwas Größeres als das hier erlebt habe. Außer als ich Lina wiedergefunden habe. Und als ich mit ihr geschlafen habe. Dreimal. Ich zwinge mich, das Muster zu ignorieren.

Ich greife nach der dampfenden Tasse und rieche an der Flüssigkeit. Mir entweicht ein leises Seufzen, als mir der süße Dampf in die Nase steigt. Er ist ein bisschen eklig. Und so perfekt. Ich nehme einen kleinen Schluck, während ich Linas Blick auf mir spüre. Als ich das Gesicht verziehe, lacht sie auf. „Er schmeckt nicht so schlimm, wie er riecht", versuche ich, das Gesicht wiedergutzumachen, und sie lacht noch lauter. Ich rede mir ein, dass das warme Gefühl im Bauch nur vom Tee kommt. Leider bin ich nicht der naive Typ.

„Ich mache mir nur eine Tasse davon bei richtig schlimmen Schreibblockaden, und ich glaube nicht, dass ich seit meiner Kindheit jemals eine leergetrunken habe."

Angewidert und begeistert nehme ich noch einen Schluck und klappe ebenfalls meinen Laptop auf. Den Zeichenblock und die Stifte, die ich brauche, um meine Gedanken zu ordnen, lege ich daneben.

„Was musst du machen?", will sie wissen.

„Die Illustrationen für zwei Artikel."

„Worum geht es?"

„Minderjährige Flüchtlinge und Pflegekinder."

Ich halte ihr die Ausdrucke hin, und sie fängt an zu lesen – laut. Zuerst will ich sagen: „Nicht hilfreich." Dann lehne ich mich zurück und schließe die Augen.

Sie liest die Texte so lebendig, als stammten sie aus einem ihrer Romane. Ich höre sofort, was sie mitreißt oder interessiert, kann die für sie wichtigen Passagen ausmachen. Dann nehme ich den Block und die Stifte, und sie sieht mich fragend an.

„Lies weiter", sage ich, und sie schaut noch kurz in meine Richtung, ehe sie es tut.

Ich fühle mich tatsächlich in eine andere Zeit versetzt. Eine Zeit, in der ich nicht in meinem geistigen Chaos nach Bildern wühlen musste, sondern in der sie lebendig wurden, sobald Lina etwas erzählte, vorlas, oder wenn wir überlegten, wie unsere Geschichte weitergehen könnte. Und manchmal gab es meine Bilder bereits vor den Sätzen.

Die Stifte bewegen sich fast von allein über das Papier. Ich spüre sofort, ob es stimmen könnte oder ob ich von vorne anfangen muss. Lina rückt ein Stück an mich heran, und ich werde nervös, als sie zwischen zwei Absätzen zu meinem Block herüberguckt und dann verstummt.

„Wow, Joe."

Fragend blicke ich in ihr Gesicht, das sich nicht von meinem Block abwendet.

„Wie kann man denn so schnell so etwas erschaffen?", murmelt sie überwältigt.

Sie greift nach dem Block und betrachtet das Bild eine Weile, ehe sie zurückblättert zu den Zeichnungen, die ich verworfen habe, und denen, die etwas taugen. Immer wieder schüttelt sie sprachlos den Kopf. Ich habe lange nicht diesen leisen Stolz für meine Arbeit empfunden, der sich in mir bemerkbar macht, während ich ihr zusehe.

Ehe ich etwas einwenden kann, blättert sie weiter und atmet im nächsten Moment zischend ein. Ich schließe die Augen und beiße mir auf die Lippe. Lina morgens im Bett, den Kopf auf den Arm gelegt. Eine Kohlezeichnung, ein Bild von ihr, eine Erinnerung. So habe ich sie gesehen, als ich aus dem Bad zurückkam. So wunderschön, von warmen, watteweichen Sonnentupfen und kühlen Blätterschatten übersät. Ein Bild von ihr, so verführerisch wie sonst nichts, bevor sie mir in die Lippe biss und ich mich zum dritten Mal mit ihr verlor und wiederfand.

Als ich die Augen wieder öffne, sieht sie mich an. Ihre Augen sind zu so schmalen Schlitzen verengt, dass das türkisblaue Meer zu Pfützen schrumpft. Verdammt schöne Pfützen.

Verzweifelt suche ich nach Worten, finde aber keine, die nicht noch peinlicher sind als die Situation es ohnehin schon ist. Ich kann ihren Blick nicht deuten – auf jeden Fall ist sie fassungslos. Ein paar ewige Sekunden lang schauen wir uns nur an, und ich befürchte, dass sie all das erkennt, was sie in mir angerichtet hat. Mich überkommt die Angst, dass sie weiß, was ich mir gerade wünsche wie nichts sonst. Sie wieder auszuziehen, mit ihr schlafen, mit ihr verschwinden und zum Leben erwachen in ein und demselben Moment.

„Es ist wunderschön", flüstert sie so leise, dass ich es mir auch nur eingebildet haben könnte.

„Na ja, das bist du", antworte ich und lächle sie unsicher an. „Ich hab doch gesagt, du bist schön."

„Das hier bin nicht ich." Ihre Stimme ist noch immer ein Flüstern. Federleicht streicht sie mit den Fingern über das Papier und schluckt.

Als sie noch weiter zurückblättern will, greife ich rasch nach dem Block und nicke zu dem neben ihr liegenden Artikel.

„Lies weiter", bitte ich sie, aber meine Stimme begleitet etwas Raues, etwas, was da eigentlich nicht hingehört. Denn das, was es auslöst, ist kein Teil von mir.

Zwei Stunden verbringen wir auf dem Boden, trinken Espresso und fiesen Tee und arbeiten irgendwann beide erfolgreich an unseren Laptops. Immer wieder schaue ich zu Lina hinüber, die manchmal konzentriert die Stirn in Falten legt, beim Lesen an einigen Stellen lächelt, an anderen genervt mit der Zunge schnalzt. Das Klackern ihrer Tasten, ihr Schnalzen und Seufzen, das Knacken, wenn sie ihre Fuß- oder Handgelenke dreht, um sie zu lockern – all das sollte mich in den Wahnsinn treiben. Tut es aber nicht.

Wenn unsere Blicke sich begegnen, lächelt sie mich jedes Mal an, ehe sie wieder auf ihren Laptop sieht.

„Hast du Hunger?", fragt sie, als sich unsere Blicke wieder einmal begegnen.

„Hab ich. Wollen wir was bestellen?"

„Ich hab Cannelloni vorbereitet, bevor du mir geschrieben hast, und kann sie in den Ofen schieben."

„Ich will dir nichts wegessen." In mir rumort schon so die ganze Zeit das Gefühl, mehr von ihr zu bekommen, als ich verdiene.

„Ist genug für uns beide. Sollte für zwei Tage reichen."

„Okay", sage ich dankbar, wenn auch immer noch etwas peinlich berührt. Sie steht auf, reckt sich einmal, wobei ihr Pullover einen Streifen Haut ihres Bauches freilegt, und gähnt. Dann geht sie runter und ich bleibe mit dem Wunsch, die weiche Haut ihres Bauches zu küssen, allein im Dachgeschoss zurück.

Unten höre ich sie rumoren und schief singen. Ich lege die Hände über die müden Augen und lache leise in mich hinein. Ich hatte tatsächlich vergessen, dass sie einem jedes St. Martins-Singen versauen konnte, wenn man neben ihr ging, was ich grundsätzlich tat. Erst nach einer Weile erkenne ich den Song überhaupt. Es ist eines meiner Lieblingslieder; und sie richtet es einfach zugrunde.

„Das ist echt gut." Um unseren alten Knien und Rücken eine Pause vom Boden zu gönnen, essen wir die Cannelloni und den Salat an Linas Esstisch.

„Danke."

Gerade habe ich mir den nächsten Bissen in den Mund geschoben, als sie fragt: „Wie geht es Mats?"

Ich gebe mir Mühe, nicht über ihre Revanche zu lachen, damit die Cannelloni im Mund bleiben. So wie Lina neulich kaue ich in Ruhe zu Ende, während sie mich abwartend angrinst. Eigentlich bin ich der Schnell-zu-Ende-Kauer und hasse Situationen wie diese.

„Gut", antworte ich dann. Ich weiß nie, was ich über ihn sagen soll. Wir sind wie zwei Pole. Er war immer der Extreme, der Draufgänger. Im Kindergarten war er der Bandenchef, während ich mit Lina in der Puppenecke saß und mich von ihr beruhigen ließ. Die Puppe erschien mir blasser als am Tag zuvor, und das machte mir Sorgen.

„Das hättest du auch mit vollem Mund sagen können. Ein, zwei Fakten?"

„Er ist jetzt so alt wie ich", sage ich, um sie zu ärgern.

„Kommt bei Zwillingen häufiger vor, habe ich neulich gelesen", antwortet sie trocken. „Außerdem ist er neun Minuten älter", ergänzt sie dann, um wiederum mich zu ärgern.

Es überrascht mich, dass sie sich daran erinnert. Andererseits erinnere ich mich selbst noch genau an die Situation, als wir an unserem ersten Kindergartentag alle im Kreis saßen und uns den anderen vorstellten. Lautstark verkündete Mats, er sei der ältere Zwilling. Ich regte mich so schrecklich auf, dass ich mich weigerte, auch nur meinen Namen zu nennen. Später, als ich allein und immer noch vor mich hin grummelnd am Maltisch auf einem Blatt herumkritzelte, setzte sich Lina zu mir. Ihre ersten Worte an mich waren wegweisend für unsere gemeinsame Zeit: „Mach dir keine Sorgen", sagte sie und nahm meine kleine Hand in ihre. Und aus einem mir unerfindlichen Grund fühlte ich mich sogleich besser. Dann fügte sie in ihrer kindlichen Unbeschwertheit hinzu: „Dafür stirbt er früher." Von einem Moment auf den anderen hatte mich dieses fast vierjährige Mädchen zum Lächeln gebracht. Das war die Geburtssekunde unserer Freundschaft.

Bei der Erinnerung will ich sie am liebsten küssen. Stattdessen erzähle ich weiter von Mats. „Er lebt wieder in Berlin wie mein Vater. Verheiratet, zwei Kinder, fünf und drei." So, wie sie mich beobachtet, werde ich das Gefühl nicht los, dass sie über ihn bereits mehr weiß.

Mit verschränkten Armen lehne ich mich zurück, ohne ihrem Blick auszuweichen. „Ex-Kokser, auferstanden wie Phoenix aus der Asche. Wolltest du das hören?"

Sie zuckt nicht einmal mit der Wimper. „Ich will hören, was du mir erzählen willst. Nicht mehr, nicht weniger." Sie meint es ernst, und vielleicht spreche ich deshalb weiter.

„Unser Vater hat sich nicht sehr eingemischt in unser Leben, hat weiter viel gearbeitet und war gar nicht richtig anwesend, selbst wenn er da war. Mats ist dann in die falschen Kreise geraten und nach und nach abgerutscht. Erst hat er angefangen zu kiffen und zu trinken, dann irgendwann zu koksen und für den Stoff zu klauen. So viel zu den großen Gefühlen und dem großen Leid. Nachdem die Polizei ihn erwischt hatte, ist mein Vater aufgewacht und hat ihn in eine Einrichtung gesteckt, damit er einen Entzug macht. Keine Ahnung, wie Mats so gut die Kurve gekriegt hat, aber du weißt, wie er ist: ein Stehaufmännchen." Anders als ich. Ich lege mich gar nicht erst hin. „Kurz nach diesem ganzen Scheiß hat er seine Frau kennengelernt, und jetzt sind sie seit einer Ewigkeit verheiratet und haben einen Jungen und ein Mädchen."

Kurz überlege ich, ob ich wohl Nord- oder Südpol bin. Womöglich ist Mats beides, und ich hänge einfach nur irgendwo am Äquator rum, gleichbleibendes Klima, wenn auch kein besonders angenehmes.

LINA

Gegen drei Uhr nachts halte ich nicht mehr länger durch. Immer häufiger bleibt mein Blick an Joe hängen, der konzentriert an seinem Laptop arbeitet. Zwischendurch wackelt er mit den Zehen, guckt mit zusammengekniffenen Augen auf den Bildschirm, als müsse er erst innerlich an den Details feilen, ehe er es am Bildschirm tut. Oder er kratzt sich über seine Bartstoppeln und verursacht damit ein leises Geräusch, das auf meiner gesamten Haut kribbelt. Es ist, als berühre er unzählige Stellen meines Körpers mit seiner unrasierten Wange, bevor er jede einzelne küsst. Für einen nicht ganz so kurzen Moment wünsche ich mir, er würde es wieder tun.

Dann huscht mein Blick zu seinem Block, in dem irgendwo die obere Hälfte meines Körpers unter einer angedeuteten Decke verschwindet. Wieso hat er mich gemalt? Und wieso auf diese Weise? Es ist seltsam intim, dass er ein solches Bild von mir besitzt – in seinem Kopf und in seinem Block.

Auch wenn ich vorhin sofort wusste, dass ich es war, fühlte es sich an, als betrachte ich eine andere Frau – eine Frau, die ich nie zuvor gesehen habe. Sie hatte etwas so Weiches, so Friedliches. Sie war so schön. Und seitdem ich der Fremden in die Augen geblickt habe, frage ich mich, wer von uns beiden sie nicht wirklich sieht. Gerne würde ich zurückblättern und sie mir noch einmal anschauen, sie kennenlernen – die, die zumindest in Joes Augen existiert.

Er sieht auf und hebt die Augenbrauen – eine stumme Frage.

„Ist es okay, wenn ich mich ein wenig hinlege? Du kannst das Licht anlassen. Ich muss nur die Augen eben mal zumachen."

„Klar. Ich kann auch gehen." Er sieht aus, als hätte er ein schlechtes Gewissen. Dabei habe ich ihn so gerne hier.

„Quatsch. Es scheint doch gerade zu laufen, oder?" Ich selbst habe so gut geschrieben wie seit Wochen nicht.

Unweigerlich muss ich an früher denken. Seine Ruhe hat mich jede Bastelstunde überstehen lassen, für die man ruhigere Finger brauchte, als ich sie hatte. Wenn er neben mir saß und ich ihm zusah, wenn ich sah, wie er mit geschickten winzigen Händen noch winzigere Zahnstocher zwischen zwei Kastanien platzierte oder Fensterbilder klebte, ohne dass seine Finger am Ende mehr buntes Transparentpapier zierte als das Kunstwerk selbst, breitete sich in mir regelmäßig Frieden aus.

Wenn wir auf unseren ersten Laternen oder Papierbogen unsere Handabdrücke hinterließen, mischten wir grundsätzlich seine und meine und freuten uns wie verrückt, wenn es niemand zu bemerken schien. Wir erschufen neue Farben, indem wir unsere verschmierten Händchen gegeneinanderdrückten, und der Anblick unser beider bunt gestapelten Abdrücke auf dem Papier machte mich jedes Mal glücklich. *Er* machte mich schon damals jedes Mal glücklich.

„Ja, endlich läuft es", sagt er lächelnd. Und wieder ist da dieses Glück.

„Na, dann ist der Plan ja aufgegangen. Wenn du mich brauchst, sag Bescheid."

„Gute Nacht."

Zufrieden lasse ich mich gegen das Kissen zurücksinken und schließe für einen kleinen Moment die Augen. Als ich sie wieder öffne, ist es fast hell, und ich bin allein.

Er hat seine Kissen zur Seite geräumt, das große vom Sofa ist nicht zu sehen, seine Sachen sind weg, die Kerze im roten Einmachglas ist erloschen und unsere Tassen stehen nicht mehr auf dem Tischchen. Ich könnte ihn eher für eine Fantasie als für Realität halten, wenn da nicht die Decke über mir ausgebreitet worden wäre und neben mir ein Blatt aus seinem Block läge. Beim Heben meines Kopfes zucke ich unter den unzähligen winzigen Nadeln zusammen, die sich in meinen verspannten Nacken bohren.

Vorsichtig dehne ich mich einmal in alle Richtungen und greife dann nach der leeren Seite. Als ich etwas hindurchscheinen sehe, drehe ich es um, und für zwei, vielleicht auch drei Schläge schweigt mein Herz.

Mein Blick klebt an dem schlafenden Gesicht – vollkommen ruhig, die Lippen einen Spalt geöffnet, die Wimpern entspannt unter den Augen abgelegt, ein Teil meiner Stirn von Locken verdeckt, alles in leichtes Rot und Orange getaucht. Als habe sich die Flamme von allein wieder entzündet.

Nur für einen einzigen Augenblick möchte ich mich so sehen wie der Zeichner. Nur für einen Moment möchte ich die Frau sein, die diesen Frieden in sich trägt.

Lange schaue ich auf nichts anderes als auf das, was Joes Hände mit ein wenig Farbe aus mir gemacht haben. Dann stehe ich auf und blicke an der Tür noch einmal auf das Stück Vergangenheit zurück, das ich gestern in meinem Schlafzimmer errichtet habe. Ich steige die Treppe runter und finde auf meinem Küchentisch ein weiteres Blatt Papier, diesmal voller gemalter Buchstaben. Wie kann jemand eine solche Handschrift haben?

Guten Morgen! Ich musste los, um die Feinheiten an meinem Schreibtisch zu bearbeiten. Wollte dich nicht wecken, du sahst so friedlich aus. Ich danke dir tausendmal für deine Hilfe! Lust auf einen Kaffee morgen Nachmittag? Hab einen schönen Tag!

Die Tassen stehen in der Spülmaschine, den Rest, der noch an dreckigem Geschirr herumstand, hat er gleich mit eingeräumt. „Angeber", murmle ich mit einem Lächeln.

Kapitel 7

JOE

BEREITS durch die Fensterfront sehe ich sie, als ich auf das Café zusteuere. Ich war erleichtert, als sie einen Laden vorgeschlagen hat, weil ich immer Angst habe, Menschen, die mir etwas bedeuten, könnten Läden, die mir gefallen, nicht mögen. Und allein das versaut mir das Treffen schon im Vorfeld.

Über die Theke hinweg unterhält sie sich mit einer anderen Frau – wenn ich mich richtig erinnere, ist es eine ihrer Freundinnen, mit denen sie auf den Partys war. Als Lina mich erblickt, strahlt sie mir entgegen, und ich verkaufe meinem Bauch sein verräterisches Kribbeln als Hunger, obwohl ich eben noch gegessen habe.

„Na, brav gearbeitet?", fragt sie, und ich umarme sie lächelnd. Dieser bereits jetzt so vertraute Geruch nach Zitrusfrüchten und Glück, der sie umgibt.

Einatmen. Lina. Ausatmen.

„Ja, aber die nächste Deadline hat noch etwas Zeit. Also keine Überfälle heute Abend." Ich wende mich an ihre Freundin und halte ihr die Hand hin. „Johannes, hi."

Es braucht nur einen kurzen Blickwechsel, um in ihr den Typ Frau zu erkennen, der genauso wie ich nur nach kurzen Abenteuern sucht. Die Jahre haben mich geschult. Anders als ihre Freundin hat Lina keinen Funken dieser Ausstrahlung an sich. Deshalb habe ich mein Glück kaum fassen können, als sie sich auf meinen Vorschlag, gemeinsam zu verschwinden, eingelassen hat.

„Bianca. Freut mich." Sie mustert mich, sieht wieder zu Lina und zieht dann kaum merklich die Augenbrauen ein Stück hoch. Ich würde jede Wette eingehen, dass Lina ihr erzählt hat, was zwischen uns gelaufen ist. „Was willst du haben?", fragt sie wieder an mich gewandt.

„Ein Espresso wäre super."

„Kommt sofort. Noch einen Cappuccino?", fragt sie dann Lina, die nickt.

Lina weist auf einen Tisch in der Ecke, auf dem ihr Laptop steht. Sie räumt ihre Sachen weg, und ich setze mich ihr gegenüber.

„Hat alles geklappt mit der Abgabe?", will sie wissen.

„Ja, dank dir bin ich die Auftragsquelle nicht los."

Grinsend schlüpft sie aus einem der gefütterten, knöchelhohen Schuhe und klemmt ihren Fuß unter ihren Oberschenkel. Es sieht aus, als säße sie in ihrem Wohnzimmer. „Danke für das Bild", sagt sie dann und strahlt mich an.

In mir krampft sich etwas zusammen. Ich hätte es ihr nicht dalassen sollen. Ich hätte es gar nicht erst malen dürfen. Doch als ich sie am Morgen genauso friedlich schlafen sah, wie ich es mir nach unserer gemeinsamen Nacht beim Klang ihrer Atemzüge vorgestellt hatte, haben sich meine Hände von allein über das Papier bewegt. Und als mir klar wurde, dass es zu viel war, ihr das Bild dazulassen, war ich schon aus der Wohnung und konnte nicht zurück.

Ihr Lächeln wird unsicher. Ich habe sie wohl zu lange angestarrt. „Was ist los?", fragt sie dann auch.

„Nichts. Alles gut."

„Genauso siehst du aus. Hab ich wieder was Falsches gesagt?"

„Nein. Ich bin wieder falsch gepolt." Mein Versuch, möglichst unbedeutend zu klingen, geht schief. Sie merkt, dass ich nicht so entspannt bin, wie ich tue, aber sie sagt nichts.

„Was schreibst du gerade?", frage ich, um das Thema zu wechseln.

„Ach, so Frauenzeug. Zu große Gefühle für dich", meint sie trocken.

Ein Mädchen stellt unsere Tassen auf den Tisch und verschwindet wieder, nachdem wir uns bedankt haben.

„Ja, wahrscheinlich. Vor allem, wenn das die ganze Geschichte sein sollte. Viel zu große Gefühle", necke ich sie, und sie zieht die Nase kraus.

„Keine Ahnung, ich rede nicht gerne über meine Bücher."

Verwundert sehe ich sie an. „Wieso?"

„Dann kommen sie mir immer dämlich vor. Wenn ich darüber rede, klingt es, als würde ich sie wichtig nehmen oder so", murmelt sie kleinlaut.

Ihre Antwort und ihr für sie untypischer Tonfall verwundern mich noch mehr. „Sind sie das nicht? Sie sollten dir wichtig sein, oder?"

„Es sind – Bücher. Keine besonders herausragenden. Einfach Bücher halt."

Mein irritierter Blick scheint sie nur noch mehr ins Schwimmen zu bringen. Sie wirkt, als sei ihr das Thema geradezu peinlich.

„Keine Ahnung", wiederholt sie. „Reden wir über etwas anderes."

„Okay. Ich kaufe einfach eins."

„Ich schreibe unter Pseudonym."

„Das finde ich schon heraus."

„Glaube ich kaum."

Der Herausforderung kann ich nicht widerstehen. „Wetten?"

„Na, dann mal viel Glück. Um was?"

„Alle Tricks erlaubt?", frage ich.

„Du musst es schon allein herausfinden. Nicht in meinem Laptop herumsuchen oder so."

„Ehrensache. Um …" Ich zögere, und sie sieht mich über die Cappuccinotasse in ihren Händen hinweg amüsiert an. „Um was willst du wetten?", schwenke ich dann um, um ihre Reaktion zu sehen. Sofort erkenne ich, dass sie etwas denkt, was sie nicht denken will, und verstecke mein zufriedenes Grinsen, indem ich von meinem Espresso trinke.

„Ich will das Bild, das du von mir gemalt hast", sagt sie dann zu meiner Überraschung. „Das erste."

Ich hätte es ihr auch so gegeben, wenn sie etwas gesagt hätte. Irgendwie steht mir dieses Bild nicht zu, und ich bin noch immer überrascht, dass sie kein bisschen wütend oder zumindest irritiert war, nachdem sie es gesehen hatte.

„Und du? Was willst du?", will sie wissen.

„Noch mal mit dir zu schlafen, ist wohl etwas viel verlangt, oder?", frage ich direkt, wenn auch eigentlich nicht ernst gemeint. Im ersten Moment sieht sie mich mit offenem Mund an, dann lacht sie so laut los, dass es beinahe schon beleidigend ist. Dennoch muss ich mitlachen. Sie lässt sich erstaunlich selten von mir aus der Fassung bringen.

„Dann lasse ich mich von dir noch mal bekochen", beschließe ich.

„Abgemacht." Lina streckt mir die Hand über den Tisch entgegen, und ich schlage ein.

„Wie geht es deinen Eltern?", frage ich zwei Espresso und ein Wasser später.

Für einen winzigen Moment zuckt ihr Gesicht, und ich kann nicht einordnen, zu welchem Gefühl das Zucken gehört. „Ganz gut."

„Verkauft dein Vater noch diese Ferienhäuser?"

Sie wird knallrot. Von einem auf den anderen Moment macht sie absolut dicht, was so wenig zu ihr zu passen scheint wie das Kribbeln in meinem Bauch zu mir.

„Nein." Es klingt hölzern wie der Zaun, den sie in Windeseile zwischen uns errichtet.

„Okay", sage ich schnell.

Sie ist die Fröhliche, die Bunte, die Sichere von uns. Ich fühle mich wie ohne Skript auf eine Bühne gestellt. Ich sollte improvisieren, aber mir fällt trotz größter Anstrengung nichts ein. Es ist eine Ewigkeit lang still. Hektisch grabe ich in mir nach Worten, finde jedoch nur irgendwann ein: „Tut mir leid." Ich weiß nicht, wieso, aber es erscheint mir angebracht.

Unruhig rutscht Lina auf der Bank hin und her. Hin und her. Hin und - „Können wir eine Runde gehen?"

„Klar." Bloß nicht mehr hier sitzen. Auch zu groß. Schlecht groß. Schlecht groß gehört immer zu gut groß. Lina ist atemberaubend groß, ich müsste doch wissen, dass das hier auf Dauer nicht ohne furchtbar groß funktioniert.

Im Rausgehen legt Lina Geld auf den Tresen, und ich lächle Bianca noch mal zu, ehe wir an die frische Luft treten.

„Tut mir leid." Sie kratzt sich an der Stirn, als schiebe das ihre Gedanken wieder an die richtigen Stellen. „Du hast mich eben irgendwie eiskalt erwischt."

Sie zieht die Jacke vor der Brust zusammen und verschränkt dann die Arme, anstatt die Knöpfe zu schließen. Mir kommt es gar nicht besonders kalt vor.

„Womit?" Ich habe Angst, sie sagt, jemand sei krank, tot. Ich will das nicht wissen.

„Meine Eltern sind geschieden. Diese Haussache", sie macht eine lange Pause, in der sie nur vor sich auf das Kopfsteinpflaster starrt, als hätten sich die richtigen Worte irgendwo in den Rillen zwischen den kleinen Steinen versteckt. „Das war nicht so, wie ich gedacht hatte."

Es ist niemand krank. Niemand ist tot. Erleichtert aufatmend sehe ich sie an.

Sie starrt weiter auf den Boden vor sich, als müsse sie sich darauf konzentrieren, nicht zu stolpern. „Er hat mir immer von diesem Feriendorf erzählt, das er bauen wird. Von den Pferden, die er kaufen und auf denen ich dann reiten dürfte. Er hat gesagt, ich könne Freunde mitbringen." Den letzten Satz sagt sie sehr leise.

Ich sehe sie noch vor mir, wie sie aufgeregt und mit glühenden Wangen dastand, mir von den Pferden erzählte, die sie schon mal vorweg liebte. Im Lieben war sie immer so gut. Ich erinnere mich, wie sie sich Namen überlegte für den Hund, den sie haben würde. Ich hatte mich mit ihr gefreut, sie war so mitreißend gewesen. Nachts hatte mich dann regelmäßig die Angst übermannt, sie würde wegziehen in eines dieser schönen Ferienhäuser, von denen sie mir einen Prospekt dagelassen hatte. Für immer. Ohne mich. Da wusste ich noch nicht, dass es ein Job meines eigenen Vaters wäre, der mich zwingen würde, sie kurz darauf allein zu lassen. Bis wir vor ein paar Tagen in das Leben des anderen zurückgefunden hatten.

„Ich erinnere mich." Den Rest lasse ich lieber weg.

Schon wieder wird sie rot und knibbelt an dem durchsichtigen, leicht glitzernden Nagellack ihres linken Zeigefingers herum.

„Er hat mir diese Prospekte gegeben und sie mich verteilen lassen an Leute, von denen er dachte, sie hätten Geld. Er hat mich zu den Eltern von Freundinnen geschickt wie zu deinen." Ihre Stimme wird dünn wie ein ausgefranster Faden, vielleicht reißt sie gleich, wenn sie mit den nächsten Worten noch ein wenig daran zieht. Ein Stück des Nagellacks splittert ab, ohne dass sie es zu bemerken scheint. Jedenfalls macht sie einfach weiter.

„Ich durfte es nur nicht meiner Mutter sagen. Er meinte, wir würden sie überraschen, wenn genügend Leute die Häuser gekauft hätten. Es hat sich dann irgendwann herausgestellt, dass das alles nur irgendwelche abgedrehten Ideen waren. Er hat alles Ersparte und sogar noch mehr als das in die Pläne gesteckt.“

Zum ersten Mal löst sie den Blick vom Boden, um ihn auf mich zu richten. Schnell sieht sie wieder weg, sobald unsere Augen sich begegnen.

„Als meine Mutter es herausgefunden hat, ist sie vollkommen ausgeflippt, und ich war sauer auf sie, weil ich dachte, sie mache alles kaputt. Und anstelle von vielen bunten Ferienhäusern mussten meine Eltern dann ihr eigenes Haus verkaufen.“ Kurz schaut sie noch mal auf und gibt alles, um ein tapferes Lächeln zustande zu bringen. „Das Leben ist kein Ponyhof.“

Von einem Herzschlag auf den anderen habe ich das unbändige Bedürfnis, sie glücklich zu machen. Ich will einfach, dass all der Schmerz aus ihrem Blick verschwindet. Ihre Gefühle sind immer so viel extremer als meine.

„Komm mal her.“ Behutsam ziehe ich sie zu mir, um meine Arme um ihre Schultern zu legen und sie ins Haar zu küssen.

Ich habe keine Ahnung, wieso sie sich so schämt, aber sie tut es. Ihr warmer Atem dringt durch meinen Pullover bis zu meiner Haut durch, was mein Herz weich werden lässt wie erhitzten Teer, ehe sie ihr Gesicht an meiner Schulter vergräbt.

„Und du musstest die Fragen der Freundinnen aushalten. Und jetzt frage ich Trottel“, sage ich leise.

„Ich habe das seit fünfundzwanzig Jahren niemandem erzählt, vielleicht war das gar nicht so schlecht“, murmelt sie meinem Pulli ins Ohr. Dann fügt sie seufzend hinzu: „Oh Gott, bin ich alt. Ich denke in Vierteljahrhundert-Schritten.“

Leise lache ich in ihr Haar, und sie schaut bei dem Klang zu mir auf.

Als sie so küssbar vor mir steht, lasse ich schnell die Arme sinken und räuspere mich in der Hoffnung, der Wunsch nach ihrer Nähe erschreckt sich vor dem Geräusch und verschwindet.

„Das ist alles ganz schön peinlich", sagt sie. Aller Wahrscheinlichkeit nach meint sie nicht meinen Wunsch, sondern ihre Geschichte. Trotzdem fühle ich mich schlecht, weil ich in diesem Moment so etwas denke.

„Ist doch nicht deine Schuld, was da passiert ist. Er hat dich benutzt, weil du das alles noch nicht überblicken konntest. Er hat dich mit deinen Träumen geködert."

„Aber ich habe ihm geglaubt."

„Du warst neun, und er war dein Vater. Und, herrje, er hat dir ein Pony versprochen. Und einen Hund." Die letzten zwei Sätze rufe ich übertrieben dramatisch, und sie lächelt schwach. Endlich.

„Weißt du, dass ich ihn Joe nennen wollte, nachdem du weg warst?" Irritiert sehe ich sie an.

„Den Hund", erklärt sie, und ich muss lachen und schüttle den Kopf.

„An dem Abend, als du weg warst, habe ich schrecklich geweint. Und dann habe ich beschlossen, dass ich den Hund Joe nennen werde. Er sollte unbedingt braunes Fell haben. Am nächsten Tag habe ich mich umentschieden." Ihr Lächeln hat etwas Melancholisches.

„Wieso?", frage ich gerührt.

„Weil mir über Nacht klar geworden war, dass er so treu und liebenswert sein könnte, wie er will – er wäre nur ein billiger Abklatsch von Joe."

Die Melancholie ihres Lächelns weicht einer leisen Zärtlichkeit, und ich weiß wirklich nicht, was ich darauf sagen soll, obwohl unzählige Gefühle und Worte für sie in mir einen bunten Turm bauen. Kurz bevor er meinen Mund erreicht, schubse ich ihn hektisch um und lächle nur zurück.

Also laufen wir eine Weile schweigend durch die Straßen. Dann merke ich, dass sie zu mir herübersieht. Als ich sie anschaue, wird ihr Blick unsicher.

„Was ist?"

„Manchmal habe ich Angst, ich bin wie er." Eigentlich spätestens jeden zweiten Tag. Nun habe ich es zum ersten Mal laut ausgesprochen. Der Satz schmeckt bitter und hinterlässt einen fiesen Druck in meiner Lunge.

Damals, als meine kindliche Welt zusammen mit der Ehe meiner Eltern in die Brüche ging, war der kleine Joe der einzige, mit dem ich darüber reden wollte. Wenn irgendein Gefühl in mir zu groß wurde, nahm er meine kleine Hand in seine noch kleinere und drückte sie für einen kurzen Augenblick. Dann war es, als geriete alles so weit ins Lot, dass das Leben wieder funktionierte. Das war der Tag, an dem mir bis ins Letzte bewusst wurde, was es hieß, keinen Joe mehr zu haben.

„Wie kommst du denn darauf?", reißt mich der Joe neben mir aus meinen Gedanken, als ich auf seinen irritierten Blick nicht reagiere. Seine ehrliche Überraschung beruhigt mich schon ein wenig. Es ist fast, als hätte er meine Hand in seine genommen und für einen Moment gedrückt. Trotzdem wundert es mich, dass nach fünfundzwanzig Jahren Schweigen der große Joe der erste und einzige ist, dem ich mich anvertrauen will.

„Na ja, ich bin auch so eine Träumerin. Wie mein Vater eben. Bestimmt hat er geglaubt, dass es realistisch wäre, was er sich da ausmalt. Ich hatte schon immer etwas zu viel Fantasie, und wenn ich etwas gerne mache, will ich mich sofort kopfüber hineinstürzen."

„Das ist doch etwas Gutes", erwidert der Mann mit unerschütterlicher Bodenhaftung. „Du willst leben."

Du nicht?

„Das habe ich immer an dir bewundert", fügt er hinzu.

„Aber wenn ich mich in etwas verrenne, geht es schief." Wie bei meinem Vater.

„Was ist denn bitte schon bei dir schiefgegangen? Du scheinst mir dein Leben doch ganz gut im Griff zu haben."

„Bestes Beispiel ist meine Verlobung. Ich war vollkommen verblendet, weil ich wollte, dass es funktioniert."

„Dein Vater hat seine Tochter in seine manischen Schübe reingezogen."

Manie. Er hat das Wort ausgesprochen, das Löcher in meinen Glauben an meine Selbstwahrnehmung brennt.

„Du hingegen hast einen Typen, der dich betrogen hat, verlassen, hast seine Konzerttickets ökologisch einwandfrei vernichtet und bist dann in eine Wohnung mit einem perfekten Dachfenster gezogen und Autorin geworden. Das ist der Inbegriff von toll. *Du* bist der Inbegriff von toll."

Mir war nicht klar, dass Worte kribbeln können. Doch seine können es. Mitten in meinem Bauch.

Kapitel 8

LINA

IN den vergangenen Wochen haben wir uns immer wieder getroffen, doch ich war noch nie bei ihm. Als ich erfahren habe, dass er wieder in dem Haus seiner Kindheit lebt, wollte ich es unbedingt noch einmal sehen, und heute ist es endlich so weit.

Es ist Ende November und natürlich längst dunkel, als ich gegen halb sieben ankomme. Außerdem ist es verdammt kalt geworden, ich wittere schon den ersten Schnee.

Am Ende der Straße fahre ich langsam. Die Scheinwerfer streifen das trotz der Laternen kaum zu erkennende kleine Haus. Als ich es das letzte Mal gesehen habe, wirkte es schrecklich heruntergekommen. Ich weiß nicht, ob es immer so war, als Kind habe ich auf so etwas nicht geachtet. Kurz nach dem Tod seiner Mutter bin ich noch einmal vorbeigelaufen, weil ich hoffte, Joe aus der Ferne zu sehen. Ich hätte gerne seine Hand gehalten, nur in Gedanken, aber vielleicht hätte er es spüren können. Damals war ich über den Anblick des Hauses erschrocken – es wirkte wie im Stich gelassen.

Wenn ich es richtig erkenne, hat es einen neuen Anstrich, die einst braunen Holzwände scheinen rot angemalt worden zu sein, und die Fensterrahmen leuchten selbst in dem spärlichen Winterabendlicht weiß – beinahe fühle ich mich, als hätte ich während der zehnminütigen Fahrt unbemerkt nach Schweden übergesetzt.

Als ich um die Ecke des großzügigen Grundstücks fahre, sehe ich das Licht am Ende des Gartenwegs brennen – die Stufen vor dem Eingang wurden neu überdacht, und als ich geparkt habe und den Weg langsam entlanggehe, erkenne ich auch die tatsächlich dunkelrote, neue Farbe.

Meine bevorstehende Reise in die Vergangenheit macht mich nervös. Es ist wie das Wiedersehen mit Joe nach all den Jahren – alles so vertraut, alles so neu. Mit klopfendem Herzen klingle ich an der weißen Haustür und versuche dann zu erkennen, ob die alte Schaukel noch am Kirschbaum hängt – doch wenn sie noch da ist, wurde sie von der Dunkelheit verschluckt wie der Rest des Gartens.

„Ich kenne dich." Nicht nur der Satz, auch die Stimme ist vertraut und klingt doch nicht ganz genau so wie die von Joe. Überrascht drehe ich mich um und grinse dann übers ganze Gesicht, bevor ich ihn umarme.

„Mats."

Noch immer sieht er Joe so ähnlich, und noch immer kann ich die beiden sofort auseinanderhalten – auch wenn es heutzutage leichter ist als früher. Mats hat kürzere Haare, ein wenig breitere Schultern, aber auch etwas mehr Bauch. Und die Augen, vor allem der Blick, sind komplett anders – waren sie immer schon.

„Ich wollte es nicht glauben, als Hannes erzählt hat, er hätte dich zufällig wiedergetroffen", sagt er lachend an meinem Ohr und drückt mich fest an sich. Ja, die Stimmen sind sich so ähnlich, doch die Art zu reden unterscheidet sich in beinahe jeder einzelnen Nuance. Zwei Welten, so verschieden wie die beiden Jungen, wie die beiden Männer.

„Der Rebell ist heimgekehrt." Auch ich lache und lasse ihn los, ehe er grinsend an einer meiner Locken zupft. Früher hat er mich ihretwegen immer aufgezogen und Joe auf diese Weise mitunter zum Ausflippen gebracht. Der Gedanke an den stillen, kleinen Joe, der mich lauthals vor seinem Bruder, dem Bandenchef beschützen wollte, lässt mich lächeln. Dann schüttle ich ungläubig den Kopf und bringe so die Locken zum Hüpfen. „Ich dachte, du bist in Berlin."

„Überraschung gelungen?", dringt die Stimme meines damaliger Beschützers vom Wohnzimmer aus bis zu uns. Vielleicht liegt es gar nicht nur an dem Wiedersehen mit dem einst so geliebten Haus, dass mein Blut so sehr durch meine Adern jagt und ich es sogar in den Ohren rauschen höre.

„Geht so", rufe ich in gespielter Gleichgültigkeit zurück, blicke Mats aber weiter strahlend in die Augen. „Ich fasse es nicht", sage ich dann und umarme ihn noch einmal.

„Komm rein", erwidert er mit einem Grinsen – auch das so ähnlich und so ganz anders.

Einzutreten ist wie von einem Paralleluniversum verschluckt zu werden. Es ist dasselbe Haus, das ich hunderte Male betreten habe, und doch ist es ein komplett anderes. Nur langsam wage ich mich vor, während ich mir die Mütze vom Kopf ziehe und mich andächtig umsehe. Es riecht wie früher nach orange glühendem Holzofen. Die schönen alten Dielen sind neu abgezogen und lackiert, die damals offene Treppe ist ersetzt worden. Blau ist sie nun und die Stufen sind geschlossen, die daran hinaufführende Wandvertäfelung wurde cremeweiß lackiert wie das gegenüberliegende Geländer.

„Wahnsinn", murmle ich. Und dabei stehe ich erst im Flur.

Aus dem Augenwinkel bemerke ich eine Bewegung und wende mich in Richtung Wohnzimmer. Die Hände in den Hosentaschen vergraben lehnt in der Tür ein lächelnder Joe und beobachtet mich beim Staunen. Ohne Umwege schleicht sich dieses Bild in meinen Bauch, lässt sich dort nieder und verwandelt sich in eine Schar von Schmetterlingen. Mit ihren Flügeln streifen sie in mir entlang, als verpassten sie auch meinen Innenwänden eine neue Farbe. Ich tippe auf ein warmes Rot.

„Das ist unglaublich", flüstere ich und gehe auf ihn zu, um ihn zu umarmen. Sobald ich über seine Schulter in das hinter ihm liegende Wohnzimmer blicken kann, schüttle ich noch ungläubiger den Kopf. Über das, was ich sehe, und über das, was ich fühle, als ich wieder seinen bereits so vertrauten Geruch einatme.

Einatmen. Joe. Ausatmen.

„Irgendetwas muss er ja auch können", stichelt Mats.

Ich bin zu überwältigt, um zu lachen, lasse Joe langsam los und gehe an ihm vorbei in das Wohnzimmer mit der am anderen Ende des Raumes durch eine Kochinsel abgetrennte Küche. Die Wand zur davor liegenden ehemaligen Vorratskammer wurde herausgerissen, die alten Regale mit Lebensmitteln sind einer Sitzecke mit tiefem Sofa und einem gemütlich aussehenden Ohrensessel gewichen. Der alte Ofen ist noch da, wärmend knistert er vor sich hin. Die Küche von damals wurde durch eine neue in einem warmen Taubenblau ersetzt. Das Gespür für so viel Gemütlichkeit hätte ich ihm nicht zugetraut.

Während meine Augen durch den Raum wandern, bleiben sie an dem großen, alten Esstisch hängen, der immer noch vor dem Fenster stehend in das Zimmer hineinragt. Eine einzige riesige Tischplatte mit Astlöchern, bereits jahrzehntelang von der durch das große Fenster scheinenden, wärmenden Sonne nachgedunkelt, und erst in diesem Moment wird mir bewusst, wie besonders dieser Tisch ist. Früher war er einfach da. Im Vorbeigehen streiche ich mit den Fingern darüber, er wurde nicht abgeschliffen, und manche der Kerben habe vielleicht ich hinterlassen. Die alten Bänke stehen nicht mehr davor, dafür Stühle, von denen ich nie gedacht hätte, dass sie hier reinpassen würden, wenn ich sie im Geschäft gesehen hätte.

Mir fallen das Bild von mir und die Zeichnungen zu den Artikeln ein, die Joe nebenbei zum Leben erweckt hat. Es ist mir ein Rätsel, wie er sich den großen Dingen gegenüber verschließen kann, wenn er sie doch selbst so mühelos erschafft.

Gerade drehe ich mich zu Joe, um zu sagen, dass ich den Rest sehen will, als ich in ein fremdes Gesicht blicke. Es gehört einer Frau, etwa in unserem Alter, mit schwarzen, glatten Haaren und Huskyaugen unter dem Pony. Sie ist sehr schlank, regelrecht zierlich, und wirkt durch ihre durchscheinende Unsicherheit plötzlich viel jünger als auf den ersten Blick. Langsam schlingt sie den Arm um Mats' Mitte und mustert mich aufmerksam, während er sie auf den Kopf küsst. Von einem Moment auf den anderen sieht er so angekommen aus.

„Hi", sage ich, und ihre Unsicherheit schwappt auf mich über. Vielleicht liegt es an ihren ungewöhnlichen Augen, aber es kommt mir vor, als könne sie in mich hineinsehen.

„Du musst Mats' Frau sein. Ich bin …" Für einen Moment stocke ich, weil ich in Joes Gegenwart Lina bin. Aber nur für Joe. „Ich bin Caro."

„Ronja." Ihre Stimme ist klar, doch ihr Lächeln sehr zurückhaltend, es lässt sie so gar nicht wie eine Räubertochter wirken. Hätte ich ein Paar für einen meiner Romane erschaffen, wäre ich nicht auf die beiden gekommen. Und doch fügen sie sich erstaunlich perfekt ineinander.

„Freut mich", erwidere ich lächelnd, während mein Kopf beginnt, für die beiden eine Geschichte zu stricken. Dann spüre ich Joes Hand auf meinem Rücken. Ich muss mich anstrengen, damit ich unter der Berührung nicht die Augen schließe. Ronjas Blick huscht kurz zu der Hand.

„Soll ich dir den Rest zeigen?", fragt Joe.

„Unbedingt."

Wir steigen die Treppe hinauf, und beinahe oben angekommen dreht er sich zu mir um. „Bitte erschrick jetzt nicht. Es ist aufgeräumt." Ich gebe alles, um einen bösen Blick aufzusetzen. Seinem Lächeln zufolge bin ich jedoch nicht sehr überzeugend.

„Also, hier das Schlafzimmer." Seine Augenbrauen heben sich ein winziges Stück, und ich kann nicht anders als ebenso winzig zu grinsen, ehe ich an ihm vorbei in sein ehemaliges Kinderzimmer trete. Dann drehe ich mich leise lachend um. „Schönes Fenster." Vom Kopfende seines Bettes aus kann man durch die Dachschräge in den Himmel blicken. Früher war dieses Fenster eindeutig noch nicht da.

„Ja, nicht?", sagt er grinsend.

Ich mache ein paar Schritte in den Raum mit dem ordentlich gemachten Bett, dem Holzkleiderschrank und dem Nachttisch. Mehr gibt es nicht.

„Wo sind deine Sachen? Einbrecher?", frage ich.

Er lacht auf. „Ich besitze ein ganzes Haus für mich allein. Wieso soll ich mir alles vollstellen?"

„Das ist nichts, was man entscheidet, Joe, das passiert." Zumindest bei mir. „Darf ich?" Ich zeige auf die Schubladen an seinem Schrank.

Sein Blick schwankt zwischen irritiert und amüsiert, aber er nickt, und ich ziehe die oberste Schublade auf. Schwarze, graue und dunkelblaue Socken liegen in Reih und Glied hintereinander. Der Anblick der farblich streng sortierten Strumpf-Armee weckt in mir das Bedürfnis, die Schublade einmal herauszuziehen, den gesamten Inhalt auszuleeren und dann von jedem Paar die besser erhaltene Hälfte wegzuschmeißen. Kopfschüttelnd schließe ich sie schnell wieder, bevor ich meinen Wünschen nachgebe.

Er zeigt mir noch das Bad und Mats' ehemaliges Zimmer, das er in sein Arbeitszimmer verwandelt hat. Alles ist schrecklich ordentlich. Ich weiß nicht, wieso es trotzdem gemütlich ist. Sogar sein Arbeitszimmer wirkt einladend.

„Arbeitest du von zu Hause aus?"

„Ja, ich bin selbstständig."

„Verstehe. Keine Bindung und so." Ich wende mich ihm zu. Mit verschränkten Armen an der Wand lehnend lächelt er vor sich hin. „Genau."

„Du bist ganz schön verkorkst, Fremder", murmle ich liebevoll und entlocke ihm damit ein Auflachen. Während ich mich im Arbeitszimmer umsehe, fällt mir etwas auf. „Wieso hängen nirgendwo Bilder von dir?"

„Ich bin Grafik-Designer, kein Künstler", erklärt er amüsiert.

Auf seinem Schreibtisch liegen ein paar wenige Blätter herum, die das Gegenteil erzählen. „Doch, bist du", sage ich leise und greife nach seinem Block. *Ich. Nackt.*, durchzuckt es mich bei der Erinnerung an das letzte Blättern. „Darf ich?", frage ich schon wieder und drehe mich zu ihm um.

Mein Oberarm streift seine Brust, er steht nur wenige Zentimeter vor mir. *Kawumm*, staunt mein Herz ehrfürchtig, weil seine Nähe meinen ganzen Körper in Aufruhr versetzt. Sein Blick huscht für einen Moment zu meinen Lippen. Stumm flehe ich, dass er mich küsst. Dann tritt er einen Schritt zurück.

„Lass uns runtergehen." In Joes Stimme hat sich etwas Raues geschlichen, was mich daran erinnert, wie er direkt an meinem Ohr Worte raunt, die so ganz anders klingen als diese Bitte. Wie gerne würde ich die Hand auf seine Brust legen, um herauszufinden, ob sein Herz gerade genauso rast wie meins.

Ich lege seinen Block zurück auf den Tisch, ehe ich mich an ihm vorbei aus der Tür schlängle. Ich wünschte, er würde mich zurückhalten. Ich wünschte, er würde mich küssen. Aber er tut weder das eine noch das andere.

Im Erdgeschoss weist er auf das letzte Zimmer, das damals das Schlafzimmer seiner Eltern war. „Gästezimmer. Ich lasse Mats' und Ronjas Chaos lieber seine Privatsphäre."

Seine Stimme ist jetzt das Gegenteil von geraunten Worten. Er ist plötzlich so weit weg, dass ich mich an den Moment erinnert fühle, als ich mit ihm nach unserer Nacht frühstücken gehen wollte. Es ist, als würde ein Teil von ihm vor mir fliehen. Wirklich anwesend war er eigentlich nur, als er mit mir geschlafen hat. Da hat er in mich hineinsehen wollen, so wie er mich hat in sich blicken lassen. Der Gedanke, dass er sich jeder Frau so zeigen könnte, zerrt an meinem Herzen.

„Klar", murmle ich.

Ich brauche irgendetwas, um mich zu beruhigen. Unter dem Vorwand, ins Bad zu müssen, gehe ich wieder hinauf, öffne seine Sockenschublade und reiße einzelne Paare auseinander, um ihnen einen neuen Partner zuzuordnen. Dann gehe ich, zufrieden mit meinem Werk und ein ganzes Stück ruhiger, wieder nach unten.

Mats und Ronja sitzen auf dem Sofa. Sie schaut auf und lächelt mich an, etwas offener als eben, ehe ich zu Joe in die Küche gehe.

„Können wir jetzt essen?", mault Mats vom Sofa aus.

„Was gibt es denn?", will ich wissen.

„Frag den Chefkoch." In Mats' Stimme schwingt Ironie mit, und ich gucke zu Joe, der nicht mehr ganz so weit weg zu sein scheint wie noch wenige Minuten zuvor.

Anstatt zu antworten geht er zum Ofen, murmelt „Perfekt", greift nach den Topflappen und zieht das Blech aus dem geöffneten Ofen. „Voilá."

Ungläubig sehe ich ihn an, ehe ich lospruste. Pommes Frites und Hähnchen-Nuggets, neben den weltbesten Kirschpfannkuchen seiner Mutter war das unser Leibgericht, als wir Kinder waren. Die beiden anderen stehen auch auf, und ich gehe zu Joe, um die Untersetzer richtig zu rücken. Er lächelt mich an und hält das Blech so hoch, dass ich darunter entlang schlüpfen kann, weil die Küche bei geöffnetem Ofen sonst zu schmal ist. Als Kinder hatten wir hier so viel mehr Platz, trotzdem fühlt es sich wie früher an.

Mit dem Fuß schließe ich die Ofentür, und Joe stellt das Blech ab. Als ich mich nach den Tellern recke, greift er über mich hinweg, um sie problemlos aus dem Schrank zu holen. Seine Brust berührt meinen

Rücken, und ich halte die Luft an und bin kurz davor, mich einfach gegen ihn zu lehnen.

„Besteck?", frage ich stattdessen, ohne meinen Wunsch übertönen zu können.

Er weist mit seinem Kinn auf eine Schublade, sodass ich mich wieder an ihm vorbei schlängeln muss. Während er das zweite Blech in den Ofen schiebt, hält er einen Arm zwischen meine Taille und den Ofen, damit ich mich nicht verbrenne. Mit dem Besteck und zwei Tellern gehe ich zum Tisch, Mats mustert uns aufmerksam. Ich stelle ihm und Ronja die Teller hin und stoße im Umdrehen beinahe gegen Joe, der gerade noch unsere Teller hebt. Wieder so nah. Durchatmen. Weiter.

„Was willst du trinken?" Seine Stimme will nicht ganz wie seine klingen, seine Augen weichen meinen aus.

„Ich nehme auch ein Bier", sage ich auf Mats' Flasche deutend. „Was guckst du so?"

„Nichts. Ich habe dich nur noch nie Bier trinken sehen."

„Weil ich fast nur auf Partys trinke und es da meistens kein Bier in Flaschen gibt."

Er guckt irgendwie belustigt. „Also kein Glas für die Dame."

Wir essen, wir erinnern uns, wir lachen. Auch Ronja taut auf, und bald mag ich sie wirklich gerne, auch wenn sie mich weiterhin etwas nervös macht. Mats beobachtet Joe und mich zwischendurch immer wieder. Ich frage mich, ob er von unserer Nacht weiß.

Irgendwann holt Mats einen Tischkicker aus der Abstellkammer, und wir spielen zwei gegen zwei, obwohl es dafür eigentlich zu eng ist. Unsere Stühle stehen Lehne an Lehne, und jedes Mal, wenn Joes und mein Arm sich streifen, stellen sich unter meinem Pulli die Härchen auf.

Ich bin bei meinem dritten Bier, habe aber mit Joe den einzig komplett Nüchternen an meiner Seite. Das ist es wohl, was uns zum Sieg verhilft, und jubelnd fallen wir uns in die Arme. Als wir uns wieder loslassen, bleiben unsere Blicke einen winzigen Moment zu lange aneinander kleben, ehe Joe aufsteht, um noch etwas zu trinken zu holen.

„Scheiße", höre ich Mats murmeln. Ronja stößt ihm in die Seite, während ich ihn fragend ansehe. „Nichts. Ich brauche noch ein Bier."

JOE

„Du schläfst mit ihr?", zischt Mats hinter mir, und ich drehe mich ruckartig um.

„Wie bitte?"

„Ronja hat es mir sofort gesagt, aber ich konnte nicht glauben, dass du so dämlich bist. Sie hat recht, oder? Du schläfst mit Caro."

„Gerade? Nein."

Mats guckt mich wütend an, während ich mir noch ein Bitter Lemon eingieße.

„Was willst du von mir hören?", frage ich.

„Dass du diese Scheiße jetzt sein lässt, wenn du nicht vorhast, ernsthaft etwas mit ihr anzufangen. Sie ist zu wichtig für so einen Mist."

„Es geht dich nichts an. Außerdem ist da doch gar nichts mehr." Seine Augen verengen sich, und ich stöhne genervt auf. „Herrgott, es war *einmal*." Dreimal, aber innerhalb von zwölf Stunden. „Als wir quasi noch nicht wussten, wer wir sind." Oder als wir es gerade herausgefunden hatten. „Seitdem ist nichts mehr passiert." Außer, dass sie einfach nicht aus meinem Kopf und meinen Zeichnungen verschwindet.

„Du bist so ein Vollidiot", grummelt Mats und nimmt sich noch ein Bier aus dem Kühlschrank.

„Wieso bin ich bitte ein Vollidiot, wenn ich dir gerade sage, dass ich nichts mehr mit ihr habe?" Langsam werde ich wütend.

„Weil du nichts schnallst", sagt er nur und geht ohne eine weitere Erklärung zurück an den Tisch. Er küsst Ronja ins Haar, und sie legt den Kopf in den Nacken, damit er sie auch auf den Mund küssen kann. Der Anblick macht meine Brust eng. Zu viel.

Was macht er, wenn sie morgen stirbt?

Ich zucke unter dem Gedanken zusammen. So etwas darf ich nicht einmal denken.

Mein Blick wandert zu Lina. Sie lächelt mich an, und doch sehe ich einen Anflug von Traurigkeit in ihren Augen, ehe sie sich weiter mit Ronja unterhält. Langsam gehe ich wieder rüber und setze mich neben Lina. Aber etwas ist anders. Mats hat mir echt die Stimmung versaut.

Eine Stunde später will Lina sich allmählich auf den Heimweg machen.

„Ich fahre dich", sage ich und stehe auf, um die Autoschlüssel zu holen.

„Quatsch. Ich gehe zu Fuß und hole den Wagen die Tage ab."

„Du läufst mindestens eine halbe Stunde, und es ist verdammt kalt. Außerdem ist hier um die Uhrzeit nichts mehr los. Da lasse ich dich doch nicht laufen." Ich wohne außerhalb, sie in der Innenstadt. Es ist einfach Blödsinn zu laufen.

„Ich kann schon auf mich selbst aufpassen", sagt sie belustigt.

„Scheinbar nicht gut genug", murmelt Mats, und Ronja schnalzt mit der Zunge. Ich ignoriere ihn, er geht mir echt auf den Geist. Stattdessen gehe ich in den Flur, ziehe die Schuhe an und nehme die Schlüssel vom Haken.

„Ich werde anscheinend gefahren", sagt Lina zu Mats und Ronja, und ihr Gesicht verzieht sich zu einer Grimasse, als würde ich übertreiben. Mats steht auf und umarmt sie für meinen Geschmack etwas zu lange. Auch Ronja umarmt sie kurz. Als Lina ihre Sachen angezogen hat, halte ich die Tür auf und lasse sie vorgehen.

„Wenn du in einer halben Stunde nicht zurück bist, komme ich dich holen", droht Mats noch zischend, und ich weiß nicht, ob Lina es gehört hat. Es scheint nicht so.

„Es schneit bestimmt bald", sagt sie rückwärts vor mir herlaufend, kurz bevor ich sie einhole. Bei dem Klang ihrer aufgeregten Stimme überkommt mich schon wieder dieser miese Impuls, sie zu küssen.

„Kann sein", erwidere ich.

Ich ärgere mich, dass ich keine Jacke mitgenommen habe, denn auch im Auto ist es eiskalt. Ich starte den Motor und warte, bis die Heizung langsam warm wird. Lina kauert sich zusammen und hält die Hände vor die Lüftungsschlitze.

„Und? Willst du lieber laufen?" Ich schaue sie herausfordernd an.

„Ist schon okay so."

Ich lache leise und fahre los.

„Hast du es Mats gesagt?", erwischt sie mich dann zwei Seitenstraßen später so kalt wie die Winterluft.

„Was gesagt?" Die Frage ist überflüssig, und sie schweigt, weil sie weiß, dass ich nur Zeit gewinnen will. „Jein", sage ich schließlich. „Er hat etwas gemerkt und mich darauf angesprochen. Ich hab es ihm nicht einfach so erzählt, wenn du das denkst."

Aus dem Augenwinkel sehe ich sie nicken, ehe sie den Kopf an die Kopfstütze legt und die Augen schließt. Kurz bevor wir ankommen, schläft sie ein, und ich bringe es einige Minuten lang nicht über mich, sie zu wecken. Nachdem ich eingeparkt habe, lehne auch ich mich zurück, um sie zu beobachten. Sie tut nichts, sie regt sich nicht, ist dabei aber erstaunlich wenig langweilig. Ihre Atemzüge sind so ruhig, dass ich selbst ganz friedlich werde.

Eine verirrte Locke liegt schräg über ihrer Stirn, und ich klemme meine Hände zwischen meine Knie, um sie ihr nicht aus dem Gesicht zu streichen.

Ich muss sie wecken, aber ich weiß nicht, wie. Am liebsten würde ich einfach so sitzenbleiben, sie ansehen, ihrem Atem lauschen und die gleiche Luft atmen, die auch sie atmet. Auch wenn das komplett widersinnig ist, scheint es in ihrer Gegenwart mehr Sauerstoff zu geben, als wenn ich allein bin. In ihrer Gegenwart sind viele meiner Reaktionen und Gedanken widersinnig.

Draußen tritt jemand gegen eine leere Getränkedose, Lina schreckt auf. Einen Augenblick lang blinzelt sie orientierungslos, ehe sie sich verlegen mit den Handrücken über die Augen reibt und mich schläfrig anlächelt. *Gott, bist du schön.* Ich vertreibe das Gefühl, das sich energisch an den Satz klammert.

Zu viel. Zu groß.

„Oh Mann. Sind wir schon lange da?"

„Nein. Ich habe gerade überlegt, wie ich dich wecken soll." Und wann.

„Hab ich gesabbert?", fragt sie dann noch immer verschlafen, und ich lache auf. Keine Frage, die viele Frauen stellen würden.

„Nein."

„Gut. Tut mir leid. Danke fürs Bringen." Sie schnallt sich ab, beugt sich zu mir herüber und küsst mich einige Sekunden lang auf die Wange. Ich wünschte, ich könnte mein Gesicht so drehen, dass ihre Lippen meine treffen. „Fahr vorsichtig", sagt sie und öffnet dann die Tür. Ein eiskalter Wind fegt hinein.

„Schlaf gut." Ich wünschte, ich wäre dabei. Ich wünschte, ich würde nicht ständig so einen Scheiß wünschen.

„Du auch." Ihr Lächeln ist jedes einzelne Mal ein verdammter Rammbock, der gegen meine Mauer aus Selbstschutz prallt. Es bröckelt verdächtig stark, aber sie ist gut gepflegt und robust.

Als ich zu Hause ankomme, sitzt Mats allein im Wohnzimmer und guckt mich schweigend an. Er treibt mich in den Wahnsinn mit diesem verurteilenden Blick, obwohl ich mich mit keiner Silbe vor ihm zu rechtfertigen habe.

„Wieso machst du das?", fragt er überraschend ruhig.

„Du bist nicht mein Vater. Wieso mischst du dich da eigentlich ein?" Ein blödsinniger Satz – schon weil mein Vater sich nie in derlei Dinge eingemischt hat.

„Ich bin nicht dein Vater, aber dein großer Bruder."

„Neun Minuten. Fängst du jetzt ernsthaft wieder davon an?"

„Und ich mische mich ein", unterbricht er mich, bevor ich mich weiter aufregen kann, „weil du dein Glück nicht einmal erkennst, wenn es ein Namensschild trägt."

„Muss ich ja auch nicht", schnauze ich sarkastisch, „denn dafür habe ich ja scheinbar dich."

Irritiert sieht er mich an. „Seit wann bist du denn so reizbar? Du bist doch sonst nicht so."

„Mich nervt einfach deine Klugscheißerei. Du hast doch keine Ahnung."

„Wovon?", fragt er, inzwischen sichtlich amüsiert über meinen unerwarteten emotionalen Ausbruch.

„Von allem!" Es fehlt nur noch das trotzige Stampfen, und ich bin endgültig zu einem Fünfjährigen mutiert. Wieso rege ich mich nur so auf? Mats sieht das wohl genauso, denn seine Belustigung hat sich so gesteigert, dass er jetzt lachen muss. „Dich hat es ja noch mehr erwischt, als ich dachte."

„Was soll das denn jetzt? Was redest du?" Ja, was redet er eigentlich? Und wieso rede ich mit ihm? „Ich gehe schlafen", blaffe ich, ehe er mir noch antworten kann. Dann fliehe ich, immer zwei Stufen auf einmal nehmend, nach oben. Vor ihm, vor der Wahrheit und vor allem anderen, was mich nervt.

Ich bin froh, als Mats und Ronja am nächsten Tag fahren. Den Vormittag über gehe ich meinem Bruder aus dem Weg, doch als sie sich verabschieden, bittet er Ronja, im Auto auf ihn zu warten. Gleich darauf steht er vor mir und sieht mich wieder eine Weile schweigend an. Ich kann seinem Blick nicht begegnen.

„Du verspielst gerade einen verdammt hohen Einsatz, wenn du dich nicht endlich in den Griff kriegst."

„Was heißt denn bitte in den Griff kriegen? Nehme ich Drogen oder so?" Ich kann mir den Tiefschlag nicht verkneifen, und er steckt ihn weg, ohne auch nur zu blinzeln.

„Nein, du bist nur scheintot. Und du weißt genau, wovon ich rede. Ich habe noch nie jemanden gesehen, der sich mit dieser Vehemenz weigert, glücklich zu sein. Und ich habe im Entzug so manches gesehen. Alles Gute, kleiner Bruder." Es klingt nicht einmal zynisch.

„Bis Weihnachten", sage ich nur und schließe die Tür, lauter als ich wollte.

Kapitel 9

JOE

„NEIN." Definitiv nein. Daran kann auch das kleine Erdbeben Lina nicht rütteln.

„Doch." Ihre Stimme ist ganz ruhig, ihre funkelnden Augen sind in die Höhe gerichtet.

„Nein." Und dabei bleibt es.

„Okay." Nun richtet sie ihre Augen auf mich. „Hier meine These: Du wusstest, dass ich etwas vorhabe, was du für bescheuert hältst, und bist trotzdem mitgekommen."

„Schon, aber ich wusste nicht, dass du kein Problem damit hast, wenn ich draufgehe."

Sie schenkt mir ihren Laber-keinen-Blödsinn-Blick. „Dann fahre ich allein. Das sind vielleicht gerade mal dreißig Meter."

„Es sind achtundvierzig."

„Wie bitte?", fragt sie irritiert.

„Achtundvierzig. Ich habe letztes Mal nachgefragt. Weißt du, wie sich achtundvierzig Meter freier Fall anfühlen?"

„Äh, nein, du?" Herausfordernd blickt sie mir ins Gesicht.

„Nein, aber ich habe auch nicht vor, es herauszufinden."

„Joe, das ist ein Riesenrad, kein Bungee-Jumping." Sie reißt plötzlich die Augen auf. „Oh, Moment, zählt Bungee-Jumping? Dann weiß ich doch, wie sich so ein freier Fall anfühlt."

Ich kann sie nur ungläubig anstarren.

„Na ja, wie auch immer", sagt sie. „Es sollte keinen freien Fall geben."

„Kriege, Hunger, Haie."

„Wie bitte?"

„Es sollte viele Dinge nicht geben. Trotzdem gibt es sie. Immer wieder."

„Ach, du lieber Himmel", stöhnt sie, hält sich dann die Hände vors Gesicht, und ich frage mich, ob der armen Strickerin wieder und wieder die Wolle ausgegangen ist. Alle Finger ihres Handschuhs weisen unterschiedliche Rottöne auf. Noch mehr interessiert mich jedoch, ob Lina dahinter lacht oder verzweifelt.

Sie lässt die Hände sinken und entblößt ein Lächeln. „Feigling." In ihrer Stimme liegt so viel Zuneigung, dass es auch ein Spitzname hätte sein können. Dann geht sie ohne einen weiteren Kommentar zur Schlange und stellt sich an. Fünf Leute stehen vor ihr. Ich werde hibbelig, weil sie sich diesem Monstrum ausliefern will und ich nichts dagegen tun kann. Sie schaut zu mir herüber. Sie scheint zu glauben, dass ich mich noch auf die Aktion einlasse, ich sehe es an ihrem Blick. Tue ich aber nicht.

So ist es immer gewesen. Sie war immer die, die alles ausprobieren wollte, die dem Tod ins Auge blicken wollte: beim Pony reiten, beim Beißen in pure Zitronen und jetzt beim Riesenrad fahren. Ich hingegen wollte einfach nur meinen Frieden.

Noch drei Leute vor ihr. Auch wenn sie nicht mehr in meine Richtung blickt, weiß ich, dass ihr Grinsen nicht dem viel zu großen Gefährt, sondern mir gilt.

Denn auch so ist es immer gewesen: Am Ende habe ich mit ihr auf dem Pony gesessen, habe mich geschüttelt, wenn ich in eine Zitrone biss, deren Säure mein Gesicht zusammenzog. Jedes Mal bin ich ihretwegen in Riesenrad-Gondeln gestiegen. Dieses Mal nicht.

Noch ein einsamer, irrer Mensch wartet vor ihr. Und als Lina dran ist, stehe ich - wie auch immer das passiert ist - auf einmal neben ihr und halte dem Mann auch noch den Geldschein für zwei Tickets hin. Was zur Hölle mache ich hier eigentlich? Wer bezahlt bitteschön für seinen eigenen Tod?

„Den Tod vor Augen, bekommt das Leben doch gleich einen neuen Stellenwert, oder?", fragt Lina dann auch sarkastisch, als habe sie sich in meine Gedanken eingeklinkt.

Ich schaue sie so finster an, wie meine Panik es mir gerade noch erlaubt. Langsam setzt sich das viel zu riesige Rad in Bewegung, und ich überlege, ob ich springen soll, solange ich es noch überleben würde. Ich entscheide mich dagegen, halte mich in der Mitte der Gondel fest und versuche herauszufinden, welcher Teil wohl hängen bleibt, wenn jetzt alles zusammenbricht. An mein Ohr dringt Weihnachtsmusik, zutiefst grotesk. *Alles so friedlich*, scheint sie mir zynisch zuzurufen, aber ich weiß es besser. Ich frage mich, wieso Lina das nicht hört, sie ist doch sonst so clever.

Wir halten genau da, wo es nicht mehr höher geht, und die Kabine gerät durch das Stoppen und den leichten, frostigen Dezember-Wind ins Schaukeln. Linas Lippen sind aufeinandergepresst, damit ich ihre Belustigung nicht sehe. Tue ich aber.

„Lass das", zische ich, und sie gibt sich nicht einmal mehr Mühe, ihre Miene zu kontrollieren.

In der Gondel neben uns, ein kleines, aber am Ende vielleicht Leben rettendes Stück tiefer als wir, sitzen zwei Jungen und ein Mädchen im furchtbarsten Teenageralter. Die Jungs bringen die Gondel zum Schaukeln, das Mädchen schreit – halb panisch, halb geschmeichelt von der uneingeschränkten Aufmerksamkeit ihrer Mitfahrer. Ihre Stimme geht mir durch Mark und Bein.

„Oh Gott", murmle ich, ziehe meine Mütze ein Stück tiefer und Lina legt mir die Hand auf den Rücken. Es beruhigt mich zumindest ein bisschen.

„Hört auf, oder ich springe", schreit das Mädchen übertrieben. Etwas in mir hofft, sie tue es, einfach, damit es wieder ruhig ist. Wo bitte ist die zynische Weihnachtsmusik?

„Das willst du nicht. Dann gibt es unten auch noch Tumult, und wir stecken hier fest", höre ich Lina neben mir und muss tatsächlich ein klitzekleines bisschen lächeln, weil sie mich so gut kennt.

„Das ist so schrecklich, dass es fast schon wieder lustig ist." Mir entfährt ein mit Hysterie gespicktes Lachen. Ich vergrabe das Gesicht in meinen Händen, um nicht hinuntersehen zu müssen, aber nun scheint sich das Schaukeln noch zu verstärken. Die visuellen Furchtbarkeiten haben zwar Panik heraufbeschworen, aber immerhin konnten sie mich ablenken. „Nein, eigentlich ist es nur schrecklich", korrigiere ich mich und spüre im nächsten Moment etwas, was meinen

Kopf streift. Mein gereizter Geist zieht als erste Eingebung Killervögel in Betracht. Dann wird mir klar, dass die Berührung dafür zu sanft ist.

„Guck doch, Joe." Linas warmer Atem trifft mein Ohr.

Ich zwinge mich, die Lider zu heben. Sie hält ihre Jacke über unsere Köpfe, sodass die Teenies verschwinden, und um uns herum wirbeln winzig kleine Flocken weißen Pulvers, als bestreue uns jemand mit Puderzucker. Da muss ich zugeben, dass es verdammt schön ist.

„Lebe wild und gefährlich, Cowboy Joe, es lohnt sich", flüstert sie - viel zu zärtlich für den Satz.

Ich drehe mich zu Lina, und denke noch, dass sie ohne Jacke frieren muss, als ich sie in der nächsten Sekunde schon auf die Lippen küsse. Es ist nur ein kurzer Kuss, aber während ihre Lippen meine berühren und dabei kein bisschen zurückweichen, kribbelt es bedeutungsschwer in meinem Bauch. Ich weiß, es passiert gerade etwas Furchtbares, weil gerade etwas so Großartiges geschieht.

Und ich kann nicht einmal fliehen.

Als unsere Münder sich trennen, tut es so etwas wie weh, dann sehen wir uns überrascht an. Ich zucke zurück - innerlich und äußerlich.

„Alles gut", haucht sie, um mich zu beruhigen, „ist ja nichts passiert."

Dann schluckt sie. Schluckt die Wahrheit herunter. Und wir beide wissen es.

Kapitel 10

LINA

ALS ich sehe, von wem die Nachricht kommt, muss ich lächeln. Joe.

Heute Nachmittag Lust auf einen Kaffee?

Wie gerne würde ich Ja sagen.

Tut mir leid, aber dann muss ich arbeiten. Gerne wann anders.

Sofort summt es ein weiteres Mal.

Du musst genau dann arbeiten? Lahme Ausrede.

Leider nicht.

Nicht schreiben! Ich meine meinen anderen Job.

Das Telefon klingelt, auf dem Display steht sein Name. Das Vibrieren des Handys scheint in meinem Bauch seinen Gesprächspartner zu finden.

„Das ist mir jetzt zu kompliziert per SMS", beginnt er, kaum dass ich abgenommen habe. „Außerdem habe ich kein Emoticon gefunden, das meine Verwirrung im Ansatz wiedergeben konnte. Also, was für ein Job bitte?"

„Ich arbeite in Biancas Café."

„War diese Autorinnen-Geschichte nur inszeniert, um mich ins Bett zu kriegen? Kannst du mir erklären, wie schlecht genau deine Bücher sind, dass du noch nebenbei jobben musst? Nimmst du Drogen? Bestellst du regelmäßig Stripper nach Hause? Brauchst du Geld?"

Ich muss lachen. „Ja, es war eine Finte, und ich bin noch immer überrascht, dass du dich deshalb ausgezogen hast. Immerhin ein Stripper weniger nötig. Aber danke, ich komme klar. Niemand kann mir garantieren, dass ich mit der Buch-Sache auf Dauer Erfolg habe."

„Kann dir jemand garantieren, dass du mit der Kaffee-Sache auf Dauer Erfolg hast?"

„Ich mache verdammt guten Kaffee."

„Magst du den Job?"

Diese Frage mag ich jedenfalls nicht.

„Ich mag Sicherheit", sage ich. „So habe ich mein Grundeinkommen."

„Blödsinn. Ich wasche ja auch keine Autos an der nächsten Tankstelle, weil mich vielleicht kein Verlag mehr will. Würdest du in der Zeit nicht lieber schreiben?"

„Doch, klar, aber …"

„Das ist kein Streben nach Sicherheit. Das ist Streben nach Selbstsabotage", unterbricht er mich.

Nun klingt er mir doch ein wenig zu selbstgerecht. „Das sagt mir wer?"

„Ist ein gewisses Argument."

„Ich muss gleich los."

„Sehen wir uns die Tage?"

Ja. Ja!

„Klar, gerne." Ich gebe mir Mühe, nicht ganz so euphorisch zu klingen, wie ich mich fühle.

Er kommt aus dem Nichts. „Kannst du ihr bitte kündigen?"

„Wieso sollte ich?", fragt Bianca zurück. „Ihr Kaffee ist der beste."

„Äh, weil sie keine Studentin ist, die ihr BAföG aufstocken muss, um nicht jeden Tag Nudeln mit Tomatenmark zu essen?"

Dieses Gespräch besitzt eine seltsame Dynamik. Komplett ungezwungen auf einer oberflächlichen Ebene, obwohl sie sich kaum kennen. Auf gewisse Weise sind die beiden sich sehr ähnlich. Der

Gedanke, dass sie miteinander im Bett hätten landen können, wenn Joe an diesem Abend nicht mich angesprochen hätte, hinterlässt ein dumpfes Pochen in der Magengrube, Übelkeit nicht unähnlich. Er und ich sind so verschieden.

Bianca winkt ab. „Den Streit hatte ich schon mit ihr. Ich halte mich da raus. Sag *ihr* das."

„Weil du keine Studentin bist, die ihr BAföG aufstocken muss, um nicht jeden Tag Nudeln mit Tomatenmark zu essen?", wendet er sich nun an mich.

„Kannst du mich bitte mal ernst nehmen und mich meine eigenen Entscheidungen treffen lassen?"

„Kannst du dich bitte selbst mal ernst nehmen und kündigen?"

„Bist du neuerdings Experte in Sachen Streben nach großen Dingen?" Langsam macht er mich echt wütend.

„In Bezug auf dich, ja. Weil du das im Vergleich zu mir eigentlich beherrschst, und ich nicht verstehe, wieso du dich so bescheuert verhältst."

Ungläubig schaue ich ihn an. „Hast du gerade *bescheuert* gesagt?"

Joe zuckt mit den Schultern. „Ehre, wem Ehre gebührt."

Bianca lacht los, verstummt dann aber und widmet sich schnell der Kaffeemaschine, als sie meinem wütenden Blick begegnet.

„Du nimmst anderen den Arbeitsplatz weg, verdammt. Nur weil du zu feige bist, um nur noch das zu machen, was du liebst."

Im ersten Moment bin ich sprachlos. „Kannst du mir mal sagen, wieso du so mit mir redest?", frage ich dann irritiert.

„Weil es mich total aufregt, dass du nicht nach dem Glück greifst, wenn es genau vor dir steht."

Ich runzle die Stirn. Nur getrennt durch den knappen Meter Theke stehe ich wohlgemerkt genau vor Joe, vor nichts anderem. Und dass er sich so aufregt, ist nicht nur ungewöhnlich, sondern auch übertrieben. Mir scheint, es geht hier nicht nur um meinen Job.

„Soll ich dir einen Spiegel holen?", frage ich, jetzt ganz ruhig.

Er beugt sich zu mir über den Tresen. Für den winzigen Moment, in dem ich denke, er wird mich küssen, ist es wirklich schön. Dann redet er so leise weiter, dass nur ich ihn hören kann. Er ist so nah, dass ich seinen Atem spüre. Genau auf meinen Lippen. Er atmet aus. Ich atme ein.

„Du bist nicht dein Vater, Lina."

Autsch.

„Lass das", zische ich.

„Du bist nicht total abgedreht, wenn du deine Träume verfolgst. Sie sind doch schon lange wahr geworden."

Kurz verhaken sich unsere Blicke, ehe er sich langsam wieder aufrecht hinstellt, sodass der gesamte Tresen uns wieder trennt. Zu viel Tresen trotz zu viel Wut.

„Wieso muss ich mich eigentlich vor dir rechtfertigen?"

„Musst du nicht." Er spricht wieder ruhiger, mehr wie Joe. „Aber vor dir."

Er dreht sich um und marschiert zur Tür. Dann wendet er sich noch mal mir zu. „Morgen Kaffee?"

Ich bin scheißsauer. Und unterdrücke mein Lächeln. „Selbstgefälliger Idiot."

„Um drei?"

„Arroganter Mistkerl."

„Ich hol dich ab, ja?"

„Okay."

In einer Ecke applaudieren zwei junge Typen, sobald sich die Tür ganz geschlossen hat, und ich möchte sie am liebsten erwürgen. Als sie einer der Blitze trifft, die meine Augen auf sie abfeuern, wenden sie sich wieder grinsend ihren Getränken zu.

Langsam drehe ich mich zu Bianca, die mit Verwirrung und Faszination im Blick an der Wand steht und mich ansieht. „Der ist ja total verliebt in dich."

„Halt die Klappe", murmle ich.

„Und du bist total verliebt in ihn", sagt sie, und anscheinend versteht sie erst jetzt, was seit Wochen in mir wütet.

„Bitte, halt die Klappe, Bianca", flehe ich.

Als täte es nicht gerade weh genug, wie sich Joes Worte in mir einen Platz suchen, an dem sie nicht willkommen sind. Einen Platz, an dem sie sichtbar werden und ihren Feldzug aufnehmen, um mich gemeinsam mit der Angst, wie mein Vater zu sein, zu zermürben.

Kapitel 11

JOE

„VERTRÄGST du Milch nicht mehr?", fragt sie, nachdem ich meinen Espresso Macchiato mit laktosefreier Milch bestellt habe.

„Keine Ahnung." Meine Aufmerksamkeit gehört gerade in erster Linie der Kuchenkarte vor mir.

„Du weißt nicht, ob du Milch nicht mehr verträgst?"

Ich höre ihre Belustigung und schaue auf. „Ja. Aber viele Menschen sind laktoseintolerant, in Deutschland sind es rund fünfzehn Prozent, viele wissen es gar nicht. Wenn man die Weltbevölkerung betrachtet, vertragen rund fünfundsiebzig Prozent der Erwachsenen keinen Milchzucker."

Sie sieht mich an, als sei ich bescheuert. „Du trinkst keine normale Milch, weil fünfzehn Prozent der Leute sie nicht vertragen?"

„Fünfundsiebzig Prozent der erwachsenen Weltbevölkerung", rechtfertige ich mich. Das zu unterschlagen, ist der Masse laktoseintoleranter Menschen gegenüber nicht fair.

„Du bist echt total daneben", sagt sie mit einem liebevollen Lächeln.

„Ich weiß", gebe ich ebenso lächelnd zurück, weil ihre weiche Stimme es wie ein Kompliment klingen lässt.

Ich entscheide mich für den Käsekuchen, obwohl er Laktose enthält, und verdiene mir damit Linas leises Lachen. Hätte ich einen laktoseintoleranten Bauch, würde er in diesem Moment und mit diesem Lachen gut mit Käsekuchen zurechtkommen.

Eine Weile unterhalten wir uns, doch gerade, als ich die letzte Gabel in den Mund schiebe, wird sie erstaunlich blass, ihr Gesicht zeigt nichts als Panik; ein Gefühl, das ich von ihr kaum kenne, sodass es mich vorsorglich mit gefangen nimmt.

„Oh Gott", flüstert sie.

Besorgt beuge ich mich zu ihr. „Was ist los?"

„Nicht bewegen", zischt sie so eindringlich, dass ich mich nicht zu rühren wage. „Mein Ex. Mit der anderen. Ich wusste nicht, dass sie noch - ich wusste nicht, dass sie überhaupt wirklich zusammen sind. Ich - ich will die beiden nicht treffen."

Sie ist so wirr, dass es mir körperliche Schmerzen bereitet. Schmerzen, die ich nicht haben will. Schmerzen, die ich aber sofort zu mir nehme, darauf hoffend, dass sie sich dann nicht bei ihr festkrallen.

„Hat er dich gesehen?" Noch immer traue ich mich nicht, mich zu bewegen. Es ist ein neues Gefühl, der Ruhige von uns beiden zu sein. Es tut erstaunlich gut.

„Ich glaube nicht." Ihre Stimme hat alle Farbe verloren. Erst jetzt wird mir klar, wie bunt sie sonst ist, wenn sie mit mir redet. Ich könnte sie sogar malen.

„Dann lass uns verschwinden", sage ich.

Um die ständig von einer in die andere Ecke hastende Kellnerin abzufangen, stehe ich auf.

„Sieh einfach nur mich an, ja?"

Lina nickt und folgt mir mit ihrem Blick. Meine Augen huschen von ganz allein in die Richtung, in der er sitzen muss. Ich will einfach wissen, wie der Vollidiot aussieht, der diese unglaubliche Frau für irgendeine andere hat gehen lassen. Es befindet sich nur ein Pärchen im Raum. Die beiden sitzen sich schweigend gegenüber, er liest Zeitung, sie tippt auf ihrem Handy herum. Er sieht gut aus, was ich mir vorher schon gedacht habe, wie mir jetzt auffällt, aber auch ein wenig wie ein nerviger Snob. Sie ist vermutlich erst Mitte zwanzig und kann Lina nicht im Ansatz das Wasser reichen. Das war mir ohnehin klar.

Er sieht auf, will sich seiner Zeitung wieder zuwenden, bevor sein Blick im nächsten Moment überrascht zu Lina hochschnellt. Als seine Augen ihren folgen und er mich bemerkt, schaue ich schnell wieder zu ihr. Nervös lächelt sie mich an. Da zaubert die Elfe wieder seltsame Dinge in meinen Bauch hinein, sodass ich beinahe die hektische Kellnerin verpasse. Gerade drücke ich ihr noch das Geld in die Hand, kehre dann zurück zu Lina und stelle mich so hin, dass keiner der beiden den anderen sehen kann.

„Noch Interesse?", flüstere ich. Die plötzliche Überlegung zieht in meiner Magengrube, und ich bete für ein *Nein*.

Sie macht ein so angewidertes Gesicht, dass ich beinahe lachen muss – vor Erleichterung und weil es verdammt komisch aussieht. Ich gehe um den Tisch herum und beuge mich herunter zu ihr. Verwirrt sieht sie mich an. Ich küsse sie auf ihre Stirn und flüstere: „Er guckt." Meine Lippen prickeln verräterisch. Dann ziehe ich Lina behutsam von der Bank hoch und helfe ihr in die Jacke, weil dieser Typ so aussieht, als fände er derlei Dinge absurd wichtig. Sie unterdrückt ein Lachen, und ich greife nach ihrer Hand. Das erste Mal in meinem Leben laufe ich mit einer Frau Händchen haltend, wenn es auch nur etwa zehn Meter sein werden – raus aus der Tür und bis vor die Fensterfront des Cafés. Simulieren ist mit ihr erstaunlich einfach.

„Und Finale", kündige ich uns beiden an, was nun unweigerlich folgen wird. Die Arme um ihre von der Winterjacke gepolsterte Taille gelegt, ziehe ich sie an mich und küsse sie mitten auf die Lippen, die sich leise lächelnd einfach küssen lassen. Lina stellt sich auf die Zehenspitzen, ihre Arme schlingen sich um meinen Nacken. Ich weiß nicht, ob sie ihn zu sehen versucht oder ob ihre Augen geschlossen sind, weil ich meine eigenen nicht öffnen kann.

Zu viel Lina, zu viel Kribbeln, zu viel viel.

Ich sollte sie loslassen. Ich sollte hiermit aufhören und meine bescheuerten Ideen einfach mal ruhen lassen, aber als ich ihre Wange unter meiner Handfläche spüre und ihre Locken meine Finger kitzeln, begreife ich, dass mein Körper mir nicht mehr gehorcht.

Sie sinkt etwas herab, als sie sich wieder auf die gesamte Fußsohle stellt, und meine Lippen lösen sich widerwillig von ihren. Die Augen öffnend, erhalte ich meine Antwort: Sie sieht nicht ins Café. Sie sieht nur mich an. Ihre Züge sind weich, auf ihrem Gesicht liegt ein Hauch Überraschung. Ein paar Sekunden lang lächeln wir uns einfach nur an.

„Danke", flüstert sie dann.

„Ich danke *dir*", sage ich, und sie lacht.

Die nächsten Meter gehen wir noch Hand in Hand, bis wir außer Sichtweite sind. Diese Sache mit den verwobenen Fingern ist gar nicht so schlimm wie gedacht. Weiter möchte sich mein Herz nicht dazu äußern. Irgendwann zwischen dem Kribbeln beim Bezahlen und dem Lösen unserer Hände hat es abgeschlossen und von innen den Schlüssel stecken lassen.

Kapitel 12

JOE

„WAS machst du eigentlich Weihnachten?"

„Warte", murmle ich und verschiebe die Linie noch um zwei Millimeter, bis sich das Bild perfekt in den Text einfügt. Hier bei Lina ist es so leicht, sich zu konzentrieren, dass ich sogar auf dem Boden gut arbeiten kann. Vielleicht gerade da. Dann sehe ich auf. „Was hast du gefragt?"

„Was du Weihnachten machst."

„Ich fahre nach Berlin." Bei dem Gedanken an das letzte Treffen mit Mats verzieht sich mein Gesicht ein wenig, ich kann nichts dagegen tun.

Sie hat es gesehen. „Voller Euphorie?"

„Zu hundertzehn Prozent. Ach nein, geht ja nicht. Dann habe ich die hundert wohl nur aus Höflichkeit dazu erfunden, es sind zehn."

„Oh, wow, so viel? Dein Gesicht sah nach fünf aus."

„Einigen wir uns auf sieben. Wieso fragst du?"

„Ich sitze Heiligabend allein herum und dachte, wir könnten zusammen nichts machen."

Nichts machen mit Lina … Das klingt extrem verlockend, wie ich mir eingestehen muss.

„Tut mir leid, aber ich hab es den Kindern versprochen."

„Kein Problem." Ihr Seufzen ist kaum zu hören.

Ich wünschte, ich könnte bei ihr bleiben. Schon dieser Wunsch bestätigt mir, dass es weise ist zu fahren.

„Wieso bist du Heiligabend allein?"

„Meine Mutter fährt mit meinem Bruder und seiner Familie in die Eifel, und zu meinem Vater will ich nicht, weil ich seit ein paar Jahren nicht mehr mit ihm rede. Das Treffen könnte noch langweiliger werden als Fernsehen."

Ich wusste nicht, dass es so schlimm ist. „Tut mir echt leid."

„Kannst du doch nichts für. Aber bis nachmittags sind Bianca und Isabelle noch da, also kein Problem. Ich stehe eh nicht so auf Weihnachten", fügt sie leise hinzu.

Ich denke an eine Zeit, als sie Weihnachten nicht erwarten konnte. Aber da war sie neun, womöglich kann mit neun Jahren kaum jemand Weihnachten erwarten. „Seit wann?", frage ich.

„Seit nicht mehr alles voller Kerzen und Wunder und Überraschungen ist."

Mein Verlangen, bei ihr zu bleiben, steigt stetig. Mein Impuls, schon jetzt nach Berlin abzuhauen, um diesem Verlangen zu entkommen, auch.

„Stehst du auf Weihnachten?", fragt sie dann, und ich lächle wohl etwas gequält. „Tut mir so leid. Ich habe vergessen, dass deine Mutter kurz vor Weihnachten gestorben ist."

Sie kann es einfach aussprechen. Ich kann mich nicht erinnern, dass es mir überhaupt einmal über die Lippen gekommen ist. Sie sieht mich an, als wüsste sie schon, dass ich etwas sagen will. Dann will ich es wirklich.

„Ich war mit ihr allein."

Lina stellt ihren Laptop zur Seite und rutscht vom Bett auf den Boden. Nicht zu mir; ihr muss klar sein, dass das zu viel wäre. Aber sie schlingt die Arme um ihre Knie, als wäre ich es, und sieht mich an. Ohne Erwartung, nur so. Und dann spreche ich ungeplant weiter.

„Sie wusste es. Sie hat mich gebeten, meinen Vater anzurufen, damit er kommt. Als ich ins Wohnzimmer gehen wollte, um zu telefonieren, hat sie mich zurückgehalten und mich angesehen. Dann hat sie gesagt, dass sie mich liebt." Da ist ein seltsames Brennen in meinem Hals, und ich muss mich anstrengen, um weiterzusprechen. „Ich wusste, dass das ein Abschied war, und bin trotzdem gegangen. Ohne zu antworten." Das Brennen wird beinahe unerträglich. „Irgendwie dachte ich, dass sie mich nicht verlassen könnte, wenn ich mich nicht verabschiede. Als ich nach dem Telefonat zurückkam, hat sie nicht mehr geatmet, und ich bin raus in die Kälte gelaufen und habe auf meinen Vater gewartet. Ich hatte nicht einmal Schuhe an." Das Brennen schiebt sich mit einem brutalen Stoß von meinem Hals in mein Herz hinab. Ich weiß nicht, wieso der letzte Satz so wehtut. Vielleicht weil er der einzige ist, den ich bis heute begreifen kann. „Seitdem ignoriere ich Weihnachten bestmöglich", füge ich hinzu, damit der Satz mit den Schuhen nicht mehr so schmerzhaft im Raum steht und mich anstarrt. Seit zwanzig Jahren wartet er auf eine Reaktion.

„Du warst vierzehn, Joe. Es ist doch klar, dass du rausgelaufen bist."

„Du wärst nicht abgehauen."

„Doch, das wäre ich."

„Niemals." Wenn sie der Typ wäre, der flieht, um sich zu retten, wäre sie schon lange weg.

Sie schiebt meinen Laptop zur Seite und setzt sich vor mich auf den Boden, ihre Beine über meine gelegt. Dann rückt sie näher an mich, legt ihre Arme um meinen Hals und streicht mir tröstend über den Nacken.

„Ich wäre so schnell weggelaufen, wie ich gekonnt hätte."

„Bin ich auch", flüstere ich und wünschte, diese Erregung würde verschwinden, weil sie nicht hierher passt, und weil ich weiter weglaufen will, immer weiter, schneller als ich kann.

„Ich weiß", flüstert sie an meinem Ohr, und ich bin mir nicht sicher, ob sie es zu meinen ausgesprochenen oder zu meinen stummen Worten sagt.

Langsam umfasse ich ihren Hintern und ziehe sie hoch auf meinen Schoß. Dann lehne ich den Kopf zurück, um ihr ins Gesicht zu sehen, und lege meine Hände an ihre Wangen. Ihre Reaktion abwartend, nähere ich mich langsam ihrem Gesicht und küsse sie. Ich will das alles nicht mehr fühlen, ich will nur Lina fühlen und dass ein Teil von mir noch lebt; der Teil, den sie jedes Mal reanimiert, wenn ich ihr nah bin. Ihre Zunge gleitet über meine Lippen, und ich lasse sie ein, ihre Zunge in meinen Mund und ihre Nähe in mein zittriges Herz.

Ihr Schoß presst sich gegen meinen, und ich stöhne auf, ziehe sie noch näher, fahre mit den Händen unter ihren Pullover, finde ihre Brüste in dem gepolsterten BH, lausche auf ihr leises Seufzen. Sie lässt den Kopf zurückfallen, und ich küsse ihren Hals. Ihr Atmen füllt meine Lunge. Es tut so unglaublich gut zu atmen.

Als ich ihren Pullover hochschiebe, löst sie ihre Arme von meinem Hals und hält sanft meine Hände fest. Mitten in der Bewegung innehaltend, sehe ich sie fragend an. Ich kann die Erregung in ihren Augen sehen und in ihrem aufgewühlten Atem hören.

„Das ist eine blöde Idee", sagt sie.

Meine Hände fallen herab. Natürlich hat sie recht. Es ist eine verdammt blöde Idee. Sie rutscht rückwärts von meinem Schoß, und ich reibe mit den Händen über mein Gesicht. „Tut mir leid", presse ich durch die Finger hervor.

„Versteh mich nicht falsch. Ich will das, Joe. Aber nicht so. Du bist traurig, und ich möchte nicht, dass du nur deshalb mit mir schläfst."

In dem Augenblick wird mir bewusst, dass ich deshalb angefangen habe, aber dass ich ihretwegen weitermachen will. Ich will nicht nur verschwinden, ich will auch ihre Nähe. Ihre Nähe macht mir panische Angst. Ihre Nähe macht mich süchtig. All das macht es zu einer noch blöderen Idee.

Verschwinde!, brüllt etwas in mir im Überlebenskampf.

Ich lasse die Hände wieder sinken und sehe Lina an. „Du hast recht. Tut mir wirklich leid. Ich sollte gehen." Möglichst schnell.

„Du musst nicht abhauen." Sie meint es ernst.

„Doch, ich muss." Ich meine es ernster.

Beinahe eine Stunde lang sitze ich im Auto. Ich kann nicht nach Hause. Ich kann gerade nicht auf die Tür des Zimmers gucken, in dem ich meine Mutter allein habe sterben lassen. Das Brennen in meiner Kehle weigert sich zu verschwinden, es will in meine Augen, aber ich zähle eine Weile immer wieder bis zehn, dann bis dreißig, dann wieder nur bis fünf – immer so lange, wie es nötig ist, um in so regelmäßigen Abständen zu schlucken, dass das Brennen nicht siegt.

Ich könnte mich in ein Café setzen oder etwas essen und dabei die Leute auf der Straße beobachten, die auf der Suche nach den letzten Weihnachtsgeschenken in die Stadt hasten. Aber die Wahrheit ist: Das einzige Fenster, aus dem ich gerade sehen will, ist Linas Dachfenster. Die einzige, die dabei in meiner Nähe sein soll, ist sie.

Ich rede mir ein, dass es nur daran liegt, dass sie meine Mutter kannte. Ich sage mir, dass es ausschließlich damit zusammenhängt, dass sie weiß, dass ich immer schon seltsam war, und deshalb nicht erwartet, dass ich plötzlich normal bin, als hieße seltsam zu sein das gleiche wie einen schlechten Tag zu haben. Ich erzähle mir eine ganze Menge Mist, bevor ich zu ihrer Haustür zurückgehe und klingle.

„Hallo?" Allein diese Stimme …

Einen kurzen Augenblick zögere ich und lege die Stirn gegen das kalte Holz. Kann ich da wieder hoch?

Dann wird einfach aufgedrückt, und sobald ich oben ankomme, hält sie mir, ohne Fragen zu stellen, die Tür auf und tritt zur Seite. Dieses Mal erkenne ich den tröstlichen Geruch noch bevor ich über die Schwelle getreten bin und lächle müde.

„Er ist etwas kalt. Ich dachte, du wärst schneller", sagt sie, schließt die Tür hinter mir und lächelt zurück. „Aber der Tee schmeckt ja eh nicht."

„Erzählst du mir, wieso du nicht kündigst?"

Begleitet von einem traurig klingenden Lachen atmet sie schwer aus. Dann dreht sie den Kopf in meine Richtung, während der Rest des Körpers ruhig auf der Matratze liegenbleibt. Seit einer halben Stunde schauen wir einfach nur schweigend aus dem Fenster und beobachten das einsame Blatt, das aus irgendeinem Grund noch an dem Ast hängt, der sich ab und zu im Wind bewegt.

„Du lagst schon richtig."

Es ist schön, nach der langen Stille wieder ihre Stimme zu hören. Ich drehe mich zu ihr, und sie tut das gleiche. Es ist auch schön, wieder ihr ganzes Gesicht zu sehen.

„Kennst du Ikarus?"

„Der Typ, der fliegen wollte und dann abgestürzt ist?", erinnere ich mich vage.

„Sein Vater hat sich und ihm Flügel aus Federn und Wachs gebaut, damit sie der Gefangenschaft entfliehen konnten. Er hat Ikarus gewarnt, er dürfe nicht zu hoch fliegen, damit die Sonne das Wachs nicht schmelze. Ikarus wurde übermütig, flog zu hoch und stürzte ins Meer, wo er ertrank.

Mein Vater hat mir gezeigt, was passiert, wenn man zu hoch fliegt, und ich habe Angst, meine Grenzen nicht zu kennen. Wer hoch fliegt, stürzt tief. Ich will nicht ertrinken." Ihr letzter Satz klingt, als ließe sie allein die Vorstellung nach Luft ringen.

Es schmerzt in meiner Brust, sie so über sich reden zu hören. Ich wünschte, sie könnte sich so sehen, wie ich es tue. Ich wünschte, sie würde das Kribbeln in meinem Bauch sehen, das sich über das Bild gelegt hat, auf dem sie nackt im Bett auf mich wartet. Ich wünschte das, obwohl ich selbst es mit aller Macht zu ignorieren versuche. Aber sie hat ja nicht einmal geglaubt, dass sie die Frau auf meiner Zeichnung ist.

„Du bist nicht Ikarus. Und du bist nicht dein Vater. Du schmeißt doch nicht alles weg für Prospekte, die nur aus Papier und Illusionen bestehen."

Eine Weile legt sich wieder die Stille zwischen uns aufs Bett.

„Er weigert sich, seine Medikamente zu nehmen", sagt sie. Ihre Augen halten meinem Blick nur mühsam stand. Ich glaube, sie halten ihren eigenen, leisen Worten nur mühsam stand. „Es ist krankhaft", fügt sie hinzu. „Manie. Die Veranlagung ist erblich."

Langsam verstehe ich ihre Angst.

„Du weißt, wie ich bin, Joe. Manchmal irgendwie drüber."

Mein Lächeln ist sanft und traurig, weil sie solche Ängste mit sich herumschleppt. Ihr angebliches Drüber gibt meiner Seele bereits ein Leben lang Futter und tätschelt sie, als wäre sie Linas Lieblingspferd, das sie niemals hatte.

„Du bist nicht drüber, Lina. Du bist lebendig und mitreißend. Du gehst die Dinge an, die dich begeistern. Du hast Träume. Und du darfst akzeptieren, dass du einen Traum erreicht hast mit dem Schreiben, auch wenn dein Vater es nicht geschafft hat. Du darfst es besser machen, das ist okay, das ist gut."

„Und wenn ich zu hoch fliege?" Ihre Stimme klingt so zerbrechlich wie feinstes Glas. Das macht mich fertig.

„Dann fange ich dich." Die Antwort ist schon aus meinem Mund gepurzelt, ehe ich sie einsperren kann.

Ein paar Sekunden lang sieht sie aus, als könne sie genauso wenig wie ich glauben, dass ich das gerade gesagt habe.

„Ich denke darüber nach." Mit einem Rest Angst in den Augen lächelt sie mich an.

Ich wünschte, ich hätte es nicht gesagt. Das ist in ihrer Nähe der erste sinnvolle Wunsch seit Wochen. Ich weiß nicht, ob ich bleiben kann, um sie zu fangen. Also hoffe ich, dass sie niemals fällt. Ich bin einfach nicht gut im Fangen. Ich bin einfach nicht gut.

Kapitel 13

LINA

„Hı, bist du Carolina?" Er ist noch ein wenig außer Atem von den Treppen, die er bis zu mir hochgelaufen ist.

Ich bleibe zögerlich in der Wohnungstür stehen. „Ja?"

Der mir im Hausflur gegenüberstehende Mann kommt mir vage bekannt vor. Weder sein Aussehen noch das Duzen sprechen für einen Postboten, aber er hält mir lächelnd ein flaches, eckiges Paket hin. Als ich die vier Buchstaben auf dem kleinen Umschlag sehe, nehme ich es sofort entgegen, den Bauch voller weihnachtlich funkelnder Schmetterlinge.

Lina hat Joe auf den Umschlag gemalt. Noch nie hat mein Name so schön ausgesehen.

Da fällt mir auch ein, woher ich diesen Boten hier kenne. Er war der Barkeeper auf der Party, bei der Joe und ich uns wiederbegegnet sind. Kein Wunder, dass er so schnell unsere Drinks bestellen konnte.

„Danke", sage ich und strahle ihn an.

Es ist der Vormittag von Heiligabend, und Joe ist gestern gefahren. Noch vor zwei Tagen hat er gesagt, dass er den üblichen Bergen an Weihnachtsgeschenken nichts abgewinnen kann, doch jetzt halte ich ein Paket in meinen Händen, das ohne Frage ein Geschenk ist, und kann nicht aufhören zu grinsen. Mit klopfendem Herzen öffne ich den Umschlag und hole die kleine Karte heraus. Außen ist sie mit einer Winterlandschaft voller kleiner Rentiere bemalt, innen mit Worten.

Ich wünschte, ich könnte dir Wunder und Kerzen in das Weihnachtsfest zurückbringen. Hier ein kleiner Ersatz. Und hoffentlich eine Überraschung. Frohe Weihnachten, du Schönheit. Joe.

Ich schlucke gerührt und knibble vorsichtig und mit zittrigen Fingern das Klebeband vom Papier ab, anstatt es wie sonst einfach aufzureißen. Obenauf liegen Wunderkerzen – „Wunder und Kerzen", sage ich leise lachend. Dann packe ich das Geschenk aus und lasse mich auf den nächsten Stuhl sinken. Ich hatte vergessen, wie unsagbar schön es ist.

Wie die Hühner auf der Stange sitzen wir auf dem Sofa, Isabelle zu meiner Rechten, Bianca zu meiner Linken, und starren auf meinen Körper hinter Glas und mit einem Passepartout versehen. Der schöne, alte und perfekt zu meinen Möbeln passende Rahmen rundet den Anblick vollendet ab.

„Wow, ist das schön", flüstert Isabelle andächtig. Die ersten beiden Male hat es genauso geklungen. In mir selbst klingt es noch bei der hundertsten Wiederholung nicht weniger ehrfürchtig.

„Ich weiß gar nicht, was ich damit machen soll."

„Na, aufhängen." Sie zuckt die Achseln, als sei es selbstverständlich.

„Ein Bild von mir, halbnackt?" Ich blicke auf die Brüste der Frau mit dem Frieden in den Augen. Mein Gefühl bleibt: *Nicht ich.*

„Du kannst es nicht in einen Schrank sperren. Es ist viel zu schön. Aber du musst es ja nicht hier ins Wohnzimmer hängen."

Angestrengt zwinge ich mich, nicht zu viel in alles hineinzuinterpretieren. *Nicht zu weit träumen. Nicht zu groß denken. Nicht zu viel wollen. Nicht sein wie er.* Joe hat die Grenzen nicht nur verbal mehrfach deutlich gemacht.

Aber er hat mich geküsst. Er wollte mit mir schlafen ... So spricht mein Herz.

Da mischt sich vorsichtshalber noch einmal der Kopf ein: *Es ist für ihn immer nur körperlich, mehr nicht. Grenzen. Sieh die Grenzen.*

Aber wieso hat er mich so gemalt? Wieso sieht er mich so an?

Grenzen, verdammt!

„Wieso schenkt er dir das Bild?", stürmt Isabelle meine widersprüchlichen Gedanken.

„Vielleicht will er es nicht mehr", überlege ich.

Isabelle schnalzt mit der Zunge. „Quatsch. Er will, dass du irgendetwas siehst. Er will dir etwas zeigen."

„Er sagt, ich sei schön." Sobald ich den Satz ausgesprochen habe, komme ich mir so dämlich vor.

„Das bist du." Isabelle legt ihren Kopf auf meine Schulter, während sie weiter auf das Bild guckt, auf die Lina, die ich nicht erkannt hätte, sähe sie nicht aus wie ich. „Und vielleicht will er dir genau das zeigen."

Es zieht in meinem Bauch. Mein Herz stimmt ein. Es wollte etwas anderes hören. *Halt die Klappe, Herz!*

Bianca hält sich ungewöhnlich bedeckt.

„Was denkst du?", frage ich sie.

Abwehrend hebt sie die Hände. „Ich sollte mich da wirklich heraushalten. Damit kenne ich mich nicht aus."

„Kunst?", neckt Isabelle sie, aber Bianca lässt sich nicht aus der Ruhe bringen, schaut nur weiter auf das Bild.

„Nein, mit dieser Art von Gefühlen."

„Ich will es wirklich wissen." Glaube ich zumindest.

Sie zögert. „Du hast mich mal wegen One-Night-Stands gefragt."

Nur ein One-Night-Stand.

„Ich glaube nicht, dass eine meiner Eroberungen je nach Hause gegangen ist und mich gemalt hat. Es ist auch nie einer in mein Café gestürmt, um mich davon zu überzeugen, meinen Traum zu leben."

„Na ja, das Café *ist* dein Traum. Und vermutlich warst du nie mit einem Künstler im Bett", gebe ich zu bedenken.

„Ich war mit einem Gitarristen im Bett, mit einem DJ und einem Bildhauer. Sie haben es alle versaut. Keiner hatte das Bedürfnis, anschließend unsere Nacht oder mich in irgendetwas zu verewigen. Ich hab dir schon im Café gesagt, dass er in dich verliebt ist. Ich glaube das wirklich."

„Kein Zucker für den Affen", warne ich.

Sie soll meine Hoffnungen nicht noch anstacheln. Aber sie lächelt nur und legt ihren Kopf auf meine andere Schulter. So sitzen wir eine Weile da und starren wieder auf das Bild.

Es ist wirklich schön.

Kapitel 14

JOE

ICH bin so ein Idiot, dass ich es ihr geschenkt habe.

„Bist du noch da?", fragt sie durchs Telefon.

„Mhm", mache ich und fahre mir lautlos weiter fluchend durchs Haar.

„Nein, ich meine nicht in der Leitung. Ich meine, ob ich dich wieder verschreckt habe, weil mir aufgefallen ist, dass du etwas Nettes gemacht hast."

Linas Worte bringen mich zum Lächeln und befördern mich zurück in die Realität.

„Ja, ich bin wieder da."

Ich kann hören, wie sich ihre Mundwinkel heben. Erstaunlich, aber wahr.

„Schön. Was tust du gerade?"

„Nicht viel. Ich muss zwischendurch etwas Krach machen, damit die Kinder glauben, das Christkind schleiche schon in der Gegend herum."

Sie lacht auf, und mein Bauch kitzelt zurück.

„Das Christkind macht keinen Krach", sagt sie. „Es ist grazil und geschickt, es ist nicht wie der plumpe Weihnachtsmann."

„Soll ich das Telefon weiterreichen, damit du es Mats und Ronja -" Ich unterbreche mich selbst, indem ich einen Karton mit Bausteinen umfallen lasse, und läute dann ein leises Glöckchen.

„Oh, wow, es ist da." Lina lacht lauter, und ich schließe die Augen, um es zu ertragen.

„Was war das?", ruft Tom ein Stockwerk höher. Im nächsten Moment höre ich vier kleine, aber blitzschnelle Kinderfüße auf der Treppe, und dann wird auch schon das Wohnzimmer gestürmt.

„Keine Ahnung", erwidere ich, „ich war gerade in der Küche und habe mich auch erschreckt. Anscheinend sind die Bausteine umgekippt."

Das leise Lachen, das weiter durch den Hörer dringt, macht mich fertig.

„Die sind doch nicht von allein umgekippt", ruft der allwissende große Bruder empört über meine Naivität und sieht seine kleine Schwester bedeutungsvoll an.

„Das Tistind", flüstert die Dreijährige voller Ehrfurcht und sammelt schnell die bunten Steine ein, die dem erhofften Besucher ernsthaften Schaden zufügen könnten.

„Meint ihr?" Auch ich klinge ein wenig aufgeregt. „Dann sollten wir wohl alle wieder rausgehen, damit es nicht verschreckt wird." Außerdem könnte ich dann weiter mit der Frau telefonieren, die mich sowohl durch ihre Anwesenheit als auch durch ihr Fehlen um den Verstand bringt.

„Hat das Tistind Angst vor mir?", fragt die Kleine mit tellergroßen Augen.

Keine blöden Fragen, wenn es um Geschenke geht, ist wohl Toms Devise. „Komm schon, Jana", treibt der Fünfjährige seine viel zu langsame Schwester an und schiebt sie aus der Tür, ehe sie dem Weihnachtswunder nach den Bausteinen auch noch im Weg stehen kann.

Sobald sie draußen sind, muss auch ich lachen.

„Wow", höre ich dann Lina, „du bist ja ein richtiger Vorzeigeonkel." Wie ich feststellen muss, klingt sie etwas überrascht.

„Ja, wenn es ums Lügen geht, bin ich ganz vorne mit dabei."

Lina schnalzt missbilligend mit der Zunge. „Ich glaube, du machst das auch sonst ganz gut."

„Wer weiß. Was machst du Schönes?", lenke ich von mir ab. „Wie ich höre, erfüllt Michael Bublé dein Wohnzimmer mit Weihnachtsstimmung. Ernsthaft?"

„Das ist das Radio, zwei von drei Liedern sind Weihnachtslieder. Es ist Heiligabend."

„Gib es zu. Du singst mit."

„Aber nur schief", versucht sie, sich aus der Affäre zu ziehen. Ich habe kein Problem damit, ihr zu glauben. „Und ich backe tatsächlich Weihnachtsplätzchen."

„Das ist ja ekelhaft. Kriege ich auch welche?"

„Womöglich. Ich wiege das Bild in Plätzchen auf. Mal schauen, ob du eine gute Wahl in Sachen Rahmen getroffen hast."

„Habe den schwersten genommen, den ich finden konnte", lüge ich.

„Äußerst vorausschauend. Macht ihr heute noch Bescherung?"

„Ja", ich sehe auf meine Armbanduhr, „in einer Stunde. Da alle anderen aus Alibi- und Tistind-Gründen oben sind, muss ich zwischendurch den Braten – ja, es gibt Braten – übergießen. Den essen wir dann nach dem Auspacken der Geschenke. Na ja, der Geschenke der anderen. Ich habe wieder gebeten, keine zu bekommen."

„Oh."

„Keine Angst, ich versuche nicht, mir schönzureden, dass sie mich vergessen haben. Ich will einfach keine."

Plötzlich ist Lina erstaunlich ruhig. „Hm", macht sie. Für was auch immer das steht. „Wenn du magst, kannst du dich ja später oder die Tage noch mal melden."

Sie würgt mich ab. Sie würgt mich ohne Frage ab.

„Okay." Meistens merke ich, wenn ich bescheuerte Sachen von mir gebe, heute scheinbar nicht. „Hab ich was Falsches gesagt?"

„Nein, gar nicht."

„Was machst du heute Abend?" Ich will nicht, dass sie auflegt. Ich rede mir vehement ein, dass ich mich sonst langweile, aber so langsam glaube ich mir selbst nicht mehr. Ich bin wohl doch nicht so gut im Lügen, wie ich eben noch behauptet habe.

„Einen Film gucken."

„Welchen?"

„Mal schauen, was läuft. Du, ich muss die Kekse rausholen, sonst verbrennen sie, und das wäre mies, weil sie doch für dich sind."

Ich nehme ihr das nicht ab, sie könnte das Telefon auch einfach kurz zur Seite legen. Wenn Lina so reagiert, muss ich etwas echt Blödes gesagt haben, aber ich komme beim besten Willen nicht darauf, was.

„Okay, bis dann", kapituliere ich.

„Bis dann und - trotz allem frohe Weihnachten", sagt sie zögerlich und legt dann umso schneller auf.

Eine geschlagene Stunde lang zerbreche ich mir den Kopf. Ich weiß nicht, was ich getan habe, aber es macht mich fertig, dass ich sie vielleicht verletzt oder verärgert habe. Dann verteile ich die Geschenke unter dem Weihnachtsbaum und läute das Glöckchen. Die Familie macht sich – alle vier unglaublich aufgeregt – auf den Weg nach unten, und ich beobachte lächelnd, wie begeistert sich die Kinder auf ihre Geschenke unter dem riesigen Baum stürzen.

Als Mats an mir vorbeigeht, lächelt er mir zu und formt ein lautloses *Danke.* Ich nicke lächelnd zurück. Die vergangenen vierundzwanzig Stunden sind in vorweihnachtlichem Frieden verlaufen, ich hoffe inständig, es bleibt so. Noch einen Kampf mit ihm ertrage ich nicht.

„Jo-e", liest Tom, beide Vokale betonend, langsam vor – er hat gerade erst lesen gelernt, und auch wenn es Geduld braucht, ihn dabei zu ertragen, kann ich ihm erstaunlicherweise zwei Stunden lang zuhören, ohne durchzudrehen. Wahrscheinlich erinnert es mich an Lina und mich als Kinder in flackerndes Rot getaucht.

Der Name auf dem Geschenk erinnert mich eindeutig auch an Lina. Mein Blick fällt auf ein sehr flaches, rechteckiges Päckchen in Toms Händen. Seine kleine Stirn ist in erstaunlich viele Falten gelegt. „Wer ist Jo-e?", will er wissen.

Keine blöden Fragen, wenn es um Geschenke geht, ist in diesem einsamen Fall plötzlich auch meine Devise. Am liebsten würde ich es ihm aus der Hand reißen. Ich registriere das unterdrückte Grinsen in Mats' Gesicht, der mich jedoch nicht ansieht.

Ich räuspere mich. „Das bin ich." Dennoch klinge ich ein bisschen heiser.

Der Kleine guckt mich an, als versuche ich, miese Tricks anzuwenden, um endlich auch mal ein Geschenk abzugreifen. Misstrauisch schielt er zu seiner Mutter, die lächelnd nickt. „Ja, stimmt", sagt sie, „gibst du es Onkel Hannes rüber?"

Plötzlich finde ich Tom gar nicht mehr so süß. Er ist zu langsam. Der Kleine reicht es mir, und ich versuche, das Geschenk nicht genauso ungestüm aufzureißen wie Jana und Tom, die im Wohnzimmer bereits ein Schlachtfeld voller Papierleichen und Glitzerband-Opfer errichtet haben.

Nervös greife ich nach dem Anhänger und erkenne im nächsten Moment Linas Schrift. Mit für sie extrem ordentlichen Buchstaben hat sie meinen Spitznamen geschrieben, und meine Finger zittern leicht, als ich die Karte aus dem Umschlag ziehe und sie lautlos lese.

Es war ein vorgezogenes Weihnachtswunder, dich wiederzufinden - ob du es akzeptieren willst oder nicht. Ich denke an dich! Lina

„Ich bekam eben einen panischen Anruf mit der Anweisung, es zu verstecken oder zu verbrennen, damit du es nicht in die Finger kriegst. Ich hoffe, es ist okay, dass du dieses Jahr für das bisschen Nicht-Blödsinn, das du gemacht hast, auch etwas vom Christkind bekommst." In Mats' Stimme schwingt ein nerviges Hintergrundgrinsen mit.

Deshalb war sie plötzlich so komisch. *Ich Idiot!*

„Passt schon", erwidere ich. „Ich habe mich ja angestrengt."

Ich öffne das Geschenk und lasse mich dann überwältigt auf dem Sofa zurücksinken. Wieder ein Flashback. Wieder Lina und ich im roten Schein des Einmachglases. Zu viel. Viel zu viel. Aber ich kann nicht anders, als überwältigt den Kopf zu schütteln, als ich auf das Buchcover starre.

Sie hat allen Ernstes die alten Geschichten behalten. Da sind all die Zeichnungen von mir, die ich mit vier, fünf, sechs, sieben, acht, neun Jahren erschaffen habe und daneben, darüber, darunter ihre Texte, die sie mit fünf, sechs, sieben, acht, neun Jahren geschrieben hat. Sie hat sie als Buch im Querformat binden lassen. Die Zeichnungen sind nicht gerade toll, die Texte beinahe noch schlechter. Und doch: Sie sind perfekt. So furchtbar perfekt. Das ganze Geschenk ist so furchtbar schrecklich perfekt.

Eine Seite nach der anderen schlage ich auf und bestaune unsere Werke, unsere Entwicklungen. Langsam atme ich ein. Lina. Langsam atme ich aus. Lina. Gerade scheint der gesamte Raum bis unter die

Decke voller Lina zu sein, obwohl sie nicht da ist. Einatmen. Lina. Ausatmen.

„Alles okay?", murmelt Ronja.

„Ja." Da ist nur wieder diese Sache mit dem Glück, die ich nicht so gut vertrage. „Ich muss kurz telefonieren."

„Mach das", sagt sie lächelnd, ein wenig zu wissend, aber das erlebe ich nicht zum ersten Mal mit ihr.

Sobald die Tür des Gästezimmers ins Schloss gefallen ist, greife ich nach dem Handy, noch immer zittern meine Finger. Zweimal muss ich schlucken, ehe ich mich traue zu wählen.

„Hi", meldet Lina sich nervös, ihre Stimme bereits durch zwei Buchstaben ein Bild in unzähligen Farben.

„Hey, du." Zu viel Zärtlichkeit. Räuspern. „Tut mir leid", sage ich dann. Zu breites Lächeln. Ich lasse mich, die Beine über die Bettkante hängend, auf die Matratze fallen.

„Was tut dir leid?" Ihre Überraschung lässt mich hoffen, dass sie nicht wütend ist.

„Dass ich nicht wusste, wie cool diese Sache mit dem Schenken sein kann und ich es dir beinahe kaputt gemacht habe."

Ihr erleichtertes Lachen dringt durch den Hörer. Und wieder liefern Herz und Bauch mich ihr ungefragt aus.

„Er hat es dir gegeben?"

„Ja. Manchmal ist Mats gar nicht nur bescheuert."

„Und es gefällt dir?" Womöglich hüpft sie gerade ein bisschen.

„Es ist der Wahnsinn." *Wie du.* „Das muss ewig gedauert haben. Vielen Dank, Lina, es ist unglaublich."

Ich schließe die Augen und lausche ihrem fröhlichen Lachen, ihrem perfekten Atemzug, bevor sie spricht. Das Zittern meiner Hand hört einfach nicht auf. Jeder Ton, der durch die Leitung dringt, löst in mir ein inneres Vibrieren aus, das sich in meinen Händen manifestiert.

„Es hat echt Spaß gemacht."

Ich öffne die Augen, blicke an die weiße Decke und versuche, dort die Antwort auf die Frage zu finden, ob ich den nächsten Satz auch noch sagen will. *Danke auch für die Karte.* Dann lasse ich es. Nicht weil die Decke antworten würde, sondern weil sich in mir allein bei dem Gedanken, es laut auszusprechen, schon wieder etwas zusammenzieht. Ich lasse auch das *Du fehlst mir* weg, und auch das *Ich wünschte, du wärst hier* und das *Ich kann es nicht erwarten, dich wiederzusehen.* Weil sich das alles nach dem verliebten Narren anhört, der ich mich zu sein weigere.

„Wenn du mir sagst, was du heute Abend guckst, können wir vielleicht ein bisschen zusammen fernsehen", schlage ich vor und höre mich damit womöglich mindestens so sehr wie der verliebte Narr an, dessen Sprechen ich gerade noch verhindern wollte. „Es sei denn -"

„Ja", unterbricht sie mich schnell, „es wäre schön, wenn ich nicht so allein wäre."

Mit einem dümmlichen Grinsen im Gesicht stelle ich mir vor, sie hätte sagen wollen, dass es schön wäre, wenn genau ich sie nicht allein ließe. Dann verpasse ich mir in Gedanken eine Ohrfeige, weil sie einen realen Schlag vermutlich hören würde.

„Okay, dann schreib mir einfach, wenn du dich entschieden hast, und wir telefonieren dann. Ich gehe jetzt runter zum Braten. PS: Ich gucke nicht *Drei Haselnüsse für Aschenbrödel.*" Das ist eine glatte Lüge. Erstens ist der Film witzig, zweitens würde ich ihn mit ihr auch gucken, wenn er dämlich wäre.

„Mal schauen, ob ich mich für dich noch mal umentscheide", sagt sie, ich höre sie lächeln, und mein Mund macht mit.

„Bis später, Lina." Mein Mund wollte noch mal ihren Namen sagen, wenn er eh gerade dabei ist zu lächeln.

„Bis später, Joe." Und mein Ohr wollte noch mal meinen Namen hören, bevor es Braten gibt.

„Frohe Weihnachten", wünschen wir uns gleichzeitig und kichern dann kurz wie blöde, verknallte Teenies, ehe wir auflegen – ich vermutlich etwas panischer als Lina.

Kapitel 15

LINA

DIE Tage bis Silvester schleppen sich ohne Joe nur träge dahin. Er fehlt mir so. Jedes Mal, wenn meine Gedanken zu ihm wandern, schleicht sich dieses nervöse Kribbeln in meinen Bauch, und jedes Mal, wenn ich seinen Namen auf dem Display meines Handys sehe – sei es, dass er anruft oder eine SMS schreibt –, will ich erst mal tanzen, um den sogar für mich unbekannten Überschuss an Glück abzubauen.

Wir telefonieren und schreiben uns jeden Tag, und ich frage mich immer wieder, ob er auch nur in Ansätzen das für mich empfindet, was von meiner gesamten Seele Besitz ergriffen hat. Ich habe Angst, mir nur einzureden, dass seine Stimme sich auf so besondere Weise verändert, wenn er mit mir spricht. Ich habe Angst, mir nur vorzumachen, dass er mich anders, ganz anders anblickt als jede andere, mit der ich ihn je habe reden sehen.

Nicht zu hoch fliegen.

Und dann ist da dieses Bild, das ich mich noch immer nicht aufzuhängen getraut habe. Mittlerweile steht es immerhin auf meiner Schlafzimmerkommode, sodass ihm mein letzter Blick vor dem Einschlafen und mein erster Blick nach dem Aufwachen gilt. Dieses Bild von einer Lina, die Joe an einem sonnigen Oktobermorgen in meinem Bett hat liegen sehen. Ich traue mich kaum, den Satz auch nur zu denken, aber - er muss mich tatsächlich schön finden.

Ich weiß nicht, was genau dieses Bild an sich hat, was es so besonders macht. Es zeigt nicht einfach mich nackt. Da ist noch etwas anderes, was ich nicht zu fassen bekomme. Jedes Mal, wenn ich es ansehe, scheint es zu leuchten.

Nicht zu tief stürzen.

Am 31. Dezember läuft die Zeit beinahe rückwärts. Joe wird heute Nachmittag ankommen, und er wird abends mit mir zu Biancas Party gehen.

Obwohl ich mir sonst nie viele Gedanken um meine Kleidung mache, weiß ich seit Tagen, was ich anziehen werde – einen kurzen schwarzen Wollrock und einen roten, engen Pullover mit U-Boot-Ausschnitt und Dreiviertelärmeln. Das Oberteil erfordert meinen schönsten BH, und irgendwie macht mich das glücklich.

Abends ziehe ich mich zu früh um, mache eine Pause, um noch etwas Zeit zu überbrücken, und bändige dann die wirren Haare. Gerade als ich Lidschatten und Wimperntusche aufgelegt habe, klingelt es. Zehn Minuten zu früh. Für zwei Sekunden überlege ich, ob ich mich übergeben muss. Ich lasse es und öffne stattdessen die Tür.

Wie meistens nimmt er zwei Stufen auf einmal und kommt mit schnellen Schritten näher, ich höre ihn längst, bevor ich ihn sehe. Als er oben angekommen zu meiner Wohnung abbiegt, widerstehe ich dem überwältigenden Impuls, ihm entgegenzulaufen und in die Arme zu springen.

Einen Augenblick lang erstarrt er, dann atmet er tief durch und kommt mit einem Lächeln auf mich zu, von dem ich nicht glaube, dass er es schon vielen Menschen geschenkt hat. Selbst ich kenne es nur aus einer Nacht. Einer ganz besonderen Nacht. Und jetzt ist es wieder da, bei mir, für mich.

„Hey." Ich höre die Zärtlichkeit in seiner Stimme. Glaube ich.

„Hey." In meiner Stimme liegt so viel Zärtlichkeit, dass sie für uns beide reichen würde.

Er legt seine Arme um meine Taille, und ich lege meine um seinen Hals – macht man das nicht irgendwie anders, wenn man befreundet ist? Dann hole ich tief Luft, während er seine ausstößt. Einatmen. Joe. Ausatmen. Er ist zurück.

Wir lassen uns los, und ich sehe, dass seine Augen vor meinen fliehen. Er ist nervös. In diesem Moment weiß ich, dass ich es mir nicht eingebildet habe. Ich bin nicht eine von vielen. Und genau das macht ihm nach all unseren Telefonaten, all unseren Worten aus der Ferne, aus der Nähe betrachtet plötzlich wieder Angst.

Alles so real, so nah, so plötzlich, die Panik ist bereit, mir die Luft zu rauben. Ich zwinge mich, ruhig zu atmen und mich auf Lina zu konzentrieren.

Bilde ich mir nur ein, dass auch sie nervös ist? Auf jeden Fall bilde ich mir eines nicht ein. „Du siehst unglaublich aus." Meine Stimme ist ein ätzender Verräter. Sie glaubt mir auch nicht mehr, wenn ich ihr immer neue Ausreden dafür auftische, dass sie in Linas Gegenwart anders klingen muss. Die Stimme vertritt stattdessen die Meinung, dass die niedergerungene Zärtlichkeit sie rau macht und mein beschleunigter Herzschlag sie zum Beben bringt.

„Danke." Lina strahlt, wie nur sie es kann. „Ich bin noch nicht ganz fertig, du bist zu früh. Ist das wieder so ein Versuch, Frauen in missliche Lagen zu bringen, um herauszufinden, wie sie reagieren?"

Eigentlich habe ich es nur nicht mehr ausgehalten, zu Hause herumzusitzen, obwohl ich bei dir sein könnte. „Genau. Aber du schlägst dich ganz gut."

„Oh, danke." Ihre Augenbrauen recken sich ein Stückchen Richtung Zimmerdecke.

„Gern geschehen. Danke für die Kekse", sage ich dann lächelnd. Sie standen als Willkommensgruß vor meiner Haustür. „Die rosafarbenen Rentiere mit den bunten Streuseln waren das Highlight meines Tages." Und damit lüge ich sie eiskalt an. Denn das beängstigende Highlight meines Tages war und ist allein ihr Anblick.

„Das habe ich geahnt – deshalb habe ich ein paar mehr in die Tüte getan."

Sie geht ins Bad, und da sie die Tür offen lässt, traue ich mich, ihr zu folgen. Und dann sehe ich es. Sie will sie wieder wegwischen, die Sommersprossen. Einfach irgendetwas darüberlegen, um sie verschwinden zu lassen.

„Tu das nicht", höre ich mich sagen, und sie sieht überrascht vom Spiegel zu mir herüber. „Die gehören doch zu dir." Ich klinge wie ein Mann, aus dem kitschige Dinge einfach so herausstolpern. Einer, der

Sachen denkt wie: Es fühlt sich an, als wische sie Erinnerungen weg, weil ihre Sommersprossen immer schon da waren.

Wer spricht da?

Mir zuliebe versucht sie, das Lächeln zu verstecken; es gelingt ihr nicht recht. Wenigstens legt sie das Schwämmchen weg, ihren Komplizen bei der Mission, sich selbst zu übermalen, und schlängelt sich an mir vorbei aus der Tür.

„Irgendein nicht ganz verkorkster Teil von dir ist erstaunlich süß", sagt sie im Vorbeigehen und zwinkert mir zu – vielleicht um mich zu ärgern, vielleicht auch aus Nettigkeit. Manchmal fühlt sich für einen sehr wohl verkorksten Teil von mir beides erstaunlich ähnlich an.

Ich hatte noch nie ein echtes Date, und wenn ich eines gehabt hätte, hätte sich die entsprechende Frau vermutlich nicht vor mir schminken wollen. Verkorkst hätte sie mich auch nicht genannt, nicht einmal indirekt. Dennoch schätze ich, dass andere Männer, die Dates hatten, sich nicht deutlich anders gefühlt haben, wenn sie neben ihrer Wahl des Abends zum Ort der Verabredung gelaufen sind. Zumindest wenn ihre Wahl eine gute war.

Wäre dies ein echtes Date, hätte ich einen strategisch günstigeren Ort gewählt. Einen Ort ohne ihre beiden besten Freundinnen, die mich ungewollt auffällig beobachten. Einen Ort, an dem wir nicht gegen die Musik anbrüllen müssen, je nachdem, wo wir uns aufhalten. Und einen Ort, an dem sich nicht andere Männer herumtreiben, von denen mindestens einer offensichtlich auf sie steht.

Unsicher bin ich mir nur über die Antwort auf die Frage, ob für die anderen Männer in allem Schönen – in meinem Fall Lina – unaufhörlich auch der potenzielle Verlust dessen in der Seele mitschwingt. Ich kann verfolgen, wie sich in ihrer Gegenwart alles in mir in einem Atemzug gleichzeitig öffnet und verschließt – da passt im Moment nicht einmal Lina zwischen Ein- und Ausatmen. Deshalb ist jeder meiner Blicke, der sie trifft, so schrecklich und so schön zugleich. Ihre Nähe ist für ein unausgereiftes Herz wie meines echt anstrengend.

Als ich unsere Jacken und die nach ihr riechende Strickjacke weggebracht habe, gehe ich zurück ins Wohnzimmer. Bianca sagt wohl etwas Witziges. Denn Lina lacht, den Kopf etwas zurückgeneigt, den Nasenrücken in kleine Fältchen gelegt, die eine Hand auf der Brust, die andere um die Bierflasche geschlossen, ihr Bauch zuckt durch das rhythmische Ein- und Ausatmen sichtbar unter dem eng anliegenden Oberteil, das ihre Lippen noch schöner strahlen lässt.

Ein einziges Lachen von ihr lässt mich gleichzeitig weglaufen und sie küssen wollen.

Anstrengend.

Und was macht der Typ, der nicht von ihrer Seite weicht, seitdem er weiß, dass ich nicht ihr Freund bin? Er glotzt ihr dauernd auf die Lippen, er glotzt ihr mitten auf den Mund; und ich weiß haargenau, was er denkt. Er klaut meine Gedanken, ach was, seine Gedanken sind eine miese Kopie meiner Gedanken, seine Wünsche ein billiger Abklatsch meiner. Wie zufällig legt er ihr die Hand auf den Oberarm, während er etwas zu ihr sagt. Es scheint ihr nicht einmal aufzufallen. Mir schon.

Ich gehe hinüber und gebe mir Mühe, dieses mir fremde, nagende Gefühl zurückzulassen, das der Anblick seiner Hand auf ihrem Arm in mir wachgerufen hat. Als Lina mich aus dem Augenwinkel wahrnimmt, dreht sie mir ihr Gesicht mit den noch immer lachenden Augen zu. Biancas Blick liegt genauso lange auf mir, wie ich nicht zu ihr sehe. Das wiederum ist beinahe amüsant.

Der Typ hingegen hat kein Problem damit, meinem Blick zu begegnen. Sein Kinn ist etwas höher gereckt, als es meiner Meinung nach normal ist. Das ist der Moment, in dem ich mich frage, ob er etwas mit Lina hatte, weil er sich mir überlegen zu fühlen scheint. Der Gedanke macht mich so etwas ähnliches wie wütend und verzweifelt zugleich, und das nagende Gefühl, das ich einige Meter zuvor noch zurücklassen wollte, springt mir mit Anlauf in die Arme.

Ich habe eigentlich keine Lust auf dieses Wettpinkeln und bin deshalb froh, als Lina mich fragt, ob wir mal gucken wollen, was es zu essen gebe.

„Ich bin direkt hinter dir", erwidere ich. *Genau zwischen deinem Hintern und dem Blick des Typen.*

Sie geht vor, und mich erfüllt kurzzeitig das kindische Verlangen, dem anderen die Zunge herauszustrecken. Ich lasse es. „Und? Ist etwas dabei?", frage ich, während meine Augen gemeinsam mit ihren über das Buffet wandern.

„Ich habe noch gar keinen richtigen Hunger. Ich nehme nur etwas Salat."

Als sie mein Lächeln sieht, ist ihr klar, dass ich weiß, dass sie nur mit mir allein sein wollte. Lina-untypisch wird sie tatsächlich ein wenig rot und schaut schnell wieder auf den zum Bersten gefüllten Tisch. „Und du?", fragt sie.

„Auch noch keinen wirklichen Hunger." Ich nehme mir ein paar Knabbereien und beobachte sie dann beim Auftürmen des Salats. Selbst ihr Teller wird unter ihren Handgriffen zum Chaos.

„Der Typ steht auf dich."

Ich Blick hebt sich nicht von der großen Glasschüssel, nichts an ihr drückt Überraschung aus. „Ja?"

„Ja." Ich habe die vergangenen paar Minuten darüber nachgedacht. Sie hatte nie einfach nur Sex, hat sie gesagt. „Ein Ex?"

Jetzt gehört ihre Aufmerksamkeit mir. „Wie kommst du darauf?"

„Du hast Schluss gemacht?"

Ein leichtes Lächeln umspielt ihre Lippen. Dann geht sie zum gerade frei gewordenen Dreisitzer und setzt sich. Ich frage mich, wie viele Ex-Freunde von ihr mir noch begegnen müssen. Als ich mich neben sie fallen lasse, sieht sie mich herausfordernd an.

„Was meinst du denn noch zu wissen, Fremder?"

Wir sind also wieder beim Raten angekommen.

„Ich habe noch kein *Möööp* bekommen", erwidere ich mit einem leisen Lachen und beobachte weiterhin ihren Ex.

„Nein, hast du nicht."

Ihr Lächeln nur zu hören, ist beinahe schon zu viel für mich.

„Ihr wart nicht sehr lange zusammen, und es ist schon eine Weile her", rate ich, und weiterhin sagt sie nichts.

„Der Sex mit ihm war nicht so gut wie der mit mir", füge ich dann grinsend an. Und sie sagt noch immer nichts.

Mein beschleunigter Herzschlag und das sich in Gang setzende Kopfkino sind recht überzeugende Indizien dafür, dass dieser letzte Satz für mich selbst womöglich eine größere Herausforderung darstellt als für Lina. Ihr leises Lachen, das an mein Ohr dringt, ist jetzt echt zu viel.

„Ich habe noch kein *Möööp* bekommen", wiederhole ich leise.

„Nein, hast du nicht", wiederholt auch sie, und etwas in ihrer Stimme lässt mich zu ihr sehen, obwohl ich mir sicher bin, dass ich es besser nicht tun sollte.

Sie sieht mir direkt in die Augen. Ihr Blick ist so weich, dass ich die übertriebene Zärtlichkeit, die sich von unten bis oben gewaltsam durch mich hindurch kämpft, nicht mehr ignorieren kann. Sie hält ein bisschen länger an meinem Bauch an, stoppt viel zu lange in meiner Brust und will dann nach einem mit Bildern angereicherten Looping in meinem Kopf hinaus aus meinem Mund – als Worte, als Kuss, als irgendetwas. Nur raus zu ihr.

Plötzlich muss ich an den Job denken, den ich in Berlin angeboten bekommen und ausgeschlagen habe. Das Angebot steht noch, und in dieser bedrohlichen Situation, hier auf dem Sofa mit Lina, in der ich kaum noch irgendetwas vor mir selbst leugnen kann, ist es das erste Mal, dass ich darüber nachdenke zuzusagen.

„Ich gehe mir noch etwas zu trinken holen." Allwissend wie sie zu sein scheint, lässt sie mich allein, bevor ich fliehen kann.

Für einen Augenblick vergrabe ich mein Gesicht in den Händen, überfordert mit allem, einfach allem. Wenn vor meinen Augen die Welt verschwindet, verschwindet vielleicht auch dieses penetrante Gefühl für Lina. Jeder Teil von mir kämpft gegen sich selbst. Und zum allerersten Mal zweifle ich an meiner Art, das Leben anzugehen.

Sobald ich die Hände wieder sinken lasse, sehe ich Lina keine fünf Meter entfernt in den Fängen ihres Ex-Freundes. Es wäre lächerlich zu leugnen, dass das Gefühl in mir nicht einmal einen leisen Versuch gestartet hat, sich zu verabschieden. Es ist eher wie auf dem Riesenrad: Durch das Ausblenden der visuellen Eindrücke wird alles andere nur umso schärfer.

Ich habe nicht gewusst, dass sich dieses Gefühl, dem die Menschheit so enthusiastisch hinterherläuft, anfühlen kann wie Grippe. Eine von der schlimmen Sorte, der potenziell tödlichen.

Auf mich deutend lässt Lina den anderen stehen und kommt zurück. Ein neues Bier in der Hand, lässt sie sich wieder neben mir in die

Sofaecke fallen, streift einen Schuh ab und klemmt den Fuß unter den Oberschenkel wie damals im Café. Aus irgendeinem Grund muss ich bei dem Anblick lächeln.

Mir ihren Körper halb zugewandt, grinst sie mich an. „Erzähl mir etwas über den da." Unauffällig nickt sie in Richtung Tür, wo ein schlaksiger Typ mit Hornbrille steht und ohne Taktgefühl der vor ihm fliehenden Musik zu folgen versucht.

„Das ist leicht", beginne ich voller Dankbarkeit für das neue Gesprächsthema. „Studiert Informatik - ich weiß, ein Klischee, ist aber so. Schließlich haben auch Klischees ihre Existenzberechtigung. Er hat sich vor der Party fest vorgenommen, heute einen Satz mit einer Frau zu wechseln, redet sich aber ein, er warte auf die richtige Situation, die richtige Frau und den richtigen Satz. Sein privates Bermudadreieck für potenzielle Beziehungen."

Lina sieht mich an, als hätte ich den Verstand verloren, aber auf eine gute Art und Weise. Es ist ein Blick, den nur sie mir gegenüber zu einhundert Prozent beherrscht. Reine Feststellung, komplett ohne Negativwertung, gesprenkelt mit Zuneigung.

„Du bist dran ... die da." Ich nicke ebenso unauffällig wie sie eben auf eine sehr schlanke Frau am Buffet, und Lina folgt meinem Blick.

„Die? Auf Diät, seitdem sie elf ist. Damals hat sie eine Dokumentation über Little Misses gesehen, quasi Kinder als Schönheitsköniginnen. Das ist jetzt fünfzehn Jahre her." Ihr Gesicht nimmt einen verträumten Ausdruck an. „Aber sie wird nie diese wunderschönen, gedrillten kleinen Mädchen vergessen, wegen derer sie ihrer Mutter bis heute vorwirft, dass sie sie zu oft hat Fischstäbchen mit Fritten essen lassen. Obwohl sie mittlerweile so dünn ist, ist der einzige Tag, an dem sie alles isst, was sie will, Silvester – an diesem Tag voller Zauber kann sie sich einreden, dass es die Zeit *vor* den guten Vorsätzen ist und ab dem nächsten Tag alles besser wird."

Ich werfe ihr einen anerkennenden Blick zu, und sie deutet eine Verbeugung an, ehe sie auf die nächste Frau zeigt. Wir spielen noch eine Weile weiter. Wir outen die Katzennärrin, die Ikea-Möbel anders zusammensetzt, um ihren flauschigen Lieblingen Unterschlüpfe zu bauen, und diese demnächst auch im Internet anbietet. Wir folgen dem Pilzsucher ohne Orientierungssinn in den Wald. Dort hatte er sich im vergangenen Jahr so lange verlaufen, dass sein rechter Schuh zu schimmeln begann – doch sein Fachwissen über Pilze rettete sein Leben.

Gegen halb elf beginnen wir, die Geschichten des anderen weiterzuspinnen. Gegen elf haben wir beide keine Schuhe mehr an und sitzen uns wild gestikulierend und laut lachend gegenüber. Ich fühle mich, als wäre ich betrunken, ohne einen Tropfen Alkohol intus zu haben. Es ist so furchtbar wie noch nie, mit ihr zu reden. Denn es ist so schön wie noch nie, mit ihr zu reden. Das Kribbeln schlägt immer wieder als tosende Wellen gegen die Wände meines Inneren.

Bei Linas ausuferndsten Gesten berührt ihr Knie minimal meines, jede Berührung ein winziger Stromschlag. Ich könnte stundenlang so mit ihr dasitzen und den größten Blödsinn erzählen. Es kommt mir vor, als seien wir wieder fünf und sechs Jahre alt und erfänden Geschichten auf einseitig bedrucktem Schmierpapier, und in meinem Kopf sammeln sich Bilder, mit denen ich die Anekdoten untermalen würde. Als ich das Lina gegen halb zwölf sage, wedelt sie aufgeregt mit den Händen vor meinem Gesicht herum, und gegen zwanzig vor zwölf stoßen wir darauf an, dass wir ein gemeinsames Kinderbuch schreiben wollen.

„Nicht wollen, werden", korrigiert Lina meinen Trinkspruch, ehe wir klirrend anstoßen.

Erschöpft von unserem Streifzug durch die virtuelle Welt in unseren Köpfen und den Plänen für eine neue berufliche Wirklichkeit geht sich Lina noch etwas zu essen holen. Als sie wiederkommt und den chaotischsten Teller der Weltgeschichte auf den Couchtisch stellt, ist sie noch aufgekratzter als zuvor.

„Du glaubst nicht, wer gerade mit mir geredet hat." Sie steckt sich etwas in den Mund, was wie eine aus explodierter Fee geformte Kugel aussieht. Ich weiß nicht, ob ich dem rosafarbenen, glitzernden Etwas oder ihren Worten mehr Beachtung schenken soll. Dann sehe ich, dass etwas Glitzer an ihrer Lippe kleben geblieben ist, und meine Aufmerksamkeit entscheidet sich für den im Wohnzimmerlicht schimmernden Teil ihres Mundes. Meine Konzentration ist für einen Augenblick dahin.

„Hör mir zu", ruft sie mahnend, aber ich erahne das Lächeln unter der Fassade aus Ernst. Sie hat meinen ihre Lippen fixierenden Blick definitiv gesehen.

„Bin ganz bei dir", sage ich lächelnd und schaue ihr wieder in die wie ihre Lippen funkelnden Augen. „Also, wer hat mit dir geredet?"

„Der Informatiker mit privatisiertem Bermudadreieck."

„Nein."

„Doch."

„Scheiße. Du bist die Auserwählte."

„Ja. Muss ich ihn jetzt heiraten? Oder verschwinde ich um Mitternacht mit ihm im dreieckigen Nichts?" Ihr gespielt besorgter Gesichtsausdruck lässt mich lachen.

„Hatte er denn den richtigen Satz?"

„Er hat gesagt", künstlerische Pause. „Weißt du, ob es noch saubere Teller gibt?"

Ich schlage überwältigt die Hände vor das Gesicht. „Und du warst natürlich hin und weg."

„Klar. Und dann habe ich auf die Spülmaschine gezeigt und gesagt: Vielleicht da drinnen."

„Clever *und* witzig. Oh, verdammt, ihr seid füreinander bestimmt."

„Ja", flüstert sie andächtig.

„Hast du das deinem Ex gesagt, damit er weiß, dass es jetzt echt vorbei ist?"

„Das sollte ich wirklich machen", gibt sie lachend zurück, und ich gucke ihr glücklich dabei zu. Da ist noch immer ein Hauch Glitzer auf ihrer Lippe. Sie sollte ihn wirklich wegwischen.

Um fünf vor zwölf spüre ich die Herde unruhig werden. Alle traben durch die Wohnung – noch mal auf Toilette, Jacken holen, nachschminken, Freunde suchen, gekühlten Sekt und Gläser holen. Dann gehen wir runter, um draußen zum Feuerwerk beizutragen.

Während einige das gleich vergangene Jahr durch Herunterzählen der letzten Sekunden verabschieden, sehe ich nur zu Lina. Sie steht fast neben mir, die Schultern frierend hochgezogen, die ohnehin meist kalten Hände aneinander reibend, die Wangen bereits von dem eisigen Wind gerötet. In einem Wort: wunderschön.

Bei drei werde ich richtig nervös. Bei zwei frage ich mich, wieso ich nicht früher darüber nachgedacht habe, wie ich ihr ein frohes neues Jahr wünschen soll. Bei eins will ich sie einfach küssen. Bei null strahlt sie mich an, und ich kehre zu drei, zwei und eins gleichzeitig zurück.

Doch ich hätte mir gar keine Gedanken über zwei machen müssen, weil es hier um Lina geht. Sie springt mir aus einem knappen halben Meter Entfernung beinahe in die Arme, und ich komme lachend ins Straucheln, während ich sie, die Arme um ihre Taille geschlungen, ein kleines Stück hochhebe und dem Verlangen widerstehe, sie vor all diesen Leuten zu küssen.

„Ein grandioses neues Jahr", ruft sie an meinem Ohr über den Lärm der Knaller hinweg und drückt mir einen Kuss auf die Wange.

„Dir auch ein tolles neues Jahr."

Mein Blick fällt auf ihren Ex, dessen Jahr nicht so gut beginnt wie meines. Als er meinem Blick begegnet, gibt er vor, woanders hingesehen zu haben, und auf einmal tut er mir leid. Ich lasse Lina runter, und sie grinst mich an, ehe sie aufgeregt und beinahe genauso enthusiastisch, nur vielleicht etwas vorsichtiger, gleichzeitig in Biancas und Isabelles Arme springt. Die drei hüpfen im Kreis, als wären wir wieder im Kindergarten, und ich schlendere hinüber, um den beiden auch ein frohes neues Jahr zu wünschen – ohne zu springen. Lina läuft aufgescheucht durch die Gegend und umarmt einige Leute – auch ihren Ex, der sie viel zu lange festhält – und kommt dann zu mir zurück.

Wie erwartet ist sie ein großer Feuerwerk-Fan; da sie selbst eines ist, nur verständlich. Vor mir stehend lehnt sie sich gegen mich, und meine Hände verschränken sich von allein vor ihrem Bauch, während mein Herz ebenso ungeplant um sein Leben rast.

LINA

Mein Herz tänzelt nervös vor sich hin, und mein Bauch kribbelt als untermalendes Hintergrundgefühl. Ich bin so unwiderruflich verliebt, dass ich kaum auf das ersehnte Feuerwerk achten kann. Joes Kinn lehnt an der Seite meines Kopfes, und hätte ich nicht Angst, ihn zu verschrecken, würde ich mich jetzt umdrehen, um ihn zu küssen. Aber das Jahr ist so jung und voller nur auf uns wartender Möglichkeiten.

Ich wünschte, er würde mir wie auf der Party vor zwei Monaten zuflüstern: „Lass uns verschwinden." Aber er sagt nichts, steht nur da und fühlt sich so unglaublich gut an. Als nur noch einzelne bunte Lichter hier und da den rauchigen Himmel erhellen, fliehen alle vor der Kälte in die Wohnung. Wir schlendern hinterher. Beinahe erscheint es mir unnatürlich, nicht seine Hand zu halten, aber er hat sie in seinen Jackentaschen versteckt.

Hinter der Wohnungstür fängt Bianca mich ab und bittet mich um Hilfe bei irgendetwas, was so schlecht erfunden ist, dass ich nicht einmal ansatzweise verstehe, was sie angeblich von mir will. Sobald wir in der Küche sind, wird ihr Blick extrem ernst.

„Du machst Bockmist."

„Wie bitte?"

„Tut mir leid, dass das mit die ersten Worte von mir an dich im neuen Jahr sind, aber du baust gerade echt Mist, Caro. Wenn du keine Neuigkeiten in Bezug darauf hast, dass Joe eine Beziehung mit dir will, dann flieh, solange du noch kannst."

„Zu spät", erwidere ich – wie mir bewusst ist, nicht mit dem nötigen Ernst. Aber ich will, dass sie aufhört, so zu reden, als würde ich gerade mein Leben wegwerfen. Ich will die Dramatik nicht spüren, der seine versteckten Hände und sein Erstarren bei unserem Wiedersehen als warnende Vorboten vorauseilen. Ich will den Glauben nicht verlieren.

Besorgt schüttelt sie den Kopf. „Ein Blinder sieht, dass er total vernarrt in dich ist. Wenn das nicht reicht für eine Beziehung, reicht nichts."

„Bianca, lass es. Ich gebe ihm die Zeit, die er braucht." So klar habe ich das noch nicht einmal mir selbst gesagt. Das ist also mein Plan: Ich warte so lange, wie er braucht, um sich auf mich einlassen zu können.

„Lass uns morgen noch mal in Ruhe darüber reden, ja?", schlägt sie in sanfterem Tonfall vor.

„Nein." Mit diesem Wort stapfe ich raus. Am liebsten würde ich die Tür hinter mir zuknallen.

Draußen steht Joe und sieht mir direkt in die Augen. Es fühlt sich nicht gut an, gar nicht gut. Er schaut, als habe er jedes Wort gehört. Eine Weile sehen wir uns nur an, und sobald ich sein trauriges Lächeln sehe, bin ich mir sicher, dass meine aufflackernde Angst einen guten Grund hat.

„Wir sollten reden."

Für einen furchtbaren Moment schließe ich die Augen. Als ich sie wieder öffne, ist die Situation noch die gleiche.

„Hast du vor, mit mir Schluss zu machen?" Meine versagende Stimme versaut auch das Bisschen, was mein schlechter Witz an Wirkung hätte haben können.

„Können wir rausgehen?", bittet er.

Wie gerne würde ich Nein sagen. Stattdessen gehe ich nach kurzem Zögern vor in Biancas Zimmer, weil wir dort allein sein werden. Das Geräusch der sich hinter uns schließenden Tür klingt wie ein verdammt ungnädiges Urteil. Berufung ausgeschlossen.

Mit einem Mal erstaunlich müde sehe ich ihn an. Ich kann nicht auch noch den Anfang machen. Mein Körper zittert, als sei mir kalt. In mir herrscht tiefster, grauer Winter.

„Lina, ich überlege wegzugehen."

In mir macht sich Übelkeit breit. „Was heißt weggehen? Wohin?"

„Nach Berlin."

Weit weg. Weit weg von mir.

„Ein Verleger hat mir eine feste Stelle angeboten."

Und weit weg von ihm.

„Du willst doch gar keine feste Stelle", stammle ich, während sich in meinem Geiste alles zu einem klaren Bild formt: *Aber noch weniger willst du mich.* Ein fester Job macht ihm weniger Angst als eine feste Beziehung.

„Vielleicht will ich das mittlerweile. Ich müsste zwischendurch in den Verlag, das wäre Blödsinn von hier aus." Er klingt, als arbeite er hart daran, uns beide von seinem schwachsinnigen Plan zu überzeugen.

Mein kurzes Auflachen schmeckt bitter. „Ja, klar, das wäre es." Ich fühle mich so unsagbar leer. So einsam und verlassen, noch bevor er überhaupt weg ist. Aber irgendwie ist er ja weg.

Mir liegt die Frage auf der Zunge, was mit unserem Buch sei. Doch eigentlich lauten meine Fragen:

Was ist mit mir?

Was ist mit dir, Joe?

„Wenn es wegen dem ist, was ich eben gesagt habe …"

Er hebt die Hand, um mich am Weiterreden zu hindern. „Lina, ich kann dir das nicht erklären."

„Ich will aber eine Erklärung."

„Das würde es nur schlimmer machen."

„Joe, bitte."

„Hör auf, Lina, lass es einfach gut sein."

Ich verstehe nicht, wieso er mit einem Mal so gereizt wirkt.

„Ich verdiene eine Erklärung." Meine Stimme klingt bestimmter, als ich mich fühle.

„Hör zu", beginnt er dann so laut, dass ich im ersten Moment zusammenzucke. „Ich hatte mich extrem gut eingerichtet in der Mittelmäßigkeit des Lebens, okay? Ich bin damit gut klargekommen. Ich wollte nichts Großartiges. Großartig macht mir Angst, großartig verrät dich, großartig überrumpelt dich hinterrücks, um dich dann genauso unangekündigt im Stich zu lassen. Ich wollte nicht überrumpelt werden. Schon gar nicht überwältigt."

Ich bin sowohl überrumpelt als auch überwältigt. Das Gespräch hier ist großartig und schrecklich zugleich. Endlich redet er mit mir. Und ich will das nicht hören.

„In deiner Gegenwart fühle ich mich ständig wie ein Mängelexemplar, wie beschädigte Ware – du müsstest mich zurückschicken und schreddern lassen. Aber du tust es einfach nicht."

Joe kombiniert seltsam nette Worte mit Brüllen und Verzweiflung, und ich will nicht angebrüllt werden. Ich will nicht, dass er verzweifelt ist. Ich will auch manche Worte nicht. Aber den Inhalt, das, was er mir anscheinend zu sagen versucht, das will ich. Vielleicht. Je nachdem, welche Konsequenz er daraus zieht.

„Wir sind alle Mängelexemplare, Joe. Gewöhn dich dran." Wie ich höre, brülle ich auch.

„Aber nicht so", brüllt er zurück und rauft sich die ohnehin wirren Haare.

„Wieso brüllst du so?", brülle ich.

„Ich weiß es nicht", brüllt er weiter. „Weil du mich auf die Palme bringst."

„Aber ich tue doch gar nichts." Mein Brüllen mischt sich mit Tränen.

„Genau." Er fährt sich noch mal durch die Haare wie kurz vorm Durchdrehen. „Du öffnest jedes Mal wieder die Tür, du tauchst immer wieder auf, wenn wir verabredet sind."

„Weißt du, dass du totalen Blödsinn erzählst?"

„Ja, natürlich weiß ich das. Ich bin doch nicht doof. Das machst *du* mit mir. Alles war so schön geordnet, fein säuberlich in Schubladen und hinter Schranktüren, die ich abschließen konnte. Und jetzt sieh mich an. Ich erzähle nur Blödsinn, ja. Weil du alles durcheinanderbringst. Du meinst, die Schlüssel suchen und Schubladen öffnen zu müssen. Und dann lässt du sie einfach offenstehen. Du reißt die zusammengefalteten Sockenpaare auseinander, und dann ordnest du sie neu. Und zwar falsch.

Alles. War. Gut.

Und dann – verdammt, Lina, du bist der einzige unsichere Faktor in meinem Leben."

Mit den Handballen wische ich über mein nasses Gesicht. „Ich bin doch immer da. Das sagst du selbst. Wieso bin *ich* ein unsicherer Faktor?" Brüllen, brüllen, brüllen. Weil mein Herz so brüllt.

„Weil Liebe immer ein unsicherer Faktor ist", ruft er verzweifelt.

Seine Hände bleiben bewegungslos auf seinem Kopf liegen, wo sie gerade noch mehr Chaos anrichten wollten. Stille legt sich über das Brüllen. Nicht sanft, als würden wir zusammen atmen oder arbeiten. Sondern mit einem tosenden *Kawumm*.

Vielleicht ist es auch mein Herz, das *Kawumm* macht, und die Stille ist einfach nur da. Aber sie ist groß und mächtig.

Ich weiß nicht, wer von uns beiden überraschter ist über seine schräge Beinahe-Liebeserklärung. Ich glaube, ich. Oder er.

„Ich meine", sucht er leise nach einem Satz, der alles wieder zurücknimmt, was da an Worten vor uns herumliegt. Zwischen Jacken,

Pullis, Schals und Mützen auf Biancas Bett. Schmerzende und heilende Wortstückchen und Satzfetzen, und ich traue mich nichts von all dem anzufassen, weil es so verdammt zerbrechlich scheint.

„Nicht", unterbreche ich ihn deshalb ebenso leise. „Ich weiß nicht, ob du es nicht besser oder nicht schlechter machen kannst. Aber ich ertrage gerade beides nicht. Also – nicht."

Als ich seine Hilflosigkeit sehe, weiß ich, ich habe verloren. Die Entscheidung ist gefallen.

Gegen mich.

Zu hoch geflogen, Ikarus.

„Wann fährst du?" Ich versuche nicht einmal mehr, die Tränen aufzuhalten.

Mit einem Seufzen lässt er müde die Hände sinken, als wären sie zu schwer für ihn. „In einer Woche."

Eine Woche. Ich verliere ihn in einer Woche. Ich nicke nur. Mehr geht gerade nicht. Alles fühlt sich so taub und leer an, gleichzeitig scheinen da eine ganze Menge Tränen in mir zu sein, denn ich kriege sie einfach nicht gestoppt.

„Ich habe es dir von Anfang an gesagt, Lina. Ich kann dir nicht mehr geben."

Aber du hast es getan. Du hast es immer wieder getan, um danach regelmäßig zu verschwinden - irgendwo tief in dir zu verschwinden, weil du glaubst, sicher zu sein, solange du nicht lebst. Wie als Kind, wenn du meintest, das perfekte Versteck gefunden zu haben, und ich immer laut wurde, sobald ich dich entdeckt hatte, weil ich wusste, dass deine größte Angst die war, dich vor etwas zu erschrecken.

„Klar." Ich habe noch nie so traurig gelacht. „Und übrigens, Joe: Ehrlich sein und sich selbst verarschen sind zwei verschiedene Dinge."

Gerade lasse ich mich auf das Fußende des Bettes sinken, als die Tür aufgeht. In dem Tor zu der anderen, lauten, fröhlichen Neujahrswelt da draußen steht Linus, mein Ex. Erschrocken sieht er von mir zu Joe.

„Alles okay? Ich habe einen Streit gehört."

Da muss er regelrecht gelauscht haben bei der Lautstärke der Musik.

Beinahe fange ich an, hysterisch zu lachen, während beide Männer mich ansehen. Der, der mich noch nach so langer Zeit zurück will, der mich aber nicht interessiert, und der, der mich nicht will, während mein Herz vor ihm auf dem Boden liegt, so zerbrechlich wie alle darum verstreuten Worte.

Alles ist so etwas von nicht okay.

„Ja, alles gut. Wir unterhalten uns noch."

JOE

Die Situation ist total skurril. Sie schickt den sie retten wollenden Helden aus dem Zimmer in der Hoffnung auf die Liebe des Schurken. Ich fühle mich noch furchtbarer als zuvor. Der Held auch, er tritt geknickt den Rückzug an.

„Lina, es tut mir so leid. Ich wünschte, ich könnte so etwas. Es tut mir so, so leid."

Ich setze mich mit ein wenig Abstand neben sie und ziehe für sie ein unbenutztes Taschentuch aus meiner Hosentasche.

„Ich weiß, dass du mich direkt zu Anfang gewarnt hast. Aber ganz ehrlich, Joe", sie blickt zu mir auf, „du fühlst das auch, oder?"

Es ist mein Satz vom Abend unseres Wiedersehens. Und dieses Mal verunsichert er mich noch mehr als damals.

Ich lächle traurig. Was soll ich darauf antworten? Anders als mich selbst will ich sie nicht belügen, aber ich will ihr auch keine Hoffnungen machen.

„Deshalb muss ich ja gehen", flüstere ich als Pendant zum vorherigen Brüllen. Ich habe Angst vor dem, was der Satz mit meinem Inneren macht, wenn er lauter erklingt.

Mir wird bewusst, wie traurig mein verkorkstes Innenleben ist. Es verletzt die am meisten, die mir am wichtigsten ist. Ich weiß nicht, wie ich in Worte fassen soll, was mich zwingt, sie zurückzulassen. Ich versuche es trotzdem.

„Ich kann nicht sagen, dass es mir lieber wäre, wir wären uns nicht begegnet. Ich kann auch nicht sagen, ich würde es gerne rückgängig machen, dass wir miteinander geschlafen haben. Ich wünschte, wir hätten einfach befreundet sein können ohne diese – Gefühle." Ich höre selbst, dass sich das Wort aus meinem Mund anhört, als spräche ich über eine äußerst bedrohliche Seuche, mit der ich mich trotz aller Vorsicht irgendwie infiziert zu haben scheine.

„Welch nobler Wunsch", sagt sie ironisch.

Ich lächle müde. „Ich habe nie behauptet, nobel zu sein."

Dann kehrt die Traurigkeit zurück. Es *ist* traurig.

„Du bist zu groß, Lina. Ich hätte das von Anfang an wissen sollen. Es ist so offensichtlich. Eigentlich wusste ich es schon, als ich dich das erste Mal gesehen habe und noch keine Ahnung hatte, wer du bist."

Es ist noch so viel trauriger, als ich bis eben dachte. Denn es stimmt: Ein Teil von mir hat es die ganze Zeit gewusst, der andere hat dagegengehalten. Wenn ich es recht überlege, womöglich aus demselben Grund. Er hat sich das Große einfach nur nicht entgehen lassen wollen.

Sie sitzt da, die Arme um ihren Körper geschlungen, den Blick ins Leere gerichtet, und schüttelt den Kopf, als könne sie nicht fassen, was hier gerade passiert.

„Ich kann das nicht, Joe", beginnt sie dann und wendet mir ihr Gesicht zu. „Mehr noch: Ich will das nicht. Eine Woche lang lässt du mich durch den Hörer bis in dein Herz krabbeln und dich wirklich sehen. Aber nur weil du mich dabei nicht sehen kannst. Und dann verschwindest du, weil es perfekt ist. Du bist so. Aber ich bin es nicht."

„Ich weiß." Deshalb ist es ja so furchtbar, bei ihr zu sein.

Entschlossen steht sie auf und wischt sich die Tränen von den Wangen. „Ich will nach Hause."

Ich springe auf. „Klar, ich bring dich."

„Allein, Joe. Ich will jetzt allein durch diese verdammte Kälte laufen, um mich abzukühlen."

„Okay." Ich versuche, den Kloß in meinem Hals weg zu räuspern, ohne dass es mir ganz gelingt. Noch nie zuvor hat sie mich aus ihrem Leben ausgesperrt. Nicht einmal, wenn ich zu feige war, um auch nur zu klopfen. Ich habe mich noch nie so draußen gefühlt, wie in diesem Augenblick.

„Ich verabschiede mich kurz und bin in zwei Minuten weg."

Sie widerspricht nicht. Sie sagt einfach gar nichts. Schweigen und erdrückende Stille – das sind zwei Geräusche, die einfach nicht zu Lina passen wollen, und jetzt füllen sie jeden Kubikzentimeter Luft, der sich zwischen uns befindet. Sie wird so dick, dass man sie kaum noch atmen kann.

Als ich die Tür öffne, schlägt mir der fröhliche Partylärm hart ins Gesicht. Anders als die Luft im Nebenzimmer ist diese hier erfüllt von Hoffnungen, Träumen und guten Vorsätzen für das eben erst begonnene Jahr. Sie will noch weniger in meine Lungen passen als die vorherige, in der ich Lina wenigstens ansehen konnte.

Auch als ich an die noch rauchgeschwängerte Silvesterluft trete, kann ich nicht atmen. Ich kann einfach nicht mehr atmen.

Kapitel 16

LINA

DAS Telefon klingelt. Er belässt es also nicht bei den SMS, die ich bis jetzt alle ignoriert habe, weil mich jede einzelne nur daran erinnert, dass SMS bald das einzige sind, was ich noch regelmäßig von ihm sehen werde. Das Klingeln bohrt sich in meine Selbstbeherrschung, und ich bringe das Geräusch durch ein Tippen zum Verstummen.

Was verdammt noch mal ist passiert? Ich verstehe einfach nicht, dass er es plötzlich nicht einmal mehr in der gleichen Stadt mit mir aushält. Ich bin wütend. Ich bin enttäuscht und verletzt. Obwohl er mir ständig schreibt und jetzt auch noch anzurufen versucht, kann ich nicht mit ihm sprechen. Immer wieder fange ich unvermittelt an zu weinen. Im nächsten Moment kommt dann erneut die Kämpferin in mir durch und befiehlt mir, ihn nicht widerstandslos ziehen zu lassen.

An diesem Neujahrstag braucht sowohl mein Körper als auch mein Herz erst einmal eine Verschnaufpause von der langen Nacht, von den Tränen, die vor dem Einschlafen noch geflossen sind, sowie von den Gedanken auf Wanderschaft von einer Ecke meines Kopfes in die andere.

Ich telefoniere eine halbe Stunde lang mit Isabelle, die in dieser Situation trotz ihres leichten Katers eindeutig die bessere Gesprächspartnerin ist als Bianca.

„Es tut mir so leid, dass er sich noch nicht auf dich einlassen kann", sagt sie, als ich zu Ende erzählt habe, und schafft es damit, mich bereits mit ihrem ersten Satz zu trösten, mit mir zu fühlen und mein Ikarus-Herz wachzurütteln.

Nicht aufgeben!, ruft es mir aufmunternd zu.

Abends beginnt es zu schneien, und mit der weißen Decke legt sich ein Frieden über die Welt, der es bis in mein Innerstes schafft. Plötzlich bin ich mir sicher: Es wird kommen, wie es kommen soll. Tut es immer. Muss es einfach.

Ich brauche Zeit.

Das ist alles, was ich Joe abends schreibe. Aus seinem zehn Sekunden später eintreffenden *Okay* schwappt so viel Dankbarkeit vom Display bis in mein Herz, dass ich beinahe lächeln muss.

Während der Schnee auch am zweiten Januar unaufhörlich und lautlos zu Boden fällt, schreibe ich fast den ganzen Tag. Abends werde ich bei dem Anblick des weißen Kleides, das sich die Welt zu meinen Füßen angezogen hat, kribbelig. Kribbelig heißt in diesem Fall, dass sich ein Plan heranschleicht.

Ich fahre bei meiner Mutter vorbei und krame dort im Keller, bis ich gefunden habe, was ich suche. Dann mache ich mich auf den Weg zu meinem eigentlichen Ziel. Ich bin schrecklich nervös, spüre auch noch den Schmerz dieser Silvesternacht, aber vor allem bin ich voller Vorfreude. Denn ich habe eine Entscheidung getroffen: Wenn Joe geht, will ich die letzten Tage mit ihm wenigstens auskosten.

JOE

Das Klingeln an der Tür reißt mich aus meiner wohlverdienten Lethargie. Ich bin schrecklich müde. Den gesamten Tag über habe ich gearbeitet, um in der kommenden Woche alles fertigstellen zu können, was ich an Abgabeterminen noch vor mir habe, ehe ich mich in Berlin einem festen Arbeitgeber unterwerfe.

Es ist bereits fast elf, und wer um diese Uhrzeit noch klingelt, hat es ohnehin nicht verdient, dass ich öffne. Dann hämmert es gegen die Tür, ehe eine Stimme ertönt. „Ich weiß genau, dass du da bist. Mach sofort auf."

Mein Herz schlägt Alarm. Was macht Lina hier? Ich möchte wirklich grantig werden, aber alles, was sich in mir breitmacht, ist eine wohlige Wärme, als wäre ich eben erst nach einem kalten Winterspaziergang nach Hause gekommen.

Lina ist zurück, jubiliert mein verräterisches Herz.

Ich springe gerade aus dem Bett, als es das nächste Mal von unten hoch poltert. „Mach. Auf." Als sie meine Schritte auf den Stufen hört, verstummt der Krach.

Vor der Tür steht eine verfrorene Lina in dickem Winteranorak und noch dickerem Schal, die Schultern bis zu den Ohren hochgezogen. Alles, was ich von ihrem Gesicht wirklich sehen kann, sind die Nase und die Augen. Der kleine Ausschnitt genügt eindeutig, um mein Lächeln in die Breite zu ziehen.

„Bist du betrunken?"

„Ich bin mit dem Auto hier", antwortet sie.

„Du solltest nicht betrunken fahren."

Sie verdreht die Augen und schiebt sich mit einem Pulk Kälte im Schlepptau an mir vorbei. Erschaudernd schließe ich die Tür hinter ihr, und als ich mich zu ihr umdrehe, schaut sie an mir herab. Ihr Blick bleibt an meiner gestreiften Pyjamahose hängen.

„Zieh dich an", befiehlt sie.

„Ich will schlafen." Wenn ich ganz ehrlich bin, jetzt eigentlich nicht mehr.

„Willst du nicht." Es gelingt ihr ohne Probleme, meinen Wunsch extrem dämlich klingen zu lassen.

„Äh, doch?"

„Äh, nein? Los, zieh dich an."

„Weil wir was genau machen?"

„Das Leben feiern."

Das ist dann doch etwas zu viel. „Kein Interesse."

„Oh doch, hast du. Zieh dich an", wiederholt sie.

„Draußen ist alles zugeschneit."

„Genau." In ihren Augen funkelt es.

Und wie immer tue ich am Ende, was sie sagt. Ich fühle mich wieder wie der Siebenjährige, der mit ihr auf das Kettenkarussell gestiegen ist und sich nachher übergeben hat. Trotzdem gehe ich nach oben und ziehe mich um.

„Warm", ruft sie mir noch hinterher, und ich nehme meinen dicksten Pulli aus dem Schrank, ehe ich ihn über ein Langarmshirt ziehe. Ich kriege das Grinsen nicht unterdrückt, obwohl ich befürchte, dass mir mal wieder etwas Furchtbares bevorsteht.

Als ich meinen Mantel anziehen will, zeigt sie auf meine Jacke. „Die ist wasserabweisender und bequemer."

„Gehen wir schwimmen?"

„Auf gewisse Weise kann ich das bejahen."

Jetzt möchte ich wieder in mein Bett. Aber ich greife seufzend zur Jacke.

„Und nimm Handschuhe mit. Und eine Mütze."

Ich ziehe eine Schublade auf und nehme meine Handschuhe und eine Mütze heraus, um sie einzustecken.

„Wieso hast du immer alles in Schubladen? Und, noch wichtiger: Wieso weißt du dann immer noch, wo welche Sachen drin sind?", fragt sie irritiert.

„Weil ich ein System habe?"

„System", murmelt sie, als sei das das blödeste Wort, das sie je gehört hat. „Spießer. Los jetzt."

Sie stiefelt vor mir her zum Auto und schließt auf. In ihrem Wagen ist es noch halbwegs warm, doch wie ich feststelle, fahren wir ohnehin nicht weit. Vor dem Park wenige Straßen weiter hält sie und sieht mich herausfordernd an. Mein Blick gleicht vermutlich einem großen Fragezeichen.

Sie steigt aus, geht um das Auto herum und öffnet den Kofferraum, und als sich der Deckel wieder schließt, steht sie da mit einem alten Holzschlitten in der Hand. Stöhnend reibe ich mir mit beiden Händen über das Gesicht.

„Doch", lautet ihre Antwort auf meinen stummen Protest. Dann stapft sie los, ohne sich noch einmal umzudrehen. Sie weiß genau, dass ich sie nicht allein in den nächtlichen Park laufen lasse.

Seufzend trotte ich hinterher, und in meinem Bauch macht sich neben etwas anderem schon mal vorsorglich Panik breit. Wüsste ich es nicht besser, würde ich das andere als Vorfreude bezeichnen. Mir ist klar, wo sie hinwill, sie wird sich kaum mit dem kleinen Abhang zufriedengeben. Das Ziel ist die große Tummelwiese, über die wir in unseren gemeinsamen Kindheitstagen unzählige Male durch raschelndes Laub, eisigen Schnee und warme Sonnenstrahlen getobt sind.

„Lina", versuche ich halbherzig, sie zum Stehenbleiben zu zwingen. Und tatsächlich dreht sie sich um, lächelt mich dann jedoch so strahlend an, dass ich beinahe den Schlitten für sie ziehen würde. Beinahe.

Die Schnur um die im Handschuh steckende Hand gewickelt zieht sie ihn den steilen, neben der Wiese verlaufenden und nur spärlich beleuchteten Weg hinauf. Zweimal muss ich sie am Arm festhalten, weil ihre Schuhe wegrutschen. Ironischerweise bin ich für unser Vorhaben besser gewappnet als sie.

Als wir oben ankommen, sind wir außer Atem, aber selbst mich macht der Anblick, der sich uns bietet, sprachlos. Der Vollmond scheint auf uns herunter, sein Licht wird von der Schneedecke reflektiert, die durch den stetigen Schneefall völlig unberührt erscheint. Keine Fußspuren, keine Rillen von Schlitten hineingepresst, kein sichtbares Leben hier außer uns.

Ich war noch nie nachts im Park, schon gar nicht im Schnee, und einige Minuten stehen wir einfach da, Lina beide Arme um meinen linken Oberarm geschlungen, und bestaunen die weiße Welt, die uns zu Füßen liegt.

„Wir müssen das hier wirklich erobern", flüstert sie irgendwann in die schneegedämpfte Stille hinein, und für einen winzigen Augenblick will ich unbedingt Ja sagen. Dann mischt sich mein Gehirn ein. Es erklärt mir, was sich alles unsichtbar unter der Schneedecke befinden kann und welche Gefahren das mit sich bringt. Lina hat die Gedanken gehört.

„Du wirst jetzt mit mir da runterfahren." Es klingt weniger herrisch als vielmehr voller unbändiger Sehnsucht. Wie gerne würde ich dieses Gefühl kennen, reine Sehnsucht, nicht nur als Cocktail gemischt mit Angst und Zweifeln. Ich sage nichts. Wieder will ich so gerne ein Ja in die helle Nacht rufen, aber ich kann nicht.

„Fahr erst mal allein", flüstere ich dann. Mein Blick ist weiter auf das betörende, pudrige Weiß gerichtet. Dennoch bin ich mir sicher, dass sie zu mir aufsieht.

„Ich fahre nicht ohne dich", gibt sie genauso leise zurück. Ihre Stimme ist so warm in dieser Eiseskälte, dass ich mit einem Mal kaum noch friere.

Heute zieht Lina nicht. Heute hält sie einfach nur weiter meinen Arm fest und wartet. Als ich zu ihr hinuntersehe, schaut sie mich noch immer an. Im Mondlicht wirkt sie unwirklich, wie ein meiner Fantasie entsprungenes Fabelwesen. Ich würde sie so gerne küssen, einfach nur, um zu spüren, dass sie wirklich da ist. Und ich auch.

Lieber mit ihr draufgehen, als ohne sie hier oben zurückbleiben, flüstert etwas in mir, und ich nehme einen tiefen Zug eiskalter Winternachtluft, lächle sie an und bücke mich nach der Leine des Schlittens. Rhythmisch höre ich den Schnee unter ihren Stiefeln quietschen, und als ich mich wieder aufrichte, steht Lina fröhlich hüpfend da. Ich kann mir ein leises Lachen nicht verkneifen. Und ich kann mir nicht verkneifen zu denken, dass ich in sie verliebt bin. Zum ersten Mal in meinem Leben verliebt bin und nichts dagegen tun kann. Es geht als Ruck durch mein Herz. Es ist schön. Es tut weh.

Ich werde sie verlieren.

„Komm schon", drängt sie sanft, als sie mein erneutes Zögern spürt. Sie setzt sich vorne auf den Schlitten und klopft mit der behandschuhten Hand so sachte auf das Holz hinter sich, als befürchte sie, meinen eben erwachten Mut zu vertreiben.

Ich versuche, alles zu ignorieren. Die Angst vor dem, was mir mein Kopf erzählt, und noch mehr die Angst vor dem, was mir mein Herz erzählt. Mit jedem Schritt, den ich auf den Schlitten zugehe, wird Linas Lächeln ein kleines Stück breiter, und als ich mich hinter sie setze, muss ich lachen. „Das war aber auch mal bequemer."

„Hör auf zu mosern", sagt sie lächelnd.

Ich stelle die Füße hinter ihre, sie lässt sich leicht gegen mich zurücksinken, sodass ich durch den Schneegeruch auch ihr Shampoo wahrnehmen kann, ich lege die Arme um ihre Taille, sie stößt uns ab, und wir fahren mitten durch die Hölle in meinem Kopf Richtung weißes Himmelreich am Ende des Hangs. Unten kippen wir um und bleiben lachend nebeneinanderliegen.

Langsam sickert die Kälte durch den Stoff meiner Hose, und ich drehe mich zu Lina, die sich am Boden kugelt vor Lachen. Sie ist jedes Mal aufs Neue das mit Abstand Schönste, was ich je gesehen habe. Ihr Lachen klingt dumpf durch all das Weiß um uns herum, und ich sehe sie ebenfalls lachend an und sterbe ein Stück, weil es so wehtut, sie nur anzusehen - so schön und fast schon weg.

„Ich habe Schnee im Schuh", jammere ich immer noch lachend.

Lina wendet mir ihr Gesicht zu. „Gut?"

„Willst du mich verarschen?"

„Gut?", fragt sie noch mal, und ich muss es mir eingestehen.

„Perfekt."

Sie lacht noch lauter und malt mit Armen und Beinen einen Schneeengel in den Zuckerguss der Winterwelt. Ich erwische mich bei dem kitschigen Gedanken, dass ihr Körperabdruck auch ohne jede Bewegung so aussehen müsste.

„Danke für deine blöden Ideen." Wieder ein Hauch zu viel Zärtlichkeit in den Atemwölkchen, die jedes meiner Worte an sie in die Nachtluft malt. Sie fehlt mir jetzt schon.

„Immer wieder gerne", sagt sie und strahlt mich an. „Noch mal?"

Schon rappelt sie sich hoch, um den Schlitten erneut den Berg hinaufzuziehen. Ich springe auf, hole sie ein und nehme ihr im Vorbeilaufen die Schnur aus der Hand.

Wir rennen so oft den Berg hoch, dass wir trotz der Kälte glühen. Jedes Mal, wenn wir oben ankommen, überwältigt mich die Angst, jedes Mal setze ich mich wieder hinter Lina, die kurz darauf in meinen Armen quietscht, als sei jede einzelne Abfahrt das Highlight ihres Lebens. Immer wieder fahren wir den Berg hinunter, bis wir so sehr frieren, dass wir es nicht mehr aushalten. Trotzdem hinterlässt Lina auch nach der letzten Runde einen Engel im Schnee wie jedes Mal zuvor.

Dreizehn Engel zieren die Wiese. Dreizehnmal durfte die Schneedecke ihren Körper auf sich spüren. Dreizehnmal erblasse ich vor Neid. Dreizehnmal will ich mich neben sie legen. Dreizehnmal bleibe ich stehen.

Die Dreizehn gilt als Glücks- und als Unglückszahl. Ich kann mich nicht entscheiden. In der Mythologie gilt die Zahl dreizehn immer noch als magisch, und heute gebe ich ihr recht.

LINA

Ich bin so verfroren, dass ich kaum die Hände um das Lenkrad schließen kann. Als ich den Wagen endlich gestartet bekomme und die Heizung zu arbeiten beginnt, blicke ich erleichtert zu Joe hinüber.

„Und? Wolltest du schlafen?", frage ich grinsend.

„Ich wollte definitiv nicht schlafen." Etwas in seiner Stimme legt sich sanft auf jeden Quadratzentimeter meines eisigen Körpers. „Du bist wahnsinnig."

Bitte bleib.

Wie gerne würde ich ihn ausziehen, ihn wieder ohne Panzer sehen, der ihn vor dem schützt, gegen das ich mich nicht wehren kann, weil mir das Leben keine Rüstung gegen Gefühle wie diese verliehen hat.

„Schön, dass du das zu schätzen weißt", sage ich stattdessen nur.

Wir schenken uns noch ein Lächeln, ehe ich losfahre.

Vor seinem Haus angekommen nickt er zitternd in Richtung des einladenden Verandalichts, das auf ihn wartet. „Kakao?"

Ich kann nicht Nein sagen. Es ist so unmöglich wie jemals wieder ohne ihn rodeln zu gehen. „Klar. Aber ich brauche definitiv etwas anderes zum Anziehen."

„Ausnahmsweise."

Der Wind, der durch seine schon geöffnete Tür hereindringt, zwickt mir in die Beine, die in nassen Hosen und Strumpfhosen stecken. Ich beeile mich auszusteigen und hinter ihm her den Weg bis zum windgeschützten Eingang zu laufen. Er hat schon aufgeschlossen und lässt mich zuerst rein. Ich trete die Stiefel von meinen Füßen, er stellt sie mit einem amüsierten Kopfschütteln auf die Matte neben der Tür, und dann gehen wir hoch. Während ich mich aus den nassen Socken pelle, die an der Strumpfhose kleben, nimmt er ganze Stapel akkurat gefalteter Kleidungsstücke aus seinem Schrank, um sie genauso ordentlich wieder zurückzulegen.

Der Anblick erinnert mich an die Farbtäfelchen, die er im Kindergarten so gerne den Nuancen nach ordnete. Waren wir nur an irgendeiner Stelle uneinig, welches folgen sollte, betrachtete er sie so lange mit besorgt gerunzelter Stirn, bis ich die Kindergärtnerin holte, damit sie Entwarnung gab. Kein Fehler, nur eine andere glückliche, kleine Farbfamilie.

„Wie lange hast du gebraucht, um sie richtig anzuordnen?", kann ich mir nicht verkneifen zu fragen, und er sieht mich kurz irritiert an, ehe er zuerst meinem Blick und dann meinen Erinnerungen folgt und laut loslacht.

„Dank meines Berufs bin ich da heute etwas sicherer." Sein Lachen schwingt noch in seiner Stimme mit, was in mir den Wunsch weckt, die Augen zu schließen, und ihm, meine Hand auf seiner vibrierenden Brust, eine Weile nur zuzuhören.

Stattdessen ziehe ich mit aller Kraft die Jeans über meine Strumpfhose. Joe beobachtet mich aus dem Augenwinkel. Im nächsten Moment hält er mir eine Jogginghose und einen warmen Pullover hin und greift selbst nach seinem Schlafanzug, den er unter der Decke gefaltet hingelegt hat. Das einzig Unordentliche in diesem Zimmer bin ich, die mit zwei Socken und einer Jeans erstaunlich viel Chaos anrichten kann. Es kommt einfach auf die richtige Verteilung an.

„Wieso faltet man einen Pyjama, wenn man ihn dann ohnehin unter der glatten Decke verstaut?", will ich wissen.

„Damit die Decke auch glatt bleibt. Sonst gibt es einen Knubbel."

Er sagt es, als wäre es nicht lächerlich, und aus irgendeinem Grund lässt diese Tatsache mein Herz für ihn noch etwas schneller schlagen. Mein Lachen kann ich dennoch nicht herunterschlucken, es ist zu groß und platzt aus meinem Mund. „Du würdest mich in den Wahnsinn treiben."

„Danke, gleichfalls", gibt er grinsend zurück, als hätte ich ihm ein Kompliment gemacht, und dreht sich weg, damit ich mich umziehen kann. Es ist eine seltsame Situation, dass er mich bereits nackt gesehen hat und es dennoch so unpassend wäre, mir beim Umziehen zuzusehen.

„Brauchst du ein Handtuch?" Seine Stimme begleitet ein kaum hörbares Vibrieren.

„Nein, geht." Ich schäle mich aus den restlichen vor Nässe an mir klebenden Klamotten und schlüpfe dann bibbernd in den dicken Pullover und die von innen flauschige Hose. Als ich fertig bin, dreht er sich um.

„Strümpfe?", fragt er mit lächelndem Blick auf meine nackten Füße, die eigentlich blau sein müssten, und reicht mir ein Paar herüber.

Ich gehe schon runter, damit auch er seine Ruhe hat, um sich umzuziehen, obwohl ich viel lieber bleiben und wenigstens zusehen würde.

In der Küche öffne ich die Schranktüren auf der Suche nach Bechern für den Kakao. Diese penetrante Ordnung macht mich beinahe aggressiv, und als Joe hinter mich tritt und Milch in einen Topf mit passendem Deckel schüttet, steige ich die Treppe wieder hinauf und forme trotz des fehlenden Schlafanzugs einen wunderschönen Knubbel in seine Bettdecke und knautsche sein Kopfkissen. Während der Gestaltung meines Kunstwerkes höre ich ein Dröhnen von unten. Womöglich bringt Joe gerade ein Regal an, um seine Teller in einem noch ausgeklügelteren System neu zu ordnen.

Auf dem Weg zurück in die Küche hänge ich seinen Autoschlüssel einen Haken weiter – einfach nur, um zu sehen, ob er es bemerkt. Mittlerweile brennt ein kleines Feuer im Ofen, und zwei Becher Kakao stehen auf dem kleinen Tisch vor dem Sofa - auf Untersetzern.

„Sahne?"

Ungläubig schaue ich ihn an. „Hast du ernsthaft gerade noch Sahne geschlagen?"

„Ich habe ernsthaft gerade noch Sahne geschlagen", bestätigt er und reicht mir den Quirl, damit ich ihn ablecken kann. Ein Grund, sich noch mehr in ihn zu verlieben. Tue ich auch sofort.

„Ich hatte mal eine beste Freundin, die mir erzählte, Kakao ohne Sahne sei eine Blasenentzündung. Ich habe Jahre gebraucht, um zu verstehen, dass sie damit Blasphemie meinte."

Ich pruste los. „Das hatte ich total vergessen. Wenn dich das beruhigt: Auch ich habe Jahre gebraucht, bis ich wusste, dass es Blasphemie heißt."

„Womöglich hat mich die Blasenentzündung ohnehin mehr abgeschreckt." Joe zieht eine Grimasse und ich glaube ihm sofort.

„Weißt du noch", sagt er dann auflachend, „als du mit der Blasenentzündung zu Hause bleiben musstest und ich vor dem Kindergarten so lange Terror gemacht habe, bis meine Mutter mich zu dir gebracht hat?"

Ich muss auch lachen. Es wandelt sich in ein gerührtes Lächeln, als mir einfällt, wie es weiterging. „Als du gesehen hast, dass ich Schmerzen habe, hast du darauf bestanden, dass ich dich haue, damit du mitleiden kannst." Ich sehe noch sein Gesicht vor mir, wie er den Schlag erwartend die Augen zusammenkniff und die Luft anhielt, während er mir seinen Oberarm hinhielt.

Zärtlich lächelt er mich an. „Du hast dich geweigert."

„Auch wenn du es so manches Mal bezweifelt hast: Ich habe dich nie gerne gequält." Ich zupfe an der Jogginghose, um auf den heutigen Abend anzuspielen, und er lacht leise.

Wir setzen uns aufs Sofa und schaufeln Sahne in die Becher, in denen er extra Platz gelassen hat. Bei mir zu Hause wären sie übergelaufen, weil ich von beidem zu viel gewollt hätte. Aber wie er ja mehrfach erklärt hat, ist zu viel nicht so sein Ding.

JOE

„Ich will es verstehen, Joe", beginnt sie dann überraschend entschieden. „Was macht das mit dir, dieses Gefühl, das du nicht haben willst?"

Ich bin froh, dass sie es nicht noch einmal beim Namen ruft. Das Gefühl ist wie Rumpelstilzchen. Es regt sich so schnell auf, wenn es seinen Namen hört.

Einen kleinen Moment lang schließe ich die Augen.

Sie ist immer noch da.

Augen auf. Lina. Augen zu. Lina. Augen auf.

Was macht das mit dir?

Ich bin der Frage immer ausgewichen. Und ich bin nie lange genug geblieben, dass jemand mich das hätte fragen wollen oder können. Ich bin nie lange genug geblieben, um das Gefühl auch nur erahnen zu können, das mich jetzt vollständig auszufüllen scheint.

Was macht das mit mir?

„Angst." Mein Synonym für richtiges Leben, für die Situationen, in die Lina mich immer wieder bringt. „Es macht mir einfach Angst. Es ist diese Vorahnung, dass etwas Schlimmes als Ausgleich passieren muss." Ich denke an meine Mutter, an jedes Mal, wenn es hieß, sie hätte gesiegt, und an jedes Mal, wenn es hieß, wir haben verloren. „Für jedes Jubeln mit erhobenen Armen gibt es einen Tritt in die ungeschützten Eier. Vielleicht juble ich deshalb nicht wie andere. Aber ich werde mich auch nicht unter den Tritten krümmen und am Ende den Schmerzen ergeben."

Jeden Moment rechne ich mit einer flammenden Rede, einem Lobgesang auf die Liebe. Aber Lina schweigt. Sie legt ihren Kopf an meine Schulter, und plötzlich ist sie mir so nah, dass es wehtut, weil ich ihren Verlust in jedem gemeinsamen Atemzug bereits schmecken kann.

„Joe?", fragt sie so leise, dass es beinahe ein Flüstern ist.

„Lina?", murmle ich und küsse sie ins kitzelnde Haar, weil ich nicht anders kann.

„Weißt du eigentlich, wie unheimlich gerne ich dich habe?" Womöglich ist das das Schönste, was jemals jemand zu mir gesagt hat.

„Ich schätze schon", sage ich lächelnd, ohne recht zu wissen, wie die richtige Antwort lautet.

„Du weißt, dass ich dich nicht trotz deiner Eigenarten mag, sondern auch gerade deshalb, oder?"

Damit ist es Lina gelungen, sich innerhalb einer halben Minute noch einmal selbst zu übertrumpfen. Angesichts meines baldigen Verschwindens ist es gleichzeitig traurig und einfach nur schön, etwas so Absurdes zu hören. Sie hebt den Kopf von meiner Schulter und sieht mich an. Womöglich ist ihr Lächeln das wärmste, das mir jemals geschenkt wurde. „Du bist kein Mängelexemplar, Joe. Du bist eine Sonderausgabe."

Da muss ich alle Kraft aufbringen, die ich besitze, um sie nicht unfairerweise in das Sofakissen zu drücken und zu küssen. Weil sie wie immer die richtigen Worte zur richtigen Zeit für den richtigen Menschen hat. Weil sie diese inkognito durch die Welt streifende Elfe ist. Weil sie so perfekt ist wie nichts, was mir jemals begegnet ist. Ich würde vieles dafür geben, ihr Löwenherz zu besitzen, weil ich dann nicht gehen müsste.

LINA

„Ich habe lange darüber nachgedacht und ich glaube wirklich, dass es die Wunden sind, die den anderen so besonders machen, weißt du? Wir sind alle nicht unversehrt, und wenn die Wunden des einen zu denen des anderen passen, dann kann man gemeinsam etwas heiler werden und zusammenwachsen."

Seine Miene wird weich, ehe er dem Sahnehügel in seinem Becher beim Schmelzen zusieht. Ich lasse ihm die Atemzüge, die er braucht, um mir leise zu antworten.

„Ich wünschte wirklich, ich könnte das." Immer wieder kratzt er mit dem Daumennagel über den Henkel, an dem nichts abzukratzen ist. „Aber wenn die Wunde darin besteht, nicht zusammenwachsen zu können, wird es kompliziert." Er lächelt mit schmalen Lippen.

„Das ist nicht deine Wunde, Joe", flüstere ich. „Das ist die Narbe. Manche können wegen ihrer Narben den Arm nicht mehr heben, ohne dass es wehtut. Aber dann gehen sie in die Reha und heben ihn so oft, bis es hilft. Bis es nicht mehr so sehr schmerzt."

„Du bist der Typ, der zwei Wochen früher in die Reha fährt, als die Ärzte es gutheißen, und sie alle eines Besseren belehrt. Ich bin der Typ, der den Arm nicht mehr hebt, weil mich der imaginäre Schmerz bereits erstarren lässt. Und bis vor Kurzem hatte ich nicht das Bedürfnis, anders zu sein."

In mir bleibt irgendetwas stehen, während ich flach weiteratme. Vermutlich mein Herz.

„Aber das Bedürfnis allein heilt nicht", flüstert er fast entschuldigend.

„Okay."

Ich weiß, dass das hier die Grenze ist. Sie wird sich nicht verschieben, nicht heute. Enttäuscht setzt sich mein Herz wieder in Gang.

„Ist noch Sahne da?", frage ich.

In seinen Mundwinkeln zuckt es.

„Was denn? Sie ist geschmolzen."

„Meine Sahne ist geschmolzen, du hast deine gelöffelt."

„Und wenn schon, du Kontrollfreak. Soll ich das Fass aufmachen, dich zu fragen, ob du mich einfach nur zu fett findest?"

„Wie viel darf ich dir geben?", fragt er zum Löffel greifend, und ich grinse zufrieden.

Zwei Stunden lang spielen wir irgendwelche beinahe auseinanderfallenden Brettspiele, die wir früher schon gespielt haben, ehe ich mich auf den Weg nach Hause mache. Gerade forme ich aus meinen nassen Kleidungsstücken ein Knäuel, um sie in eine Tüte zu stecken, als Joe missbilligend schnalzt.

„Ernsthaft jetzt?"

Ich schaue auf und folge Joes tadelndem Blick. Seine umgehängten Autoschlüssel. Zufrieden sehe ich ihm dabei zu, wie er sie wieder an den richtigen Haken hängt.

„Und du nennst mich wahnsinnig", sage ich lachend und drücke ihm einen Kuss auf die Wange, die nach ihm und noch ein wenig nach Schnee riecht. „Schlaf gut."

Er streicht mir kurz über die Wange, die unter seiner Berührung kribbelt. „Du auch."

Zehn Minuten später, ich habe gerade eingeparkt, bekomme ich eine SMS mit der Frage, ob ich trotz des Wetters gut angekommen sei.

Ich lächle vor mich hin und lasse den Kopf gegen den Sitz zurückfallen. Ich kann ihn nicht aufgeben. Ich will ihn nicht aufgeben. Ich will ihn nicht gehen lassen.

Er wird gehen, sagt mein Kopf.

Halt die Klappe, ruft mein bescheuertes Ikarus-Herz.

Ich schreibe zurück, dass ich schon zu Hause bin, und steige aus.

Kapitel 17

LINA

ZWEI Tage später treffen wir uns auf einen Kaffee, was in ein Abendessen übergeht. Am Tag darauf endet ein Kinobesuch in einem späten Drink. Als er mich nach Hause bringt, laufen wir trotz der zwischen alle Kleidungsschichten kriechenden Kälte erstaunlich langsam. Lieber friere ich mich zu Tode, als ihn früher als nötig gehen zu lassen. Wahrscheinlich geht es ihm genauso.

„Morgen ist dein letzter Tag", sage ich irgendwann und vergrabe mein Gesicht dann wieder zur Hälfte in meinem Schal.

Er wendet sich mir langsam zu, ehe er nickt.

„Willst du was mit mir machen oder hast du was anderes vor?"

„Ich will was mit dir machen", erwidert er lächelnd und mit einem Hauch Traurigkeit. „Du musst noch für mich kochen."

„Wieso muss ich für dich kochen?" Ich lache empört auf.

„Wegen unserer Wette, Miss Ilna Johannson", erklärt er, und ich tauche erstaunt aus meinem Schal auf. Er hat mein Pseudonym herausgefunden.

„Ich fasse es nicht, dass du mich benutzt hast", ruft er gespielt getroffen. „Und meinen Spitznamen für dich." Es schwingt so viel Sanftes in seiner Stimme mit, dass ich befürchte zu weinen, wenn er weiterspricht.

Er wird gehen!, ruft mein Verstand warnend.

Das weißt du nicht!, wehrt sich mein trotziges Herz.

„Vergiss niemals deine Wurzeln", sage ich tapfer lächelnd und schlinge die Arme um meinen Körper, weil mir mit einem Mal noch kälter ist als zuvor. „Seit wann weißt du es?"

„Seit ein paar Tagen."

„Wie hast du es herausgefunden?"

Kurz spannt er mich mit einem gemeinen Grinsen auf die Folter, verrät es dann aber doch. „Ich habe dein Bücherregal fotografiert und bin die Biografien der Autorinnen im Internet nach und nach durchgegangen. Ich dachte, du würdest vielleicht einen völlig fremden Namen verwenden, aber du bleibst noch du. Als ich dann auf den Namen gestoßen bin, war ich mir fast sicher. Und als die Biografie passte, wusste ich es. Ich hatte recht: Du würdest dich mit deinem Können verstecken, aber du würdest nie vorgeben, jemand zu sein, der du nicht bist." Es ist ein Kompliment. Eines der schönsten.

„Wieso hast du es nicht früher gesagt?"

„Das wird dich überraschen, aber der Grund lautet Angst."

Wir ziehen beide die Augenbrauen hoch, ehe wir lachen.

„Schockierend." Dramatisch lege ich die Hand auf die Brust, und er lacht noch etwas lauter. „Angst wovor?"

„Dass du dann erwartest, ich lese eins deiner Bücher, obwohl du es nicht wolltest, und dann lese ich eines und finde es furchtbar und muss dich anlügen und und und."

Leise lache ich, weil das Szenario in seinem Kopf nur so vor lauter Joe trieft. „Mach dir keine Sorgen, kleiner Joe", sage ich wie damals, als wir vor über dreißig Jahren die ersten Worte miteinander gewechselt haben. „Du musst es nicht lesen. Dann können wir die ganze folgende Tragödie ausschließen."

Er beißt sich auf die Unterlippe. „Ich habe eins gelesen. Dein erstes."

Erstaunt sehe ich ihn an, und er weicht meinem Blick nicht aus.

„Es ist toll. Es ist voll von dir. Voll von deiner Art zu denken und zu fühlen. Voller zu viel."

Er sagt es, als sei es etwas Schönes. Jetzt bin ich wirklich kurz davor, die Kontrolle über meine Tränen zu verlieren. Mehr davon ertrage ich nicht.

„Also, was willst du essen?", frage ich mit rauer Stimme.

Er weiß, dass ich ablenke, aber er lässt es mir durchgehen. „Überrasch mich."

„Keine Allergien?", necke ich ihn, und er gibt sich einen Moment lang Mühe, böse zu schauen, ehe er aufgibt und lacht.

„Keine, von denen ich wüsste. Aber wer weiß, was der Abend noch für Überraschungen bereithält?", sagt er dann und bringt damit nun mich zum Lachen.

Kapitel 18

LINA

„Es duftet bis unten", sind Joes erste Worte, als er den Treppenabsatz erreicht. Während er mich umarmt, durchzuckt mich der Gedanke, dass es vorerst das letzte Mal ist, dass wir uns begrüßen. Alles heute ist ein vorerst letztes Mal.

„Vom Nachbarn", erkläre ich. „Waren wir verabredet?"

„Nein", sagt er und tritt an mir vorbei in die Wohnung, „ich bin nur aus Gewohnheit eine Etage zu hoch gelaufen und wollte jetzt wenigstens höflich *Hallo* sagen. Wow", entfährt es ihm dann.

Joe bleibt stehen, die Jacke baumelt kurz vor dem Garderobenhaken an seiner Hand. Sein Blick ist auf den Tisch voller Gratin, Spießchen, Salat und den anderen Speisen gerichtet. Nachdem ich am Vormittag einkaufen war, habe ich beinahe ununterbrochen Dipps gerührt, Blätterteig gefüllt und die Mascarpone-Creme mit Himbeeren und selbst gebackenem Biskuit geschichtet.

„Hast du vergangene Nacht auch geschlafen?"

Zufrieden betrachte ich mit ihm zusammen mein Werk.

„Das Brot ist leider noch im Ofen. Sorry, schlechtes Timing", entschuldige ich mich dann kokettierend.

„Ja, du hast es voll versaut." Er klingt ernst und hängt endlich seine Jacke auf.

„Ich weiß." Es gelingt mir, schuldbewusst zu klingen, und er grinst mich genau in dem Moment an, in dem mein Handy piept. „Ich muss es retten", rufe ich aufgeregt und laufe zum Ofen.

Joe folgt mir lachend. Dann schlägt er geschockt die Hände vors Gesicht.

„Du hast aufgeräumt."

„Ja, ich dachte, heute gebe ich alles."

Ich bin schrecklich nervös, was der einzige Grund dafür ist, dass ich rastlos jede einzelne Sekunde sinnvolle Dinge getan habe. Als ich das Brot aus dem Ofen hole, zittern meine Hände.

Es ist so unwirklich, dass er heute ein weiteres Mal aus meinem Leben verschwinden soll, nachdem wir uns erst vor drei Monaten wiedergefunden haben. Und das Unwirklichste an allem ist, dass er mich an diesem Abend so nah an sich heranlässt wie nie zuvor. Er macht nicht zu, er verfällt kein einziges Mal in Panik und gibt mir nicht einmal das Gefühl, ihn zu bedrängen.

Es liegt einzig und allein daran, dass ich ihm jetzt nicht mehr gefährlich werden kann, weil er schon mit einem Bein im Auto nach Berlin sitzt. Mir ist das die ganze Zeit bewusst, doch ihm so nah zu kommen, macht auch in mir alles weit, reißt mein Herz für ihn ohne Rücksicht auf Verluste auf. Und als es an diesem Abend bei seinem anklopft, steht es zum ersten Mal nicht vor verriegelter Tür. Joe macht einfach auf.

Wir sitzen im Schneidersitz auf meinem Bett unter der Dachschräge, auf dem Nachttisch zwei Tassen süßen Tees, den wir nicht trinken werden, und unterhalten uns. Mein Herz wird immer weicher vom Klang seiner Stimme. Ich beobachte seine lebhafte Mimik, wie er gestikuliert, wenn er etwas erzählt, wie er lacht oder die Stirn runzelt, wenn ich etwas erzähle, wie er ein Grinsen hinter der Hand zu verstecken versucht, um mich reinzulegen. Und mit einem Mal kann er gar nicht nah genug sein.

„Joe?"

Etwas lässt ihn innehalten. Vielleicht hört er die Sehnsucht, die sich als winziges Zittern in seinen Namen geschlichen hat.

„Ja?" Und ich höre in dem kleinen Wort etwas, was auf mein Zittern antwortet.

Ich knie mich hin und stütze mich auf die Hände, sodass nur noch zehn Zentimeter elektrisierter Luft zwischen unseren Lippen surren.

„Joe?", frage ich noch einmal, leiser, und meine Stimme vibriert im Rhythmus der Luft.

Er schließt die Augen und atmet einmal tief durch, ehe er schluckt.

„Ja?" Seine Stimme ist noch leiser als meine.

Ich rücke ein weiteres Stück an ihn heran, sein Atem geht flach, und er öffnet die Augen wieder und sieht mich an.

Ich ziehe meine Beine nach, sodass unsere Knie sich berühren, richte mich auf und fahre langsam mit den Fingern meiner rechten Hand in sein Haar. Unser Atem zittert im Gleichtakt. Seine Hand legt sich auf meine, die, halb in seinem Haar verborgen, innehält. Sein Kopf dreht sich ein wenig zur Seite, und seine Lippen streifen zärtlich über die Innenseite meines Handgelenks. Eins nach dem anderen richten sich die Härchen an meinem Unterarm auf.

Seine Berührung fühlt sich wie ein *Ich liebe dich* an.

„Lina", flüstert er.

Mein Name hört sich wie ein *Ich liebe dich* an.

„Bleib heute Nacht hier", zittere ich.

„Aber ich werde morgen gehen", zittert er.

„Ich weiß."

Zu neunundneunzig Prozent weiß ich es. Das eine störrische Prozent ist noch mehr Ikarus, als ich dachte. Zu einhundert Prozent will ich nicht, dass er jetzt schon geht.

„Du wirst mir so fehlen", flüstert er. Mit diesem Satz habe ich vermutlich das Größte bekommen, was er jemals jemandem an Worten geschenkt hat.

Ich frage mich, ob er jetzt fliehen wird, aber er bleibt sowohl innerlich als auch äußerlich bei mir, nimmt mein Gesicht in seine Hände und küsst mich so behutsam, als wäre ich zerbrechlich. Er hat mich noch nie so geküsst. Noch nie hat mich irgendjemand so geküsst.

Er küsst mich lange so vorsichtig, bis sich irgendwann seine Zunge zärtlich einmischt. Meine Hände suchen sich einen Weg unter seinen Pullover und dann auch unter sein T-Shirt, bis sie endlich seine warme Haut finden.

Er löst sich und sieht mich an. „Willst du das wirklich?"

Mein einsames, gewispertes Ja hallt so laut in meinem aufgewühlten Herzen nach, dass ich Angst habe, es könne reißen. Aber es klopft nur schneller und lauter, um seine Lebendigkeit in die Welt hinauszuschreien.

Meine Lippen umschließen seine Unterlippe und küssen sie sanft. Dann küssen sie seine Oberlippe.

„Ich werde morgen verschwinden", sagt er noch einmal leise, und ich nicke. „Okay", flüstert er dann und küsst mich wieder, bevor auch seine Hände auf die Suche nach meiner Haut gehen.

Langsam, beinahe ehrfürchtig ziehen wir uns aus. Seine Hände, seine Lippen wandern andächtig über meinen Körper. Es ist ein Abschied von einem jeden Flecken Haut, der zu mir gehört.

„Es ist eine Schande, dass du nicht weißt, wie schön du bist", murmelt er, und ich höre, dass er mehr als meinen Körper meint.

„Es ist eine Schande, dass du nicht weißt, wie schön *du* bist", antworte ich mit einem traurigen Lächeln und meine die gesamte Sonderausgabe Joe.

Langsam sinkt er auf mich, in mich. Der Laut, der wie im leisen Chor aus unseren Mündern weicht, ist mehr ein tiefes Atmen als ein Stöhnen.

Er atmet aus. Ich atme ein.

Ich atme aus. Er atmet ein.

Er bewegt sich nicht, streicht mir das Haar aus der Stirn, küsst meine Lippen.

Ist es Sex, wenn niemand sich bewegt?

Mein Mund streift seinen, dann seine stoppelige Wange entlang zu seinem Hals, seiner Schulter. Ich atme tief an seinem Hals ein, er an meinem Haar. Die gleiche Luft, ein anderer Geruch.

Alles so ruhig, so still, so schön.

Langsam bewegt er sich, während seine Lippen sich erst um meine Unterlippe schließen, dann um meine Oberlippe und sie küssen, als seien sie der schönste Ort, den er je besucht hat.

Vielleicht passt besser: miteinander schlafen.

Es klingt sanfter.

Es ist sanft.

Aber es ist das Gegenteil von Schlafen. Ich bin so wach wie nie zuvor und bis oben hin voll mit Leben. Alles zart, alles trotz dessen, gerade deshalb so viel. Und Joe ist einfach da. Er ist ganz da. Ohne Angst, nur Joe.

Ich fahre ihm durchs Haar, er sieht auf, sieht mich an, sieht mich. Da ist ein winziges Lächeln im Winkel seines Mundes, weil er mich sieht, nicht trotz dessen. Er hält in der Bewegung inne, ich schlinge meine Beine um ihn und atme wieder aus. Er atmet ein.

Ein Lächeln legt sich auf mein Gesicht, weil er mich ihn sehen lässt, ich ihn sehe. Genau deshalb, nicht trotz dessen.

Ich kann nicht glauben, dass er geht. Er atmet aus. Ich atme ein. Er ist so sehr bei mir, dass ich nicht glauben kann, dass er bald weg ist. *Geh nicht.* Er bleibt bei mir, zumindest für den Moment bleibt er.

Dann sehe ich es in seinen Augen, er weiß es auch. Ich fand den Ausdruck immer seltsam, er würde ihn niemals aussprechen. Und dennoch, wir machen Liebe. Sie war vorher da und entsteht genau in dem Augenblick, hier, jetzt.

Liebe.

Er legt die Lippen an mein Ohr, um es mir zu sagen. Es ist ein lächelndes Ausatmen, und ich atme es ein, sein nicht gesagtes *Ich liebe dich.*

Ich atme es tief ein und lege es da ab, wo es bleiben soll - mitten in meinem verlorenen Herzen.

JOE

Liebe. Angst. Liebe. Lina. Liebe.

Ich richte mich auf und blicke hinunter auf ihren vor mir liegenden Körper. Meine Hände streichen über ihre Schlüsselbeine, ihre schönen Brüste, die leichte Kuhle, da, wo ihr Brustbein endet. Sie streichen den untersten Rippenbogen entlang, dann über die minimale Wölbung ihres Bauches und über ihre Hüftknochen, die im Liegen hervorstehen. Sie prägen sich jedes noch so kleine Detail ihres schönen Körpers ein, während mein Kopf zu warnen und mein Herz zu ignorieren versucht.

Ich weiß, dass es zu sanft ist. Zu viel. Ich ertrage es kaum. Aber heute ertrage ich es noch weniger, es nicht zu tun.

Sie beobachtet mich wie ich sie.

Zu viel.

Als habe sie es gemerkt, streckt sie einen Arm nach meinem Gesicht aus, und ich ergebe mich ihrem Wunsch und lasse mich wieder auf sie sinken. Ich bewege mich ganz langsam in ihr, mache Pausen, in denen sich nur meine Lippen und mein Herz bewegen.

Mein Körper will, dass die Verbindung nie endet.

Es ist mein Körper.

Nur mein Körper.

Nicht etwa mein Herz.

Nicht etwa mein bebendes Herz.

Das *Ich liebe dich* geistert als wildes Pochen durch meine Brust, als warmes Kribbeln durch meinen Bauch, tausend helle und farbenfrohe Bilder werden an meine Schädeldecke projiziert. Ich kann nicht verhindern, dass sie es in meinen Augen liest, es kostet sie eine Träne. Doch es dringt nicht durch die Schleusen meines sie küssenden Mundes hinaus in die Welt und in ihr Ohr, wo es eine andere Bedeutung bekäme.

Zu viel Augenkontakt. Zu viel Großes. Zu viele Möglichkeiten.

Ich weiß, sie würde mich als Mängelexemplar behalten. Aber ich kann nicht als Mängelexemplar bleiben. Und so kappe ich einen Moment lang die Verbindung unserer Augen und lasse die Lider wie Jalousien herab.

„Hau jetzt nicht ab", flüstert sie.

Ihre Fingerspitzen streichen über meine Wange, was meine Augen wieder öffnet, um ihren Augen zu begegnen, die mich sehen.

„Hau nicht ab", flüstert sie noch einmal, leiser, und küsst mich genauso leise auf die Lippen, ohne die Augen zu schließen.

Ich bleibe.

Auch über Nacht.

Als ich am nächsten Morgen erwache, hat mich mein Körper sieben Stunden schlafen lassen, ohne dass ich mich an Unterbrechungen erinnere.

Ich weiß, dass der Mensch während des Schlafens kleine Check-Ups macht - Augen auf, Überprüfung der Sicherheit, Augen zu. Doch mein

Geist scheint Lina nicht als Gefahr erkannt zu haben. Dabei könnte mir kein wildes Tier gefährlicher werden als sie.

Ihr leiser, friedlicher Atem dringt an mein Ohr. Ein jeder Atemzug ein Körnchen, das aus der oberen Hälfte der Sanduhr in die untere rieselt. Unsere Zeit läuft ab.

Verschlafen lächelt sie mich an, und mit der Frequenz meines Herzschlags steigert sich auch der Wunsch, von hier zu verschwinden. Warum bin ich überhaupt geblieben? Ich hätte nicht bleiben dürfen. Ich sollte nicht hier sein, um jede ihrer nicht überschminkten Sommersprossen im Tageslicht einzeln erkennen zu können. Der Anblick eines jeden genau an die richtige Stelle getupften Fleckens tut weh. Wieder warnt mein Kopf, doch ich kann nicht anders, als behutsam mit dem Finger über ihre Wangen und Schultern zu fahren, als könne ich mir auch all die liebevoll platzierten Punkte mithilfe meiner Hände einprägen.

„Was jetzt, Fremder?", fragt sie mit sanfter Morgenstimme, als wittere sie, dass jedes lautere Geräusch mich wie ein Reh ins Unterholz fliehen lassen würde.

Als ich ihr Murmeln höre, bin ich mit einem Mal kurz davor, einfach zu bleiben, nicht nach Berlin abzuhauen. Ich bin kurz davor, mich ein einziges Mal im Leben für perfekt zu entscheiden.

„Bleiben wir noch ein wenig liegen?", bitte ich sie und mich leise.

Sie nickt, küsst mich liebevoll auf die Lippen, vergräbt die eine Hand in den Haaren in meinem Nacken und legt dann ihre Stirn an meine. Friedlich fließt mein Atem durch meine Nase hinaus und hinein, füllt und verlässt Linas Lungen. Es ist so schön, dass ich meine Angst wimmern hören kann. In diesem Moment liebe ich sie so sehr, dass mein ungeübtes Herz mit jedem zu ungestüm hämmernden Schlag erschrickt.

Ich kann nicht noch mal mit ihr schlafen, obwohl die Sehnsucht nach ihr im Begriff ist, mich aufzufressen. Vielleicht gerade deshalb. Alles in mir hat sich gestern von allem in ihr verabschiedet, noch einmal stehe ich das nicht durch. Entweder es geht ihr genauso oder es ist ihr untrügliches Gespür für meine Grenzen, das sie davon abhält, es zu versuchen.

Einatmen. Lina. Ausatmen.

166

Du fehlst mir jetzt schon.

Allein sie so nah bei mir zu haben, ist nur einen Hauch von dem Maß an Leben entfernt, das mich erstickt. Es ist mir nicht möglich, auch nur eine Kleinigkeit auszublenden: Ich spüre jede einzelne ihrer Fingerkuppen in meinem Nacken, jedes Haar, das sich dadurch aufstellt. Ich spüre ihren linken Unterschenkel, der über meinen Beinen liegt, und den großen Zeh ihres rechten Fußes, der mein linkes Schienbein berührt. Ich spüre die Haut ihres Rückens unter meiner rechten Hand und wie sich ihr Brustkorb darunter gleichmäßig hebt und senkt.

Ich sehe ihre Augen sich öffnen und für einen kaum zu fassenden Moment blinzeln. Ich sehe die kleinen blonden Härchen auf ihrem Unterarm. Ihre Sommersprossen tanzen vor meinen Augen, weil ihre Stirn noch immer an meiner lehnt.

Ich höre die kaum zu vernehmenden Atemzüge, und ich meine sogar, ihr Lächeln zu hören, obwohl es nur halb verborgen durchschimmert.

Alles, was mit ihr zu tun hat, ist für mich wie ein zu scharf gezeichnetes Bild, weil ich diese Intensität von Gefühlen nicht kenne. In ihre Augen blickend ist es, als gäbe es auf der ganzen Welt nichts Größeres und damit nichts Bedrohlicheres als Lina und Joe, wie sie sein sollten.

Der Schmerz übermannt mich.

Es reißt in meiner Brust, es zerrt an jedem meiner Nerven. Es pocht. Es sticht. Es brennt. Das Gefühl, sie bald das letzte Mal zu küssen, das letzte Mal mit ihr geschlafen zu haben, das letzte Mal die Luft zu atmen, die aus ihren Lungen in meine strömt, ist übermächtig. Zu groß. Kein gutes Groß.

Ich will keinen Schmerz. Nie wieder so einen Schmerz. Und in diesem Augenblick bin ich mir sicher: Es ist richtig zu gehen.

Ich. Muss. Hier. Weg.

„Ich muss gleich los", flüstere ich hektisch in den inneren Aufruhr hinein, um ihn erträglicher zu machen.

„Du musst los oder du musst los?", flüstert auch sie, und ich lache leise auf. Doch in den Ton mischt sich so viel Verzweiflung, dass sie sogar bis in Linas Augen vordringt.

„Es tut mir so leid, Lina."

Sie schüttelt nur den Kopf, ich weiß, dass sie sich anstrengt, um nicht zu weinen.

Ich muss es ihr sagen, ich schulde ihr zumindest diesen einen Kampf gegen mich selbst, auch wenn ich nicht mehr als ein Flüstern zustande bringe. Es ist schon so laut genug. Zu laut.

„Es ist nicht, dass du nicht das für mich bist, was du für mich sein willst." *Du bist das einzige, weswegen ich bleiben will.* „Es ist, dass ich nicht das bin, was ich deinetwegen sein sollte. Ich schaffe das nicht." *Du bist das einzige, was mich zwingt zu gehen.* „Du bist so groß, Lina. Du bist das beste Groß, das mir je begegnet ist."

Ich liebe dich.

Ich sollte es ihr sagen. Oder vielleicht auch nicht. Aber es passt sowieso nicht durch meine Lippen. Es ist zu groß. Ich bin zu klein für groß.

LINA

Zu hoch geflogen.

Ich kann es auf dem Riesenrad, auf dem Schlitten, dort gelingt es mir, ihn dazu zu bringen, mir in meine Welt zu folgen. Doch die Hoffnung, dass er zulassen könnte, mich zu lieben, ist zu viel.

Eine Weile liegen wir einfach da. Er geht nicht. Längere Zeit betrachtet er mein Weihnachtsgeschenk, das noch immer dasteht, ohne festen Wohnsitz.

„Gefällt es dir nicht mehr?", fragt er.

„Es ist das schönste Bild, das ich in meinem Leben gesehen habe."

Er lächelt mich leicht an. Ich weiß selbst, dass es übertrieben klingt, doch ich meine es ganz genau so, wie ich es sage.

„Aber du willst es nicht aufhängen?"

„Ich glaube, es ist wie dieses Ikarus-Ding. Wenn ich es aufhänge, wirkt es, als hielte ich mich für so schön."

„Du bist so schön." Die Betonung liegt auf dem *bist*, und seine von einem winzigen Zucken seiner Schultern untermalten Worte klingen, als spräche er etwas Offensichtliches aus.

Überrascht sehe ich ihn an, doch er blickt weiter auf das Bild auf der Kommode, ehe er weiterredet – immer noch an die andere Lina gewandt. Wahrscheinlich fällt es ihm leichter, es ihr zu sagen.

„Zuerst habe ich es nicht verstanden. Ich habe nicht verstanden, wieso du dich nicht erkannt hast. Ich dachte, ich hätte die Wahrheit gemalt, aber mittlerweile ist mir klar geworden, dass die Wahrheit etwas ist, was nicht existiert."

Nun sieht er doch zu mir, und ich wundere mich, dass sein Blick keinen Millimeter zurückzuckt, als er mir mit seinen nächsten Worten so nahekommt.

„Die Wahrheit, die in diesem Bild steckt, ist meine Wahrheit. Meine Wahrheit über dich."

JOE

Was ich ihr nicht sagen kann: Das Bild zeigt nicht einfach eine Frau. Es zeigt eine geliebte Frau. Und wenn jemand nicht weiß, wie die Liebe aussieht, die der andere empfindet, ist es immer, als schaue er aus einem anderen Winkel, in einem anderen Licht, mit einem anderen Farbspektrum, durch eine andere Linse.

Lina beugt sich vor und legt ihre Lippen zärtlich auf meine. Nach ein paar Atemzügen löst sie sich und lächelt mich an. In ihren Augen glitzern Tränen, die sich jedoch weigern zu fließen.

„Du solltest es aufhängen", wispere ich. „Du solltest verstehen, wie unsagbar schön du bist."

Sie schiebt sich in meine Arme und erinnert mich dabei mit der Mischung aus Vehemenz und Zärtlichkeit an eine Katze. Eine Zeit lang betrachtet sie das Bild, während ich sie betrachte – sie, schöner als jedes Bild es zeigen könnte. Dann wendet sie mir ihr Gesicht zu und küsst mich wieder.

Ich fahre erst zwei Stunden später, als ich tatsächlich losmüsste, um pünktlich zu sein. Es ist mir egal. Fest umschlungen stehen wir an meinem Auto und halten uns fest. Das letzte Mal. Vermutlich hielte uns jeder, der uns in diesem Moment sähe, für ein Paar. Vermutlich hielte uns jeder, der uns gerade sähe, sogar für ein glückliches, verliebtes Paar. Ich möchte die Worte lieber nicht denken. Ich tue es trotzdem. Wieder dieser unerträgliche Schmerz. Es reißt. Es zerrt. Es pocht. Es sticht. Es brennt. Lina sieht auf und legt die eine Hand auf die Stelle meiner Brust, wo er mich am furchtbarsten quält. Sie hat ein so untrügliches Gespür für mich und meinen Schmerz, dass er gleichzeitig schlimmer und besser zu werden scheint.

„Ich muss dir noch etwas sagen. Aber ich tue es nur, wenn du nicht direkt fliehst. Schaffst du das?"

Sie kennt mich zu gut, aber ich glaube, was immer sie mir gerade zu sagen hat: Ich ertrage es. Gleichzeitig weiß ich genau, wieso ich daran glauben kann. Weil ich die Sicherheit habe, dass ich gleich in das Auto steige, das mich von hier wegbringt. Von ihr, ihren Worten und dem, was beides mit mir anrichtet. Also nicke ich, die Hand innerlich bereits am eiskalten Griff meiner Autotür.

„Ich liebe dich, Joe." Sie macht eine kleine Pause, aber ich könnte nicht einmal fliehen, wenn ich es versuchte. „Ich weiß, dass dir das Angst macht, und das ist okay. Aber mir macht es Angst, es nie ausgesprochen zu haben, als hätte ich nicht alles getan, was ich hätte tun können. Ich bin Ikarus, aber ich kann nicht anders. Ich liebe dich, und ich wünschte wirklich, du könntest mich auch lieben."

Ihr letzter Satz ist leise. Sie hat keine Ahnung.

Sie sieht mir geradewegs in die Augen, während mein Herz einfach nicht mehr klopft und meine Lunge sich einfach nicht mehr füllt. Ich weiß minutengenau, wann ich diese Worte das letzte Mal gehört habe.

Ich liebe dich.

Es war vor zwanzig Jahren, drei Wochen und zwei Tagen um fünfzehn Uhr zwölf.

Danach stand ich in der Kälte.

Ohne Schuhe.

Ich hatte einfach keine Schuhe angezogen.

Trotz der Kälte keine Schuhe.

Ich würde gerne an meinem Handgelenk nach der Uhrzeit sehen. Oder wenigstens auf meine Füße. Aber ich kann mich nicht rühren.

Vergeblich versuche ich, den Winter in meine Lunge zu lassen, die Luft, die irgendwo hier sein muss. Es geht nicht. Keine Wölkchen aus Atem um mich herum. Meine Lunge hat aufgegeben. Einfach aufgegeben. Keine Luft.

„Joe?"

Linas Stimme, nicht die meiner Mutter. Es ist Linas perfekte Stimme, die mich zu sich zurückzuholen versucht. Doch sie ist weit weg.

„Joe."

Weit weg und erfüllt von – Furcht?

Mein träges Hirn reimt sich zusammen, dass sie auf den Zehenspitzen stehen muss, denn ihre Augen erscheinen beinahe auf gleicher Höhe mit meinen. Sie ist so nah. Wie kann sie so nah sein, wenn alles so weit weg ist?

„Joe." Es klingt streng, wie eine Ohrfeige aus Worten.

Lina hat noch Luft. Ihr sonnenbeschienener Atem erscheint in Form von Millionen winziger kondensierter Tropfen wie kostbarste Kristalle vor meinen Augen. Sie schenkt sie mir. Sie atmet nur für mich. Sie atmet aus. Bebend atme ich ein. Sie scheint nur noch auszuatmen, um mir keine Luft wegzunehmen. Sie überlässt alle Luft mir, als sei hier draußen nicht genug für zwei. Sie atmet aus und aus und aus, direkt an meinem Mund.

„Gut", flüstert sie ausatmend.

Einatmen. Lina. Einatmen.

Plötzlich wird mir klar: Ich atme das letzte Mal Lina. Panisch sauge ich die Luft so tief in meine Lungen, dass ich husten muss, weil ich keinen der so kostbaren, in der Sonne funkelnden Kristalle verpassen will.

Einatmen. Lina. Einatmen.

Damals, vor zwanzig Jahren, drei Wochen und zwei Tagen um fünfzehn Uhr zwölf, habe ich es nicht erwidert. Heute werde ich es auch nicht tun. Das wissen wir beide. Damals hatte ich die naive, kindliche Hoffnung, dass sie nicht sterben kann, solange ich es nicht erwidere. Ohne Abschied kein Gehen. Diese Hoffnung ist mit ihr gestorben.

Trotzdem hoffe ich heute wieder, dass das Schweigen der einzige Weg ist, um Lina am Leben zu halten – und mich. Liebe ist ein Garant für irgendeine Art von Tod. Also liebe ich lieber nicht. Selbst, wenn ich es tue.

Es scheinen Minuten zu sein, in denen ich nur einatme und Lina nur ausatmet. Ich weiß, dass das Liebe ist, wenn man für einen anderen Menschen minutenlang nur ausatmet. Ich weiß, dass es in diesem Fall Liebe ist, dass ich minutenlang nur einatme.

Aber die Worte werden in mir bleiben. Selbst wenn ich irgendwann wieder anfange auszuatmen, werde ich die Worte nicht mit herauslassen.

Kapitel 19

JOE

AN der ersten Raststätte kriege ich mich noch vorbei geatmet. Doch bereits an der zweiten muss ich rausfahren.

„Du bist es." Linas leise Abschiedsworte hallen in meinem Herzen nach, als sei sie noch immer dicht bei mir und flüstere sie wieder und wieder.

Ich stelle mich eine Weile an das Auto gelehnt auf den Parkplatz und schaue meinem gefrierenden Atem zu, nur um zu sehen, dass er noch da ist.

Einatmen. Nur noch ein winziger Hauch Lina. Ausatmen.

Herzschlag. Zu viel Lina. Herzschlag.

Kawumm. Lina. Kawumm.

Eingebettet in jeden Schlag: Lina. Ka-Lina-wumm.

Einatmen. Zu große Sehnsucht nach Lina. Ausatmen.

Ka-Lina-wumm.

Ihr Name zerreißt mein wundes Herz, das sich so ungeschützt anfühlt wie das des Jungen, der irgendwo noch in mir wohnt; vergraben, aber da: Ich. Das neunjährige Ich, das ängstlich, aber voller Leben mit Lina über Wiesen getobt und jeden Morgen mit vollen Lungen aufgewacht ist. Das Ich, das kurz darauf durch eine Diagnose innerhalb eines Atemzugs der Fähigkeit beraubt wurde, seine Lunge tatsächlich zu füllen.

Als ich sowohl außen als auch innen komplett durchgefroren bin, hole ich mir in der pseudogemütlichen Raststätte einen Kaffee, der ekelhaft schmeckt, und setze mich auf einen nicht einmal pseudogemütlichen Stuhl. Ich halte den Becher eine Weile umfasst, bis seine Hitze nachlässt, die einfach nicht weiter als bis in meine Hände vordringt. Dann stelle ich ihn in dem Wagen für das dreckige Geschirr auf ein sympathisch erscheinendes Tablett, weil der vorübergehende Besitzer seinen Kaffee ebenfalls kaum angerührt hat.

Zurück im kalten Wagen schalte ich das Radio an, um mich abzulenken. Doch jedes Lied erinnert mich an Lina, alles Gesprochene erinnert mich an sie. Als die ersten Töne von *Feel it still* erklingen, das Lied, zu dem wir uns das erste Mal geküsst haben, lache ich zynisch auf.

Du bist es, labert mein Herz dazwischen. Also stelle ich das Radio wieder aus und, soweit möglich, auch mein Herz.

Doch das Hämmern bleibt. Ka-Lina-wumm. Immer dieses elende Herz.

Die Fahrt dauert ewig, und ich habe das Gefühl, nicht nur Lina, sondern auch mich weiter und weiter zurückzulassen. Irgendwann kann ich uns beide nicht einmal mehr mit Fantasie im Rückspiegel entdecken. Gut so. Nur weg.

Ka-Lina-wumm!

Wem mache ich etwas vor?

LINA

Zum ersten Mal in meinem Leben ist etwas so schwer, dass ich unter der Last nicht stehenbleiben kann. Ich breche auf dem Wohnzimmerteppich zusammen, weil dies ein Ort ist, an dem Joe nicht gelegen hat, und lasse mich von den Tränen schütteln.

Seit sein Auto um die Ecke gebogen ist, scheint es keine Luft mehr zu geben. Ich habe so lange für ihn ausgeatmet, und jetzt gelingt es mir nicht, meine Lunge wieder zu füllen. Joe hat alle Luft mitgenommen, und ich gerate in Panik, ohne ihn nach und nach zu ersticken.

Geht es dir immer so wie jetzt mir, Joe?, schießt es mir durch den Kopf. *Hast du dich so gefühlt, als ich dir meine Liebeserklärung ins ungeschützte Herz gerammt habe?*

Joe.

Sein Atem muss noch irgendwo in der Luft hängen. Es ist, als begäbe sich meine erschöpfte Lunge auf die Suche nach den Überbleibseln von Joes Luft, und dann dringt ein winziger Strom seines Restatems in mich hinein. Je mehr Luft, desto weniger Panik.

Atme, Lina. Atme Joe.

Einatmen. Joe. Ausatmen.

Bald wird auch das letzte Bisschen seiner Luft verbraucht sein. Bis dahin muss ich mich in den Griff bekommen. Bis dahin muss ich wieder Lina werden. Es gab doch auch eine Lina, bevor er wieder in mein Leben zurückgefunden hat.

Wieso will dann einfach das Gefühl nicht verschwinden, ohne ihn nur noch ein kleiner Teil von mir zu sein?

JOE

Aus den sechs geplanten Stunden Fahrt werden fast acht. Immer wieder muss ich abfahren, um mich zu beruhigen, indem ich in der kalten Luft den Beweis dafür suche, dass ich noch atme. Als ich viel zu spät eintreffe, kommt Mats mir bereits durch den Garten entgegen. Er wohnt mit seiner Familie außerhalb der Stadt in einem Reihenhaus, in dem ich die erste Zeit im Gästezimmer schlafen kann.

„Du bist spät", empfängt er mich.

„Tut mir leid. Ich habe geschrieben, dass ich es nicht eher schaffe."

„Ich weiß." Er greift in den Kofferraum und packt sich die erstbesten Sachen, um sie hineinzutragen. „Warst du so lange bei ihr?"

Erschöpft schüttle ich den Kopf. „Nicht heute, Mats. Nicht heute."

Meine Stimme klingt rau. Meine Stimme klingt zu oft nicht wie meine, wenn ich mit oder über Lina spreche. Es ist jedes Mal, als mische sich ein Teil von mir ein, den ich nicht kenne und den ich gerade heute auch bestimmt nicht kennenlernen möchte.

„Okay, nicht heute." Er marschiert los in Richtung Haus, wo Ronja uns die Sachen abnimmt und ins Zimmer unter dem Dach bringt.

Ein Zimmer ohne Dachfenster.

Als Mats wieder unten ist, lächelt Ronja mich sanft an.

„Ich hab dir Handtücher ins Bad hier oben gelegt", sagt sie.

„Danke."

„Sind wir jetzt eigentlich Fluchthelfer?", fragt sie mich, und ich setze mich auf die Bettkante und lache traurig auf.

Sie spricht so ruhig, vollkommen wertfrei, und ich verstehe, warum Mats sich gerade in sie verliebt hat. Wahrscheinlich hat sie ihm seine Vergangenheit nie vorgeworfen.

„Vermutlich", flüstere ich.

„Tut mir leid, dass es nicht geklappt hat."

Ihr Lächeln wird traurig. In diesem Moment habe ich sie verdammt gerne, und in diesem Moment wäre es mir eindeutig lieber, sie würde einfach verschwinden, weil gerade niemand nett zu mir sein sollte.

Ich nicke nur, weil ich keine Worte finde für das giftige Toben in mir.

„Da ist deine Lieblingsschokolade im Nachttisch", flüstert sie, als sei es ein Geheimnis. Dann zwinkert sie mir zu und geht raus.

„Danke", rufe ich ihr leise hinterher.

Einige Minuten bleibe ich einfach reglos sitzen, mit geschlossenen Augen und geschlossenem Herzen, um diesen furchtbaren Laut nicht mehr zu hören, den es immer von sich gibt. Dann stehe ich auf, stelle mich ewig unter die Dusche in dem vergeblichen Versuch, auch die Reste des Lebens abzuwaschen, das ich heute hinter mir lassen will.

Als ich im Bett liege, halte ich es irgendwann nicht mehr aus. Ich öffne den schwarzen Koffer und suche nach dem Pullover, den noch vor wenigen Tagen Lina nach dem Rodeln getragen hat. Auf dem Boden kniend sauge ich ihren Geruch in meine Lungen, der noch in dem Stoff hängt. Mein Atem zittert im Gleichklang mit meinem Herzen, und plötzlich entwischt mit einem Ausatmen ein kehliger Laut. Ich sperre ihn gemeinsam mit dem Pullover und der Erinnerung an Lina hastig im Koffer ein, lege mich ins Bett und warte auf den erlösenden Schlaf. Er kommt und geht in kleinen Etappen.

Willkommen zurück in der Existenz ohne Lina.

LINA

Nachts öffnen sich meine Augen, um ihn zu suchen, und im ersten Moment spielt mir mein Geist einen Streich und bildet sich ein, die schwarze Hügellandschaft vor dem Grau der Nacht neben mir sei Joe. Doch es sind die Umrisse des Kissens und der geknautschten Decke, die mich in die Irre führen.

Einen Moment bleibe ich reglos liegen und versuche, den Atem auszumachen, von dem ich weiß, dass er sich in dieser Nacht nicht in diesem Zimmer ausbreitet. Dann ziehe ich müde das Kissen an mich und sauge Joes Geruch ein, der sich vergangene Nacht in dem Stoff eingenistet hat. Ich atme so lange ein, bis der Schlaf wieder zu mir findet.

Kapitel 20

JOE

ICH bin erleichtert, als ich erfahre, dass ich in der ersten Zeit ausschließlich im neuen Büro arbeiten muss, um über vieles informiert und in manche Prozesse eingearbeitet zu werden. Ich nehme an Besprechungen teil, lerne zu viele neue Leute kennen und arbeite, arbeite, arbeite.

Die Beschäftigung bei einem festen Arbeitgeber hat so manche Vorteile. Es ist nicht nur das regelmäßige Gehalt, das mein Konto Monat für Monat gleichmäßig füllen wird. Es sind auch die Gespräche mit Kolleginnen und Kollegen im Büro oder in der Kaffeeküche, die mich zumindest kurzzeitig von dem Chaos in mir ablenken, und die Tatsache, dass ich seltener auf Mats stoße.

Ansonsten finde ich es furchtbar: nervige Vorgaben, Termine, wenn ich sie nicht brauchen kann, ständig irgendwo ein Husten, Tippen, Bleistift auf den Schreibtisch Klopfen, das mich ablenkt und an Linas Tippen und Knacken erinnert. Es fühlt sich an wie Gefängnis. Mannschaftszelle.

Sie fehlt mir so.

Ihre täglichen Nachrichten sind die Highlights und die Tiefpunkte der kurzen, kalten Wintertage.

Ich habe heute unter der Dachschräge geschrieben. Mit Einmachglas. Nur ein Teelicht lang, länger habe ich es nicht ausgehalten. Ich denke an dich.

Oder:

Habe einen Schneeengel gemacht. Nur für dich.

Dabei ein Foto im diesmal nicht so hohen Schnee. Die Wiese malt grüne Flecken durch das Weiß, wo Lina besonders enthusiastisch an mich gedacht hat. Es ist kaum zu ertragen, auf diese stummen Liebeserklärungen zu sehen. Es ist kaum möglich, das Handy wieder wegzulegen.

Allein ihr Name auf dem Display verursacht so viel Chaos in mir, wie es nur Lina mit ihrem Sinn für Durcheinander irgendwo hinterlassen kann. Ihre geschriebenen Worte legen sich wärmend um mein Herz, um es im nächsten Moment beinahe zu verbrennen.

Lina. Liebe. Schmerz.

Wenn ich ehrlich zu mir bin, beeindruckt sie mich mit ihrem Mut, sich mir so auszuliefern, indem sie einfach sagt, was sie fühlt und denkt, obwohl ich es ihr nicht zurückgeben kann.

Es gibt meistens zwei Nachrichten von mir – die, die ich tippe und lösche, und die, die ich tippe und abschicke.

Wie läuft der Endspurt am Buch? Schreibst du wieder mehr im Café?

Getippt, abgeschickt.

Ich beneide jede Tasse, die deine Lippen berührt, jeden Schluck Kaffee, der deinen Atem spürt. Jede Taste deines Laptops, die deine Finger zum Klackern bringt. Ich beneide jeden, der dein konzentriertes oder lächelndes Gesicht betrachten darf, wenn du schreibst. Du fehlst mir so sehr, dass es mich zerreißt.

Liebe. Angst. Lina. Getippt, gelöscht.

Ich wünschte, die Luft hier wäre die aus deinen Lungen. Wenn sie nur ein bisschen mehr wäre wie die, die aus deinen Lungen strömt, dann könnte ich atmen.

Einatmen. Keine Lina. Ausatmen. Getippt, gelöscht.

Ich bin in ein neues Büro gezogen, weil hier umdisponiert wurde. Es ist ganz schön, und die Kollegen sind in Ordnung. Hoffe, die Arbeit an deinem Buch läuft gut.

Getippt, verschwiegen, abgeschickt.

Kapitel 21

LINA

ALS es klingelt, habe ich schon keine Lust zu öffnen, doch Isabelle war überzeugend, als sie meinte, dass ich nach einem Monat seit Joes Fortgehen unbedingt mal wieder einen Mädelsabend brauche, auch wenn mir davor graut.

Tag für Tag versuche ich angestrengt, wieder ich zu sein. Aber immer erscheint es mir, als entgleite ich mir im letzten Moment, kurz bevor ich mich zu fassen kriege.

Ich bin mit den beiden zur Ü30-Party gegangen, doch gerade, als ich mich über die ersten Klänge eines Liedes freute, war die Euphorie schon wieder weg. Ich habe mich mit den beiden im Café getroffen und mich über Schönes und Blödes und Alltägliches unterhalten, doch ich fühlte mich in keinem Thema zu Hause. Ich finde mich einfach nicht unter all dem Kummer, der seit Joes Abwesenheit jeden Tag verloren durch mich hindurch streunt und bei seiner Wanderschaft auf meiner abgedunkelten Seele noch dunklere Spuren hinterlässt.

Beinahe an jedem einzelnen Abend folgen der Dunkelheit und Stille auch die Tränen, und Anfang Februar wird es noch früh dunkel und still.

Ich schreibe ihm jeden Tag. Ich kämpfe um ihn jeden Tag, schmeiße ihm mein Herz zu Füßen, weil ich nur ganz oder gar nicht kann.

Er antwortet mir jeden Tag. Seine Antworten sind kein Ganz und kein Gar nicht. Er könnte sie jedem schreiben, und ich versuche, zwischen den Zeilen zu lesen, ob sich unsichtbare Worte wie glitzernde Schokoladenhasen an Ostern zwischen denen verstecken, die schwarz auf weiß offensichtlich sind. Manchmal meine ich sie zu finden – nur für das Auge unsichtbar, nicht für das Herz –, doch ich traue mir seit seinem Abschied selbst nicht mehr über den Weg.

Als Isabelle und Bianca oben ankommen, lächle ich ihnen entgegen. Wir bestellen Pizza, gucken blöde Mädchen-Filme, die mir in meiner Jugend noch tiefsinniger erschienen, und essen anschließend einen Großteil des Kuchens, den Bianca aus dem Café mitgebracht hat.

Als mein Handy vibriert, greife ich sofort danach, um es im nächsten Augenblick wie in zu vielen Augenblicken zuvor enttäuscht wieder wegzulegen. Kein Joe. Bianca sieht mich missbilligend an, ehe sie wieder auf den Fernseher guckt.

„Was?", frage ich patzig.

„Nichts. Ich verstehe dich nur nicht."

„Was ist daran nicht zu verstehen?"

„Dass du ihm noch diese Bedeutung gibst. Er hat dich schlecht behandelt und ist dann abgehauen. Du solltest kein Wort mehr mit ihm wechseln."

„Wieso sagst du das?", frage ich entrüstet. „Er hat mich nicht mies behandelt. Er war überfordert mit der Situation, aber er war nie schlecht zu mir."

„Lass ihn los, du tust dir nur selbst weh. Wieso lässt du ihn nicht ziehen?"

„Weil ich ihn liebe, Bianca. Deshalb." Ich bin lauter, als ich wollte.

„Bianca, lass sie", mischt sich Isabelle ein.

„Bist du echt der Meinung, dass es gut ist, sich an ihm festzuklammern, anstatt sich auf etwas Neues zu konzentrieren?", fragt Bianca Isabelle, und ich atme tief durch, um nicht auszurasten.

„Ja, das glaube ich. Ich glaube, wenn Caro noch nicht so weit ist, sollte sie ihn nicht loslassen. Es sind vier Wochen, nicht vier Jahre."

„Das ist doch egal. Er ist einfach abgehauen."

Er ist nicht einfach abgehauen. Er hat nicht weniger gelitten als ich. Nur anders. Sie würde es nicht verstehen.

„Du weißt selbst, wie er sie angesehen hat", verteidigt Isabelle mich, Joe, uns.

„Das ist es doch: Er hat sie so angesehen, und dann ist er abgehauen. Genau deshalb ist er abgehauen."

Ich bin mir nicht sicher, ob den beiden bewusst ist, dass ich auch noch da bin. Aber wenn ich so darüber nachdenke: Bin ich ja auch nicht so ganz.

„Menschen können sich ändern, auch Männer", ruft Isabelle. „Ist es nicht genau dieser Gedanke, der Millionen Frauen in das Unglück treibt?" Bianca klingt sachlich. „Ich will nicht, dass Caro eine von ihnen ist."

„Er wird schon merken, wie das Leben ohne Caro ist. Wer sagt, dass er dann nicht an sich arbeitet? Wer sagt, dass er dann nicht zurückkommt?"

„Das sagt die Erfahrung."

„Wessen Erfahrung, Bianca? Deine Erfahrungen haben nichts zu tun mit Caros Leben."

In etwa das höre ich mir an, seitdem Joe mir gesagt hat, dass er weggeht. Die beiden klingen wie mein Kopf und mein Herz. Ich bin so unsagbar müde.

Dann spreche ich ein Machtwort: „Ich will ihn noch nicht loslassen, Bianca. Und wenn du jetzt nicht still bist, fliegst du raus. Und der Kuchen bleibt bei Isabelle und mir."

Kurz schauen mich die beiden mit offen stehenden Mündern an. Dann applaudiert mir Bianca mit beeindrucktem Gesicht.

„Wow", sagt sie, „so lebendig habe ich dich seit Wochen nicht gesehen."

Die anschließenden Verhandlungen enden damit, dass ich mich bemühe, mich wieder mehr ins Leben zu stürzen. Dafür hält Bianca die Klappe. Nun applaudiert Isabelle.

Kapitel 22

LINA

ICH kann nicht mehr schreiben, seit er weg ist. Ich habe mich mit meiner Lektorin getroffen, mit dem Verlag telefoniert, neue Fristen ausgehandelt. Ich bin leer und finde in mir einfach keine Worte mehr.

Womöglich bin ich einfach so gefangen in meinem aussichtslosen Kampf um die Liebe eines Mannes, dass ich keine Kraft mehr habe für das Duell auf dem Papier.

Ich wasche mein Bettzeug nicht, bis es trotz all meiner Fantasie nicht mehr nach Joe riecht. Ich fahre an seinem Haus vorbei, nur um auf den roten Umriss mit den dunklen Rechtecken zu blicken, hinter denen jedes Licht und jedes Leben erloschen sind. Manchmal sieht es wieder aus wie im Stich gelassen. An anderen Tagen weckt sein Anblick in mir Hoffnung, weil Joe es nicht vermietet hat.

Immer wieder versuche ich, Joe anzurufen, habe aber in den vergangenen sieben Wochen nur zweimal mit ihm reden können, weil er meistens nicht ans Telefon geht und erst irgendwann nachts zurückschreibt.

Beide Male haben wir über nichts Besonderes gesprochen, doch seine Stimme zu hören, raubte mir kurzzeitig den Atem. Beide Male weinte ich lautlos, ohne dass er es merkte. Als wir auflegten, war alles nur noch schlimmer als vorher, so als sei mein Herz wund gescheuert von seiner ungewohnt rauen Stimme. Gleichzeitig fehlte mir der Klang bereits, sobald ich den roten Hörer mit dem Finger berührte.

Ich ertrage die Leere nicht mehr, die das Fehlen seiner Stimme jeden einzelnen Tag in mir hinterlässt. Ich ertrage die Leere nicht, die sein Fehlen in mir hinterlässt.

JOE

Ich ertrage deine Stimme nicht, dein lautloses Weinen, das Löcher in mein Herz brennt, größer als mein Herz selbst.

Getippt, gelöscht.

Tut mir leid, hatte das Handy im Zimmer liegen und habe eben erst gesehen, dass du angerufen hast. Ich hoffe, bei dir ist alles okay.

Getippt, gelogen, abgeschickt.

An den schlechten Tagen nehme ich mein Handy kaum in die Hand vor lauter Angst, auf ein Bild von ihr zu stoßen. Ich will keine weiteren Bilder von ihr in meinen Kopf hineinbefördern. Ich will sie hinausprügeln. Ich versuche es mit Farbe – raus aus meinem Kopf, drauf auf die Leinwand.

Sie fließt nur so aus mir heraus, doch in mir fehlt danach kein Stück Lina. In jedem Winkel von mir hat sie sich eingenistet, um dort warm zu überwintern, und ich bin nicht nur ihr Zufluchtsort für kalte Wintertage. Es ist Anfang März und die spätwinterliche Sonne, das vermehrte Zwitschern der Vögel lässt sie mit den ersten Knospen wieder sprießen, lässt sie aufblühen vor allen anderen Blumen, sich gähnend recken und strecken, um mich vollständig und über meine Grenzen hinaus auszufüllen.

Ich stelle mir vor, wie bald die ersten Triebe an dem Baum vor ihrem Dachfenster zum Leben erwachen. In wenigen Wochen werden es Blätter sein, die bei geöffnetem Fenster rascheln wie der preisgekrönte Soundtrack zu einem perfekten Kuss mit Lina in ihrem Bett.

Mit der Sehnsucht nach ihr wächst auch Mats' Unmut. Wir geraten immer häufiger aneinander, während ich keine Wohnung finde und kurz davor bin, in ein Hotel zu ziehen. Wiederholt beschwert er sich über meine schlechte Laune und rät mir, mich endlich zusammenzureißen. Seine Arroganz macht mich so wütend.

„Du hast leicht reden. Ich meine, du bist eben so. Als Mama nicht mehr da war, bist du komplett abgestürzt, um dann in den Entzug zu gehen und kurz danach Ronja kennenzulernen. Du bist glücklich geworden, hast eine Familie gegründet – du kannst das, dieses Leben am Limit. Du bist gut darin. Ich eben nicht."

„Erst wirst du nicht drogensüchtig und dann triffst du auch noch durch Zufall die Frau, die vor zig Jahren deine beste Freundin war und auf Anhieb wieder ist und verliebst dich auch noch in sie, während sie dich anbetet. Du arme Sau."

Seine zu laute, vor Sarkasmus triefende Stimme macht mich wahnsinnig. Unsere Streitereien laugen mich aus.

„Lass gut sein."

„Willst du mich verarschen? Nein, ich lasse es nicht gut sein. Weil du nicht tot bist. Mama ist gestorben, nicht du. Sprich es wenigstens mal aus. Mir reicht schon eines von beidem: *Mama ist gestorben* oder *Ich lebe.* Du hast nämlich beides nicht kapiert."

Jetzt werde ich ernsthaft wütend. „*Du* willst *mich* verarschen. *Ich* habe das nicht kapiert? Ich bin durch die Hölle gegangen", brülle ich.

„Nein, bist du nicht. *Ich* bin durch die Hölle gegangen, und dann habe ich den Himmel gesucht. Gesucht, nicht einfach gefunden. Du Feigling hast dich im Nichts der Mittelmäßigkeit niedergelassen, weil du überzeugt bist, du kriegst himmelhoch jauchzend und zu Tode betrübt nur im fest verschweißten Doppelpack. Aber soll ich dir sagen, wofür du die Chance auf den Himmel geopfert hast?"

„Nein, danke", zische ich.

„Mache ich trotzdem, Bruder. Dir zuliebe. Erreicht dich ja eh nicht. Für nichts hast du sie geopfert. Für nichts." Er wirkt beinahe angewidert.

Es ist der absolute Schwachsinn. Wenn ich eines gerade nicht durchlebe, dann ist es die Mittelmäßigkeit, nach der ich mich sehne. Seitdem ich weg bin, tut alles weh – innen und außen. Das sich ständig erhebende Zittern hat nichts zu tun mit dem seichten Hintergrundrauschen, in dem ich so viele Jahre zufrieden gelebt habe. Ich habe keinen Schimmer, wieso ich Mats nicht unterbreche. Vielleicht nur deshalb, weil seine elende Lebendigkeit mich Lina näherbringt als alles andere in den vergangenen zwei Monaten.

„Da steht ein Engel", seine Stimme ist nun ruhiger, „und schiebt dich mit aller Kraft in Richtung Himmelspforte. Und du lehnst höflich dankend ab, weil du Schiss hast, dass es bedeutet, da oben unerwartet in einen Aufzug zu stolpern, der dich geradewegs in die Hölle katapultiert. Aber ich verrate dir eins, weil du mir echt am Herzen liegst: Manchmal ist der Himmel einfach nur der Himmel."

Er hat ja keine Ahnung.

Seitdem ich mit Lina das Beste, was mir je begegnet ist, an mich herangelassen habe, kann ich mit ansehen, wie sich über die Wochen hinweg all das Negative durch mich hindurchfrisst, dem ich so viele Jahre erfolgreich ausgewichen bin. All der Verlust, die nicht zu erfüllende Sehnsucht höhlen mich Bissen für Bissen aus. Für mich gibt es keinen Himmel ohne Hölle.

Am stärksten ist diese unsagbare Wut auf alles und jeden. Manchmal macht es mich geradezu rasend, dass dieses Haus kein Dachfenster hat. Selbst mir ist klar, dass sich die Wut nicht ausschließlich gegen die unfähigen Architekten des Hauses richtet, doch gerade bin ich nicht bereit, tiefer zu graben. Und Wut bleibt Wut. Es kann mich in den Wahnsinn treiben, wenn Leute ihr Bier aus dem Glas trinken, obwohl ich selbst gar keines trinke. Ich würde gerne eine Verordnung erlassen, dass in meiner Gegenwart niemand seinen Kakao ohne Sahne trinkt, weil es mich extrem aggressiv macht, nur dabei zuzusehen.

Ich bin so wütend. So unglaublich wütend.

Kapitel 23

LINA

ICH versuche es wirklich. Ich versuche es so sehr, wieder ganz ins Leben zurückzufinden. Doch wenn ich am Ende des Tages Bilanz ziehe, spüre ich, dass kein Gefühl mehr so sehr an mich herankommt wie früher.

Manchmal beruhigt es mich ein wenig, weil die Angst vor dem Damoklesschwert namens Manie dadurch abnimmt. Auf der anderen Seite sehne ich mich so sehr nach dem puren Leben, nach den reinen Gefühlen, nach dem Glück, das keinen Beigeschmack von Traurigkeit hat. Ich sehne mich nach dem Lachen, das nicht nach Kurzem anfängt, in der Kehle zu brennen, als lauerten die Tränen bereits um die Ecke.

Ich frage mich immer wieder, ob das Joes Leben ist, seine Art zu fühlen. Wenn Liebe tatsächlich immer an Angst gekoppelt ist, wenn an jedem noch so großen Schön die Erwartung eines Schlecht wie ein warnender Aufkleber prangt, dann würde ich womöglich wie er Ersteres herunterschrauben, um Letzteres weniger furchteinflößend wahrzunehmen.

Aber ich bin anders. Ich nehme das Schrecklich mancher Stunden oder Tage in Kauf, um für den Rest der Zeit das Wunderbar zu haben, das Grandios, das Großartig.

Ich will es zurück, dieses Gefühl. Und je mehr ich darüber nachdenke, läuft es am Ende immer auf eines hinaus:

Ich will Joe.

JOE

Mitte März schickt sie mir ein Bild von sich nach dem Fallschirmspringen. Mein Herz bleibt stehen.

Was, wenn ... Ich darf das nicht zu Ende denken!

Sie steht da im bunten Overall, die Gurte noch um den Oberkörper gezurrt, die honigfarbenen Locken vom Wind wild um den Kopf drapiert, die Zunge herausgestreckt - der Untertitel:

Jetzt weiß ich, wie sich freier Fall anfühlt.

Wenige Tage später bekomme ich ein Bild aus der Skihalle. Was treibt sie da bitte für bescheuertes Zeug?

Glaub mir, ich hätte dich gezwungen!!!

Obwohl es mir immer schwerfällt, Fotos von ihr zu sehen, muss ich im ersten Moment lächeln, weil sie mich wahrscheinlich sogar dazu gekriegt hätte, mich an zwei Bretter geschnallt einen vereisten Berg hinunterzustürzen. Wieder hätte ich Schnee im Schuh gehabt. Wieder hätte ich gejammert. Wieder wäre es perfekt gewesen.

Dann entdecke ich ein Detail, das mir vollkommen unerwartet den Boden unter den Füßen wegzieht: Ich kann ihre Sommersprossen erkennen. Und auch wenn ich weiß, dass mich kleine bräunliche Tupfen auf noch winterheller Haut nicht so aus der Fassung bringen sollten, schließe ich mich bei der Arbeit in einer der Toilettenkabinen ein, die nicht der beste Ort zum Durchatmen sind, und ringe nach Luft. Ich wünschte, der Raum wäre gefüllt mit Luft aus Linas Lunge. Jeder Raum, den ich jemals betrete, sollte gefüllt sein mit ihrem Atem.

Als das Gefühl nachlässt, ohne ihre Nähe zu ersticken, melde ich mich für den Rest des Tages krank.

„Sie sind auch ganz blass. Dann gute Besserung", wünscht mir der Abteilungsleiter, und ich steige zitternd die Treppen hinunter und fahre nach Hause.

Als ich Mats' Auto vor der Garage sehe und mir einfällt, dass er mit der kranken Jana zu Hause ist, ziehe ich in Erwägung, wieder abzuhauen. Doch dann stapfe ich trotzig ins Haus, zumindest oberflächlich fest davon überzeugt, niemandem eine Erklärung zu schulden. Sobald ich die Tür hinter mir schließe, bereue ich es. Mein Bruder sieht von der Zeitung auf, schenkt mir einen Das-ist-jetzt-nicht-dein-Ernst-Blick, als würde ich die Schule schwänzen und er wäre mein Vater, der mich dabei ertappt, klappt die Zeitung zusammen und schüttelt den Kopf.

„Das ist ja nicht mehr auszuhalten. Verschwinde. Geh zurück zu ihr."

„Wie bitte?" Ich lege die Autoschlüssel auf den Flurtisch und sehe ihn mit meinem besten Du-hast-sie-wohl-nicht-mehr-alle-Blick an.

„Gib es doch zumindest zu. Du bist ihretwegen jetzt schon zu Hause. Und hier igelst du dich ihretwegen ein."

Ich sage nichts. Was auch? Ein Ja fühlt sich nicht nach einer ernstzunehmenden Option an.

„Ich kann dir nicht mehr dabei zusehen, wie du dich hier versteckst vor deinen Gefühlen, nur weil du zu feige bist, dich ihnen zu stellen."

„Du weißt doch gar nicht, wovon du sprichst. Du hast Ronja nicht verloren."

Seine Miene spiegelt seine Fassungslosigkeit wider. „Du hast Caro auch nicht verloren; du bist gegangen. Sie atmet noch, sie ist noch da. *Du* bist noch da."

Bin ich nicht. Nicht wirklich. Bin ich schon lange nicht mehr.

„Sie tut mir zu weh." Ich merke selbst, dass ich womöglich etwas nach Jammerlappen klinge.

„Hör auf, dir leid zu tun. Wenn du jetzt anfängst zu heulen, schlag ich dich. Wann hat Caro dir denn bitte jemals wehgetan, du selbstgerechtes Arschloch?"

Er hatte noch nie das größte Talent für Diplomatie. Aber das hier ist – neu.

„Sie hat mir nicht absichtlich wehgetan. Aber allein von ihr zu wissen, tut weh. Es tat weh, als ich gegangen bin. Und seitdem jeden Tag, ihre Nachrichten, alles. Ihre Anwesenheit tut weh, und es tut weh, wenn sie nicht da ist. Lina bekommt mir einfach nicht."

Er sieht mich an, als sei ich der dümmste Mensch auf Erden. Ich habe ihn noch nie sprachlos gesehen. Doch jetzt holt er dreimal Luft, um anzusetzen, bekommt aber erst nach dem vierten tiefen Atemzug auch einen Laut heraus.

„Ich bin schockiert, dass wir verwandt sind. Du bist so ein Vollidiot. Ich habe viel Scheiße gebaut in meinem Leben, aber gerade frage ich mich, wer von uns beiden das löchrig gekokste Hirn hat."

Er dreht sich einfach um und geht raus. Dann höre ich die Haustür ins Schloss fallen.

Also kümmere ich mich jetzt wohl um Jana?

Durch die Scheibe kann ich beobachten, wie Mats im Garten gegen Steine und nach abgebrochenen Zweigen tritt. Und auch wenn ich ihn nicht hören kann, weiß ich, dass er flucht, möglicherweise derber, als ich es je in meinem Leben getan habe. Nach einer Weile kommt er wieder rein, und ich gehe nach oben. In das Dachzimmer ohne Dachfenster.

Es ist kompletter Blödsinn!

Wer baut so etwas?

Den Rest des Tages verbringe ich in meinem Zimmer. Abends klopft Ronja und steckt nach meinem gemurmelten „Herein" zögerlich den Kopf durch die Tür. Ich bin erleichtert, dass sie es ist.

„Darf ich?", fragt sie und lächelt unsicher.

„Klar", gebe ich ebenfalls lächelnd zurück. „Tut mir leid, dass ich euch so lange zur Last falle."

„Ist doch kein Problem", sagt sie abwinkend und setzt sich ans Fußende des Bettes. „Ich habe dich gern hier. Ich glaube, wir sind uns ähnlicher, als du denkst."

„Lass das bloß nicht Mats hören, wenn du die Scheidung noch etwas hinauszögern willst. Falls nicht, kann ich es auch verstehen."

Sie lacht. „Ich denke, ich bleibe noch ein bisschen."

„Wie hältst du es nur mit ihm aus?" Verständnislos schüttle ich den Kopf.

Ronja sieht mich an, als denke sie darüber nach, ob sie auf meine rhetorische Frage antworten soll.

„Ich weiß tatsächlich, was du meinst", sagt sie dann entschlossen, „aber ich habe eine Gegenfrage: Wer hat behauptet, dass Liebe immer einfach sein und dir die Angst nehmen muss, um mit ihr leben zu können?"

„Was meinst du?"

„Ich meine, dass ich ständig Angst habe wegen Mats. Er ist so anders als ich. Ich habe Angst, wenn er nach Hause kommt und unerwartet euphorisch ist. Ich habe Angst, wenn wir uns streiten und er dann die Tür zuknallt und abhaut. Ich habe Angst, dass er verschwinden könnte, indem er ein weißes Pulver uns vorzieht. Hat er aber nie."

„Das würde er auch nie tun. Er kann ein Arsch sein, aber er vergöttert euch." Da bin ich mir vollkommen sicher. Bei beidem.

Ronja lächelt, und zum ersten Mal kann ich ihn sehen. Den Funken Angst in ihren Augen.

„Ich glaube auch nicht, dass Caro dich verlassen würde. Ich wusste nach dem ersten Blick, dass ihr zwei verrückt nacheinander seid. Hilft dir das vielleicht weiter?"

„Nicht wirklich", gebe ich traurig lächelnd zu.

„Irgendwann am Anfang unserer Beziehung kam Mats nach Hause und hat mich fröhlich herumgewirbelt, als ich ihm geöffnet habe, sodass ich nichts tun konnte als immer wieder auf seine Nase zu gucken. Er hat es gemerkt und meinte total wütend: *Wenn du nicht glaubst, dass ich mich deinetwegen so freuen kann, hast du ein Problem mit dir, nicht mit mir. Und wenn du nicht glaubst, dass ich deinetwegen nachher zurückkomme, gilt das gleiche.* Dann ist er die Tür knallend aus der Wohnung gestürmt, und ich hatte wieder Angst, während ich darüber nachgedacht habe. Und nach zwei Stunden kam er wieder. Meinetwegen. Er hatte recht, und im Nachhinein bin ich froh über den Streit, denn es waren zwei furchtbare und verdammt gute Stunden, in denen ich etwas verstanden habe: Liebe kann schreckliche Angst machen. Mir auf jeden Fall. Aber sie ist auch einfach so gut. Khalil Gibran hat geschrieben, wenn du nur Ruhe und Lust aus der Liebe ziehen willst, solltest du lieber in die andere Welt ohne Jahreszeiten gehen, in der du nie dein ganzes Lachen lachst und nie all deine Tränen weinst."

Klingt erst mal ganz gut, wie ich finde.

„Du hast jetzt so lange ohne Jahreszeiten gelebt. Willst du so weitermachen, oder willst du das ganze Lachen und alle Tränen? Ich kann das nicht für dich beantworten. Es ist okay, wenn du das nicht willst." Sie hält ihre Hand mit dem schmalen Ehering hoch. „Aber ich habe mich entschieden."

Ohne Jahreszeiten kein Puderzucker auf dem Riesenrad, ohne Jahreszeiten keine dreizehn Schneeengel, ohne Jahreszeiten kein Blätterrascheln über unseren Köpfen, während wir uns in ihrem Bett küssen. Aber ohne Jahreszeiten auch keine Dürre. Ohne Jahreszeiten fällt nie das letzte Blatt vom Baum.

„Ehrlich gesagt: Ich weiß es nicht."

„Musst du auch nicht sofort. Ich habe ja auch zwei Stunden gebraucht, um mich zu entscheiden."

Sie lächelt, und ich muss lachen.

Kapitel 24

LINA

LANGE betrachte ich von meinem Bett aus das Bild. Wie so oft wispert es mir von der Kommode aus leise Fragen zu: Siehst du das Schimmern der Liebe durch das Schwarz der Striche? Genügt dir dieses Abbild der Vergangenheit für die Zukunft? Wie lange willst du noch warten?

Doch es ist die riesige Eiche vor meinem Haus, die durch das Fenster sieht und mich endlich aufweckt. Der Baum ist bereits in ein neues Jahr aufgebrochen. Wenn ich auf den Ast über meinem Kopf blicke, muss ich erkennen, dass er mir weit voraus ist. Ich sehe die jungen, grünen Blätter und stelle mir selbst die Frage, ob ich nicht gemeinsam mit der Natur einen Neuanfang wagen sollte.

Es ist Mitte März und alles erwacht zum Leben, nur ich bin gefangen in einem Dornröschenschlaf mit schwindender Hoffnung auf den Prinzen.

Noch etwas schwerfällig steige ich aus dem Bett und unter die Dusche, wo ich beschließe, heute ein neues Leben zu beginnen. Ich bin vielleicht Ikarus. Aber dann will ich wenigstens ein Leben führen, das seiner würdig ist. Dann will ich die pure, warme Sonne auf meiner ausgekühlten Haut spüren, ehe ich vielleicht abstürze.

Mit noch tropfenden Haaren krame ich meinen Werkzeugkasten heraus, greife zu Hammer und Nägeln und hänge das Bild auf. Ich will daran glauben, dass ich auch das bin: schön und friedlich. Dann mache ich mir einen Latte Macchiato, drucke mir ein Bild von Ikarus aus, das ich über den Schreibtisch hänge, bereit, ihm über das Meer zu folgen, setze mich auf den Stuhl und schreibe. Schreibe einfach drauflos. Und nach den ersten fünf Seiten glaube ich mir nach langer Zeit endlich wieder, dass ich noch Autorin bin. Und noch wichtiger: Nach langer Zeit glaube ich mir, dass ich ich bin.

Nachmittags beginnt meine Schicht im Café. Bereits auf dem Weg macht sich wie so oft ein Widerstand in mir breit, Kaffee zu machen, während ich eigentlich nur an meinem Schreibtisch sitzen und tun möchte, was ich liebe. Es macht mich verrückt, innerlich bereits die nächsten Sätze zu formulieren, während ich äußerlich Kuchen mittig auf Tellern platziere. Ich will schreiben. Und ich will darauf vertrauen, dass ich es kann und so lange tun werde, wie ich es möchte, um damit mein Geld zu verdienen.

„Ich kündige", sind meine ersten Worte an Bianca, sobald ich strahlend durch die Tür getreten bin.

„Yeah", sagt sie grinsend, ehe sie mich in den Arm nimmt, und ich sie lachend ebenfalls umarme. „Aber dein Espresso wird mir fehlen." Sie klingt übertrieben wehmütig und bringt mich damit noch mehr zum Lachen.

Fünf Stunden später, nach dem Ende meiner letzten Schicht, trete ich aus dem Café und schreibe Joe.

Ich habe gekündigt.

Es ist Zeit. Zeit, dieses neue Leben zu erobern. Ich bin aufgebrochen, mitten übers Meer. Und die Flügel fühlen sich erstaunlich stabil an.

JOE

Ka-Lina-wumm, ächzt mein Herz.

Es ist keine Lina-SMS - kein *Du fehlst mir*, kein *Ich denke an dich*, kein Satz, der mir das Herz zerreißt. Doch das, was ich zwischen den Zeilen zu finden versuche, zerreißt mein Herz durch sein Fehlen mehr denn je.

Ich will das nicht. Ich will nicht, dass mir jemand so schrecklich wehtut. Wann habe ich ihr diese Macht über mich gegeben?

Hat sie auch mir gekündigt? Ist sie weg? Ich muss die Hand auf die Brust drücken, fest, noch fester, damit ich durch den Schmerz hindurch so etwas wie atmen kann - so weit das eben geht, seit unsere Luft nicht mehr die gleiche ist.

Liebe.

Verlust.

Tod.

Vor einer Woche, wenige Tage nach dem Streit mit Mats, bin ich unerwartet plötzlich in meine eigene kleine und noch fast leere Wohnung gezogen und kann auch die meiste Zeit von hier aus arbeiten. So wie heute. Das allein lässt mich den Tag durchstehen. Ich muss niemandem gegenübertreten, während ich mich immer wieder unter den Schmerzen krümme. Ihre drei Worte nur zu denken, ist wie Folter.

Aus Angst, keine Antwort zu bekommen, kann ich ihr erst am Abend schreiben, dabei bedarf es doch einer Reaktion von mir, nachdem ich selbst sie zu dem Schritt gedrängt habe.

Das ist toll! Herzlichen Glückwunsch zu deinem neuen Leben als Autorin!

Jedes Wort tut weh. Jedes Wort fühlt sich an, als wünschte ich ihr ein wunderschönes Leben ohne mich und gratulierte ihr dazu, mich endlich los zu sein. In diesem Moment ist mir klar wie nie zuvor, dass ich nicht aus ihrem Leben geworfen werfen will, dass ich Teil von allem sein will, was ihr passiert, Teil eines jeden blödsinnigen Einfalls, den sie spinnt und entgegen jeder Logik in die Tat umsetzt.

Plötzlich ist alles, woran ich denken kann, ihr Gesicht mit dem schallenden, echten Lachen und den unzähligen Sommersprossen. Die Sommersprossen, die sie für mich nicht verdeckt hat, die ich geküsst habe und denen ich mit dem Finger gefolgt bin, als seien sie ein Rätsel in einer Kinderzeitschrift, dazu da, um verbunden zu werden und am Ende einen Sinn zu ergeben. Vielleicht wie die Antwort auf die Frage, wieso sie für mich so perfekt ist wie nichts anderes auf der Welt. Die schönsten Punkte in diesem und jedem anderen Universum – Sternenhimmel inklusive.

Kopfschüttelnd vor mich hin lachend kann ich nicht glauben, dass ich so einen kitschigen Blödsinn denke. Dann schiebt sich wieder ihr Gesicht vor mein inneres Auge, und mit einem Mal kann ich es sehr wohl glauben; und verstehen. Und dann verstehe ich mit einem Mal auch ihre Worte, die ich, kurz bevor ich in das Fluchtauto gestiegen bin, beinahe nicht gehört hätte. Und ich gebe sie in Gedanken zurück.

Du bist es.

Ich habe nur keine Ahnung, was ich mit diesem Satz machen soll. Er steht da, mitten in meinem Kopf, und starrt mich herausfordernd an.

Ich erinnere mich, was sie nach unserer ersten Nacht zu mir gesagt hat, und ich gebe es an das starrende *Du bist es* weiter: *Ich kenne die Regeln nicht.*

Du bist es. Die Worte stehen Hand in Hand wie eine unauflösliche Einheit immer noch einfach so da. Jetzt auch eine Etage tiefer.

Und jetzt?, frage ich.

Und jetzt?, fragt mein Herz zurück.

Darauf weiß ich keine Antwort.

Bis zum nächsten Mittag kommt keine Nachricht von Lina. Ich verbringe die meiste Zeit bis dahin damit, mich selbst zu bemitleiden und nicht zu schlafen. Als ich dann mit zittrigen Händen ihre Zeilen lese, geht es mir noch furchtbarer.

Ja, manchmal braucht es regelmäßige Arschtritte, um es zu verstehen. Mittlerweile waren es genug. Ich habe verstanden. Danke.

Wieder und wieder lese ich ihre Worte ohne jegliches Smiley, ohne jegliche an meinem Herzen anklopfenden Sätze, deren Reißen mir gerade eine Wohltat gewesen wäre. Und ich kann nicht länger leugnen, dass die Kündigung ohne Frage auch mir gegolten hat. Sie hat nicht nur den Job im Café hinter sich gelassen.

Auf diese Nachricht finde ich keine Worte mehr. Also schreibe ich auch keine.

Am nächsten Abend bin ich bei Mats' Familie zum Essen eingeladen. Sein Blick folgt mir die ganze Zeit penetrant, und als wir nach dem Essen zusammensitzen, Ronja mit einem Kaffee, Mats mit einem Bier, ich mit einem Espresso, weil ich ohnehin nicht schlafen kann, und die Kinder noch in einer Ecke spielen, kann er es sich mal wieder nicht verkneifen.

„Was ist jetzt schon wieder los?"

„Herrgott, Mats, lass mich", stöhne ich müde.

„Was ist passiert?" Er klingt nicht so hart, wie ich es erwartet habe.

„Bitte, Mats", flehe ich.

„Was ist passiert?", wiederholt er, und etwas wie Mitgefühl schimmert durch seine Worte.

„Sie ist weg." Wieder diese fremde Stimme, die aus meinem Mund dringt.

Noch immer hoffe ich auf die Erleichterung, wenn ich den Satz ausspreche, weil sich die Bedrohung, die seit Monaten auf meiner Brust sitzt, endlich verzieht. Doch die Erleichterung will und will nicht eintreten. Jedes Mal, wenn ich den Satz nur denke, lässt sie einem Gefühl den Vortritt, das sich mit aller Kraft gleichzeitig in Lunge, Herz und Eingeweide rammt. Ich kenne das Gefühl nicht, und es stellt sich mir nicht vor, schlägt einfach zu. So auch jetzt, und ich muss mich zwingen, nicht unter den Schmerzen aufzustöhnen.

Er lehnt sich etwas zurück und blickt mich nachdenklich an. Dann ist es, als gehe ein Ruck der Entschlossenheit durch seinen Körper, ehe er spricht.

„Hör zu, ich weiß, dass es wegen Mama ist. Ich bin nicht blöd oder unsensibel, und ich spreche dich nicht immer wieder auf Caro an, weil ich dir wehtun will, sondern ich will, dass du verstehst, dass es an der Zeit ist, mit dem Leben anzufangen. Mama ist gestorben, aber du bist es nicht."

Eben hatte ich eine fremde Stimme. Nun scheine ich gar keine mehr zu haben. Ein seltsam pelziges Gefühl hat sich dort eingenistet, wo eben noch meine Stimmbänder waren.

„Meinst du nicht, dass sie gewollt hätte, dass du dein Leben lebst? Richtig lebst, meine ich."

Da findet zumindest irgendeine Stimme einen Weg zurück zu mir. Und sie sagt lauter Dinge, die ich ganz schön seltsam finde. „Ich schulde ihr nichts", sagt diese Stimme. „Sie hat ja auch nicht getan, was ich wollte. Sie ist gestorben, als ich allein mit ihr war. Einfach gestorben." Ich spreche es das erste Mal aus, und es zerreißt mich und flickt etwas zusammen, beinahe im gleichen Augenblick, beinahe an der gleichen Stelle. „Sie hat mich verkorkst, nicht ich. Ich habe mir das nicht ausgesucht. Sie hat gesagt, sie liebt mich, und dann ist sie einfach abgehauen."

Von Satz zu Satz wird meine Stimme lauter, als sei sie ein tollwütiger Affe, der sich Ast für Ast bis in schwindelerregende Höhen hinaufschwingt. Ich habe das Gefühl, mich selbst beim Durchdrehen zu beobachten, ohne eingreifen zu können. Meine Worte haben ein Eigenleben entwickelt. Was passiert hier gerade? Absoluter Kontrollverlust – genau das, wovor ich mich am meisten fürchte.

Ich bin so unglaublich wütend. Wütend auf meinen Vater, weil er sich nach dem Tod meiner Mutter nur noch um sich selbst gekümmert hat. Wütend auf meinen Bruder, weil er so unbeschadet aus allem herausgefunden zu haben scheint. Wütend auf meine Mutter, weil sie einem Neunjährigen die Lebendigkeit genommen hat, als sie begann, fünf Jahre lang vor seinen Augen zu sterben.

„Ich hatte nicht einmal Schuhe an."

Was ist nur mit diesen verdammten Schuhen?

Überrascht höre ich zu, wie ich mir die Frage im nächsten Satz selbst beantworte. „Sie hat mir immer gesagt, ich solle nicht einmal ohne Schuhe den Müll rausbringen, um mich nicht zu erkälten, und dann stirbt sie, wenn ich keine Schuhe anhabe, und lässt mich einfach so in den Schnee rauslaufen."

Das hatte ich vergessen. Wie kann man etwas aussprechen, was man vergessen hat? Aber es stolpert meine innere Kellertreppe hinauf, raus aus der Tür, von der ich dachte, sie sei abgeschlossen und der Schlüssel verschollen. Auf ewig.

Und dann passiert etwas noch Verstörenderes: Von meiner Brust aus drängt sich etwas hinauf, unbekannt oder vielleicht noch unsicher vertäut mit einer vagen Erinnerung. Es verweilt einen Augenblick in meinem Hals und wird dort immer dicker und es brennt. Es gibt nicht auf, quetscht sich durch bis zu meinen Augen, die von dem Druck feucht werden. Als Gegendruck presse ich die Handballen auf die geschlossenen Lider. Aber es hilft nur bedingt. Irgendetwas will da raus. Etwas, was eindeutig zu groß ist für mich.

„Hey, kleiner Bruder."

So warm habe ich Mats' Stimme mir gegenüber noch nie gehört. Der Vater in ihm hat einen Weg in seine Worte gefunden.

Wie durch einen Nebel nehme ich wahr, wie Ronja aufsteht, den Kindern Kakao anbietet und diese begeistert jubelnd aufspringen. Als sich die Wohnzimmertür schließt, ist es mit einem Mal extrem leise.

„Es tut mir wirklich leid, dass du allein dort warst, dass wir zu der Zeit auch sonst nicht für dich da waren. Aber sie hat dich rausgeschickt und Hilfe rufen lassen – Hilfe für dich, weil es für sie zu spät war. Sie hat alles getan, was sie tun konnte, um dich zu schützen."

Unaufhörlich drängt sich dieses beißende Brennen in meine Augen, als seien giftige Dämpfe einer ätzenden Substanz namens Realität eingedrungen. Mir kam nie der Gedanke, dass ich meinen Vater meinetwegen anrufen sollte. Sie hat mich zwar nicht gebeten, Schuhe anzuziehen, um mich nicht zu erkälten. Aber sie hat mich meinen Vater holen lassen, damit ich nicht den ganzen restlichen Tag allein ohne Schuhe draußen verbringe.

Ein seltsamer Laut schleicht sich durch meine Lippen hinaus. Ein Laut, den ich so lange nicht mehr bei mir wahrgenommen habe, dass ich mich regelrecht erschrecke.

„Scheiße", flüstere ich dann.

Dem Flüstern folgt ein Aufschluchzen, das mich wieder zusammenzucken lässt. Ich kämpfe gegen die Tränen und fühle mich vierzehnjährig und einsam und schuhlos.

„Scheiße", flüstert nun auch Mats, aber es ist ein so mitfühlendes Wort, dass ich durch allen Schmerz hindurch auch Überraschung empfinde. Mats' Arm legt sich um meinen Hals und zieht mich kurz an seine Schulter. „Tut mir echt leid, ich wusste nicht, dass es damals so schlimm für dich war."

„Muss am Gras gelegen haben." Ich lache traurig und etwas peinlich berührt auf und wische mir die drei bis fünf Tränen ab, die es raus geschafft haben. Das sind drei bis fünf mehr als in den vergangenen fünfundzwanzig Jahren.

„Ja, womöglich", sagt er und lächelt mit zusammengepressten Lippen.

Kapitel 25

JOE

EINE Woche lang weine ich um meine Mutter. Jeden Tag, ständig. Etwas in mir weiß, es ist ein Fortschritt. Gleichzeitig fühlt es sich sehr nach dem an, was ich über Depressionen weiß.

Das letzte Mal habe ich geweint, als meine Mutter wenige Wochen nach unserem Umzug erstmals die Diagnose Krebs bekam. Da war ich neun, und ich erinnere mich noch genau an den Wunsch, Lina wäre da. Das war der Tag, an dem ich bis ins Letzte verstand, was es hieß, keine beste Freundin oder, besser gesagt, keine Lina mehr zu haben.

Es dauerte fünf Jahre, bis sie tatsächlich starb, aber ich wusste es bereits an diesem Abend, an dem sie an meinem Bett saß und mir erklärte, was sie in den nächsten Wochen und Monaten auf sich nehmen müsse, um zu überleben. Mit einem Mal aber klebte an allem, was mit ihr zu tun hatte, der bittere Beigeschmack von Tod. Sogar an ihren Kirschpfannkuchen.

Bis heute kann ich nicht einschätzen, ob es mein Pessimismus oder eine tatsächliche Vorahnung gewesen ist. Nicht nur einmal habe ich mich gefragt, ob ich vielleicht immer schon sicher war, dass das Leben einen so großen Verlust für mich plant und ich mich deshalb schon als Kind wegen so vielem sorgte. Nach dem Tod meiner Mutter war es erst einmal noch schlimmer geworden, denn die Lektion war hart: Wenn das Leben dazu fähig ist, dir deine Mutter zu nehmen, macht es vor nichts halt. Es hatte sich als einer dieser Schlägertypen entpuppt, die ohne Gnade auf wehrlose Menschen einprügeln. Und wenn ich so einen sehe, wechsle ich die Straßenseite. Doch hier konnte ich das nicht. Hier konnte ich nur für die Zukunft dazulernen: Liebe ist nichts, worauf man bauen sollte. Denn wenn nicht einmal Mutterliebe ausreicht, um am Leben zu bleiben, tut es keine Liebe dieser Welt.

Die Decke über den Kopf gezogen, als säße ich mit Lina in einer unserer hundertfach gebauten Höhlen, hatte ich in der Nacht nach dieser Diagnose erst sehr spät aufhören können zu weinen. Als ich es tat, war es, als drehe sich ein Schlüssel in mir um. Abgeschlossen, Schlüssel weg, tief versenkt im See der zuvor vergossenen Tränen. Ich hatte zugemacht vor der Hoffnung, die bei den anderen immer wieder aufkeimte. Zugemacht vor ihrer immer häufiger die Oberhand gewinnenden Traurigkeit und Verzweiflung, vor dem Wunsch, meine beste Freundin säße schweigend mit mir auf einem Baum im Park. Denn obwohl sie so laut und lebendig sein konnte, in den richtigen Augenblicken schwieg Lina immer.

Mats hatte recht. Ich bin noch vor unserer Mutter gestorben, und seitdem ist ein Teil von mir tot geblieben - der, den nicht einmal Lina reanimieren konnte.

Doch in dieser Woche, angekommen im Hier und Jetzt, weine ich zu meinen ersten selbstgemachten Kirschpfannkuchen, ich weine, als ich aus dem Fenster eine Mutter die Hand ihres Kindes halten sehe, einmal weine ich beim Duschen, einfach weil es zum warmen Wasser passt.

Zwischendurch lache ich. Ich lache, weil mir nach langer Zeit wieder einfällt, wie meine Mutter mit uns durch das Wohnzimmer tanzte und Plätzchen mit bunten Zuckerkügelchen verzierte. Ich erinnere mich daran, wie sie mir half, das Gemüse der Farbe nach zu ordnen, ehe ich es der Reihe nach aß, und wie sie für mich Lebensmittel wegließ, bei denen ich ohne Grund befürchtete, sie nicht zu vertragen.

Anders als Lina, die eine personifizierte Grenzerfahrung ist.

Lina ...

Danach weine ich beinahe zwei Wochen lang um meine beste Freundin, die erste Frau, in die ich mich verliebt habe, die *Du bist es.*

Die Schleusen sind offen, und der Hebel, um sie wieder zu verschließen, klemmt. Kaputt. Hannes kaputt, Joe kaputt. Und irgendwie im Begriff, erstaunlich heile zu werden.

Zuerst finde ich es unverhältnismäßig, so viel mehr um Lina als um meine Mutter zu weinen. Doch mit Lina habe ich meine Vergangenheit verloren und meine Gegenwart und Zukunft aufgegeben. Es geht um ein ganzes gemeinsames Leben, das ich einfach hergegeben habe.

Für nichts.

Dann fällt mir plötzlich etwas anderes auf: Ich bin nicht tot, und ich habe vermutlich noch ein ganzes Stück Leben vor mir. Für andere mag es recht offensichtlich sein, für mich ist es eine Erkenntnis, die ich erst einmal sacken lassen muss. Ich denke an den Moment, in dem das Mädchen in der Gondel unter uns schrie - furchtbar, aber lebendig -, dann denke ich an das Gefühl, als kurz darauf meine Lippen auf Linas lagen - grandios und lebendig.

Ich denke darüber nach, dass die gefürchtete Hölle vermutlich auch nur ein Ort von vielen ist, an dem es einen Aufzug gibt, einen nach oben. Und so sehr ich auch unter Höhenangst leide, ich will da rauf, weil ich glaube zu wissen, wen ich sehen werde, wenn sich die Tür wie bei *Herzblatt* langsam zur Seite schiebt. Ich könnte offenen Auges den Fahrstuhl suchen - wenn ich mich bemühte, sogar offenen Herzens -, ihn vollkommen bewusst betreten und dann mit voller Absicht den Knopf drücken und auf das *Pling* warten. Von der Fahrt würde mir bestimmt übel werden, aber der Rest wäre es wohl wert.

Dann höre ich auf zu weinen und beginne, absichtlich mein Herz zu öffnen. Erst ein winziges Stück - einfach um es mal auszuprobieren. Deshalb kann es sich auch noch nicht mit den Gefühlen für Lina auseinandersetzen - mir war nicht bewusst, wie verdammt viel Platz ein Mensch ihres geringen Volumens in einem Herzen braucht. Aber es passt ein Obdachloser hinein, dem ich an einem kalten, regnerischen Morgen Anfang April vor einer Bäckerei einen heißen Kaffee anbiete, der sich stattdessen ein Mettbrötchen wünscht und mit dem ich dann eine Weile auf einer Bank sitze, ohne Angst zu haben - ich mit dem Kaffee mit normaler Milch, er mit dem Brötchen seiner Träume.

Als ich einige Tage später mein Herz ein weiteres Stück öffne, passt Mats rein. Als ich ihn eintreten lassen will, ist es eine herbe Enttäuschung, weil der arrogante Kerl so tut, als sei er immer schon drinnen gewesen, einfach die Tür aufmacht und noch eine Pizza für mich nachordert. Mir fehlt ein wenig die Dramatik, aber das bringt mich nicht um. Auch eine gute Erkenntnis, und ich notiere in meinem Kopf: *Dramatik für die Heilung nicht immer von Nöten.*

Als ich es noch etwas weiter öffne, um meinen Vater reinzulassen, komme ich nicht weiter. Es braucht ein paar Tage, bis mir klar wird, wieso. Weil ich auch ihn lange verloren, aber nicht beweint habe. Es braucht einen Tag. Einen Tag voller Tränen, aber nur einen einzigen. Abends stehe ich ihm vor seiner Wohnungstür gegenüber - die Augen noch hellrot umrandet - und mir wird klar, dass es bei der Liebe auch ums Verzeihen geht. Ich kann erst eintreten, wenn ich ihm verzeihen kann, dass er gegangen ist, dass er den Vierzehnjährigen, der wohl immer ein verwundeter und schuhloser Teil meiner Seele bleiben wird, mit seiner Trauer so alleingelassen hat.

„Soll ich angelehnt lassen?", fragt er, als er sieht, wie ich mich winde. Es ist eine echt blöde Situation, so auf dem Flur zu stehen, ohne weiterzukommen. Ich nicke, und er geht rein, lässt aber die Tür einige Zentimeter offen.

Den Hinterkopf an der mintgrünen Wand abgelegt, die Unterarme auf den leicht angezogenen Knien ruhend, sitze ich auf dem Boden gegenüber seiner Tür und denke darüber nach, dass die Tür immer angelehnt war. Er hatte vielleicht lange nicht die Kraft, bei mir zu klopfen, aber in mir wusste ich: Die Tür war nie verschlossen.

Womöglich muss ich ihm nur verzeihen, dass er versucht hat, einen Weg zu finden, mit allem fertigzuwerden, genau wie ich. Keinen guten - das gilt für uns beide - aber den besten, den es für ihn gab.

Dann stehe ich langsam auf, gehe rein und setze mich in den Sessel vor den Fernseher. Ohne zu ihm zu gucken, weiß ich, dass sein Blick vom Sofa aus eine Weile lang auf mir ruht, bis er mit mir das Spiel verfolgt. Es spielt Dortmund gegen Schalke - ich bin kein großer Fußball-Fan, aber es ist ein gutes Spiel, da sind wir uns am Ende einig.

Nach und nach scheinen sich die Falten meines Herzens zu glätten, auch ohne dass Lina mit ihrem Daumen darüber streicht. Das verdorrte Herz bekommt wieder Farbe, und es raschelt nicht mehr wie trockenes Laub. Der Frühling hat den Herbst vertrieben.

Ich kann es allein.

Aber das will ich gar nicht, denn mir fehlen das übertriebene Klopfen in der Brust, das Kitzeln in meinem Bauch und Linas Lachen in meinem Ohr.

Jeden Morgen, wenn ich mich an den Schreibtisch setze, zeichne oder male ich als erstes die Eine; wie jeden Tag seit dem Abend im September, als ich sie wiedergetroffen habe. Ich frage mich nicht nur einmal, ob ich meinen Gefühlen dieses Mal trauen kann. Kann ich Lina das bieten, was sie sich vom Leben, von der Liebe wünscht? Oder gerate ich wieder in Panik, wenn ich vor ihr stehe und alles in die bittere Realität getunkt wird? Niemals wieder darf ich sie so verletzen. Noch einmal stehen wir das nicht durch.

Aber dieses Mal ist etwas Entscheidendes anders: Ich laufe nicht vor meinen Gedanken weg. Ich denke über die Jahreszeiten nach, über den heißesten Sommer und den kargsten Winter, die uns einholen könnten. Endlich lasse ich es zu, die ganze Lina zu betrachten und alles an mich heranzulassen, was sie mit mir macht.

Vorspulen zu ihr über meine einsamen, seichten Jahre hinweg, hin zum ersten Abend, dem Beobachten ihres tanzenden Ichs, das sie im Grunde immer ist, hin zur Bar und dem ersten schroffen Wort der neuen Lina. „Was?", blafft sie in Endlosschleife in meinem Kopf. Dann den Repeat-Knopf aus und weiter zum ersten Lächeln, das nach so vielen Jahren wieder mir gehört. Noch mal zurückspulen, wieder abspielen, ein bisschen durchdrehen wie damals. Vorspulen zu bebenden Körpern – erst angezogen, nächste Szene nackt. Ein bisschen sterben wie damals.

Du, so schön. Ich, so blind.

Ich liebe dich.

Seit ewig.

Zurückspulen bis zu ihr, lachend. Ihr nach hinten gereckter Hals allein lässt mich mich wehrlos fühlen. Ihre nackten Brüste, ihr schöner Bauch unter meinen sich alles einprägenden, unwürdigen Händen.

Liebe fragt nicht, wohin. Deine schon gar nicht.

Ich sollte nichts mehr tun als Danke brüllen, weil sie für kurze Zeit dachte, ich sei es wert. Vorspulen zu ihrem Glauben, zu ihrem *Du bist es*. Atmen. Stoppen, bevor ich ins Auto steige, Pausetaste da, wo sie noch an uns glaubt.

Du bist das größte Groß. Du bist voller Wunderbar, voller Fabelhaft.

Lina fehlt mir so sehr wie es nur etwas kann, was zu einem gehört. Je länger ich sie in meinem Inneren betrachte, je mehr Fragen ich mir stelle, desto klarer wird die einzige Antwort. Sie lautet: *Du bist es*. Und dieses Mal höre ich es nicht nur, dieses Mal weiß ich, was ich zu tun habe.

Die eine knappe Woche lang, in der ich tatsächlich in mich und meine Gefühle hineinhorche, bin ich so gut in meinem Job wie nie zuvor. Und dann kündige ich. Weil ehrlich sein und sich selbst verarschen nicht das gleiche ist. Das hat mir eine Freundin gesagt. Meine beste Freundin.

Kapitel 26

LINA

KEINE Antwort. Doch als ich als Nebengeräusche der Stille nur die vorbeiziehenden Passanten und Autos durch die Sprechanlage höre, glaube ich so sehr, ihn in dem Fehlen zu vernehmen, dass ich nicht anders kann, als auf den kleinen Knopf zu drücken, meine Wohnungstür zu öffnen und mit trommelndem Herzen zu warten.

Die Schritte auf der Treppe dringen an mein lauschendes Ohr, schnell, beinahe ungeduldig, zwei Stufen auf einmal nehmend. Der Takt ist so vertraut.

Das kann nicht sein.

Ein flaues Gefühl legt sich in meinen Bauch, eine Mischung aus Hoffnung und Angst. Mein inneres Vibrieren steigt an mit dem Näherkommen der hastenden Schritte.

Und dann stottert mein Herz seinen Namen.

Er ist da, steht vor der Treppe, sieht mich an.

Beinahe taumle ich vor Schmerz, vor Hoffnung, vor monatelangem Hunger, als seine Augen meine treffen und sich ein nervöses, aber erleichtertes Lächeln auf sein Gesicht legt.

„Joe." Mein Flüstern erinnert mich an den Moment, als ich seinen Namen nach über fünfundzwanzig Jahren das erste Mal wieder ausgesprochen habe. Gleicher Ort, schrecklich andere Situation.

„Lina." Ob er meinen Namen so haucht, weil er außer Atem ist, oder weil er so überwältigt ist wie ich, ist mir nicht klar.

Seit beinahe einem Monat habe ich nichts von ihm gehört oder gelesen, und mit einem Mal reißt alles wieder auf, von dem ich dachte, dass es zumindest in Bruchteilen geheilt wäre. Ich habe so viel Angst, dass er schon wieder halb weg sein könnte, dass sich alles in mir zusammenkrampft. Gerade will ich ihn fragen, was das hier soll, da kommt er auf mich zu, bis er so nah ist, dass ich ihn riechen kann, und beginnt zu sprechen.

„Ich habe dich gemalt. Jeden Tag. Es fiel mir so leicht, dich zu malen. Und es fiel mir so schwer, das Bild danach anzusehen. Du hast mir schrecklich gefehlt."

Die Sätze purzeln geradezu aus seinem Mund, doch sie trudeln mitsamt ihrer Bedeutung nur nach und nach in meinem Verstand ein. Aber er sagt sie, ohne wegzusehen, ohne sich zu schämen, ohne leiser zu werden. Er sagt sie einfach. Er spricht den Satz aus, den ich mir drei Monate lang gewünscht habe, und ich weiß nicht, was ich erwidern soll. Aber da redet er schon weiter. Er ist nervös.

„Ich habe verdammt viel geweint im vergangenen Monat. Ich habe ewig nicht geweint, und ich schätze, deshalb habe ich es wohl verdient. Habe ich schon gesagt, dass du mir so schrecklich gefehlt hast?"

Ich nicke benommen, dann trete ich einen Schritt zurück, damit sein Geruch mich nicht mehr einhüllt und mir die Fähigkeit zu denken raubt.

JOE

„Nicht gerade fair, was du hier machst, oder?"

„Nein, nicht fair", gebe ich zu.

Ich bin immer noch außer Atem, obwohl ich schon eine Weile vor ihr stehe. Die Nervosität hat sich wie ein Fremdkörper in meiner Luftröhre verhakt. Ich zwinge mich, nicht zu Boden zu blicken, sondern nur in ihr Gesicht.

Schmerz.

Viel mehr kann ich nicht sehen. Sie war nie wie ich. Bei Lina ist meist nur ein Gefühl ganz da, alles andere ist mehr Hintergrundrauschen. Jetzt ist es Schmerz. Und wenn ich ihr Lachen wieder will, muss ich auch das hier ertragen. Also atme ich tief, sehr tief ein, und mir wird bewusst, dass ich recht hatte: Der Schmerz ist okay, wenn sie nur da ist.

Traurig lacht sie auf. Es ist kein schöner Laut, er setzt sich zu der Nervosität in meine Luftröhre.

„Wüsste ich es nicht besser, würde ich denken, du hältst dir mein Herz warm. Aber mit meinem Herzen kannst du ja nicht gerade viel anfangen."

Ich schlucke ihre Traurigkeit. Erst in diesem Moment begreife ich wirklich, was ich ihr angetan habe. Auch sie hat gelitten, doch sie hat es die ganze Zeit mit ganzem Herzen getan.

Am liebsten würde ich sie fragen, ob ihr Herz denn noch warm sei, ob ich noch darin wohne und wenn ja, ob es ein guter Ort ist, an dem sie mir Unterschlupf gewährt. Aber das wäre unfair, das hieße, dass sie geben muss, bevor sie bekommt. Und das hat sie viel zu lange getan.

„Lina, ich weiß, ich habe mich furchtbar verhalten. Aber kannst du mir kurz zuhören?"

Sie denkt darüber nach. Kein *Wie du mir, so ich dir*. Sie weiß es einfach nicht. Kann sie?

„Bitte, Lina."

Bitte!

LINA

In mir flammt eine Hoffnung auf, die nicht da sein sollte.

Ikarus, brüllt mein Kopf.

Sei still, brüllt mein Herz zurück. Es kostet mich alle Mühe, beide zu ignorieren.

Ich schlinge die Arme schützend um meinen Körper, als könnte ich dadurch meine Flügel stutzen, um ja nicht zu hoch zu fliegen, dann spüre ich, wie ich nicke. Denn mein Herz ist nicht warm. Mein Herz brennt, lichterloh. Ich dachte, es wäre schon beinahe verkohlt, doch das erste Mal seit Monaten fühlt es sich nicht an, als würde es verbrennen. Nur weil er da ist. Lichterloh. Licht.

Die Hoffnung ist schrecklich.

„Was willst du?"

210

„Dich." Kein Zögern, keine Panik.

Mich.

Hoffnung und Angst umklammern Hand in Hand mein erschöpftes Ikarus-Herz so fest, dass mir schwindelig wird. Ich lasse meine Arme sinken in der Hoffnung, das Befreien der Flügel helfe mir, wieder zu mir zurückzufinden. Es hilft nicht. „Du hast dich nicht mehr gemeldet." Ich selbst kann die Tränen hören, die nicht fließen.

„Ich weiß. Ich konnte nicht. Alles war zu viel, als ich verstanden hatte, dass ich dich verloren habe."

Und jetzt, Joe?

„Ich habe mich so elend gefühlt ohne dich. Zum ersten Mal in meinem Leben habe ich große Leinwände gekauft, nur um so viel wie möglich rauszulassen an Sehnsucht nach dir. Aber es wurde nur immer mehr und mehr."

Ich will das nicht fühlen. Ich will nicht fühlen, dass meine Seele sich schon wieder an seine schmiegt, dass mein Herz ohne Unterbrechung seinen Namen klopft, dass es mich verrät, indem es mich seinen Gefühlen ausliefert, die schwanken wie ein Segelboot im tosenden Sturm.

„Was soll das, Joe?", krächze ich.

„Ich bin Ikarus", spricht er meine Worte, jedes einzelne betonend. „Ich weiß, ich fliege gerade verdammt hoch, wenn ich auf die Idee komme, dass du mich noch wollen könntest. Aber ich stehe hier jeden einzelnen Tag, solange du nicht sagst, du willst mich nie wiedersehen. Und selbst dann kann ich dir nicht versprechen, dass ich es nicht wieder und wieder versuche."

Ich kann ihm nicht sagen, dass ich ihn nicht wiedersehen will. Denn jede Faser von mir schreit etwas anderes. Aber das hier kann ich auch nicht.

„Du kannst nicht nach über drei Monaten auftauchen und denken, alles wäre wie vorher. Du hast nicht mit mir gesprochen, seit einem Monat hast du nicht einmal mehr geschrieben. Ich habe um dich gekämpft, aber das tat zu weh. Ich weiß nicht, was du dir vorstellst. Woher soll ich wissen, dass du nicht wieder abhaust, sobald es ernst wird?" Allein der Gedanke, dass er noch einmal verschwindet, ist unerträglich.

„Werde ich nicht." Sein Blick ist entschlossen. „Es tut mir so unsagbar leid, Lina. Ich hatte einiges zu verarbeiten und einiges zu verstehen, aber darunter hättest du nicht leiden dürfen."

Ich würde wirklich vieles dafür geben, ihn einfach reinlassen zu können, in meine Wohnung und mein Herz.

„Joe, ich kann das jetzt nicht."

Eine Weile sieht er mich an. Dann atmet er die angehaltene Luft aus, und ich atme seinen Atem leise ein. Er hat mir so gefehlt.

„Ich komme wieder", sagt er.

Unsere Blicke kleben aneinander.

„Okay?", fragt er dann leise.

Als ich nicht antworte, streckt er so vorsichtig die Hand aus, als nähere er sich einem scheuen Tier, und streicht mir aus der Ferne federleicht über die Wange. Ich schließe die Augen und halte nur mühsam die Tränen im Zaum. Alles an mir zittert – meine Hände, meine Lippen, meine geschlossenen Lider, mein Atem, meine müde Seele.

Ich spüre einen Hauch Joe an meiner Schläfe, ehe er seine Lippen auf die Stelle legt und an meinem Haar einatmet. Ich atme aus.

Er atmet aus. Ich atme ein.

Ich atme aus. Er atmet ein.

„Du hast mir so schrecklich gefehlt", flüstert er ein weiteres Mal. „Tust du immer noch."

Dann lässt er die Hand sinken, schaut mir noch einmal in die wieder geöffneten Augen und geht.

Kapitel 27

LINA

KEINE weiß so recht, was sie darauf sagen soll.

„Und wie geht es dir damit?", fragt Isabelle irgendwann leise.

„Womit genau?"

„Dass er wieder da ist und dass er scheinbar eine Beziehung mit dir will."

„Er hat es nicht einmal wirklich ausgesprochen. Nur indirekt." Da wird mir bewusst, dass ein entscheidender Satz gefehlt hat. Die Sache mit der Liebe. Ich hätte darauf verzichten können, bevor er gefahren ist, weil ich es gespürt habe. Aber es ist viel Zeit vergangen, und ich weiß nicht, ob er innerlich noch an dem gleichen Punkt steht wie zuvor. Ich habe Angst, dass er wieder und wieder verschwinden und mir das angeknackste Herz endgültig brechen wird.

„Ich habe keine Ahnung, wie es mir geht." Seufzend schüttle ich den Kopf. „Ich habe so lange gehofft, dass er vor meiner Tür steht und mich zurückhaben will. Vielleicht ist er jetzt nur da, weil er gemerkt hat, dass ich mich distanziert habe. So ist es das Maß an Nähe, das er erträgt. Aber ich will alles. Liebe auf Sparflamme ist nicht meins."

Leben auf Sparflamme ist nicht meins.

Jeden Tag finde ich ein Bild in meinem Briefkasten. Eingerollt und umwickelt mit einem dünnen blauen Band, an dem einige Vergissmeinnicht befestigt sind, als schenke er mir mit jeder Zeichnung eine seiner kostbarsten Erinnerungen. Das Motiv bin immer ich. Das erste ist erstaunlich kitschig. Ich lächle, und die Vögel im Kirschbaum über mir singen. Das nächste bringt mich zum Lachen. Es zeigt mich in dem Elfenkostüm aus der ersten Klasse. Während ich das von ihm und mir als Kinder im Schein des roten Einmachglases unter einem Fenster voller Sterne betrachte, muss ich ein paarmal schlucken vor Rührung. Das, auf dem ich rede und aus meinem Mund statt Worten lauter Farben dringen, lässt mich einfach staunen.

Unter jedem Bild steht ein Datum. Was mich am meisten überrascht, ist ein Bild, das er von mir gemalt hat, ehe wir wussten, wer der jeweils andere ist. Dafür, dass er mich nur das eine Mal im Halbdunkel der Party gesehen hat, hat er mich erstaunlich gut getroffen.

Gleichzeitig haben die neueren Bilder etwas, was dieses frühere nicht hat – es ist das gleiche, was ich sofort auf dem Bild gesehen habe, das mich halbnackt zeigt und auf dem, das er mir zurückgelassen hat, als ich neben ihm eingeschlafen bin: Sie zeigen eine besondere Art von Frieden, und erst nach und nach verstehe ich, dass der Frieden, den er auf mein Gesicht gelegt hat, der Frieden sein muss, den ich in ihm erwecke.

Es steckt so viel Liebevolles in den Bildern, seine Liebe zu mir. Diese Schönheit ist keine, die man im Spiegel findet, es ist die, die nur ein anderer Mensch in einem sehen kann. Ein bestimmter Mensch.

Allein das Wissen, dass er wieder irgendwo da draußen in meiner Nähe ist, weckt eine fast erloschene Fähigkeit in mir zu neuem Leben: Ganz und gar zu fühlen, von Kopf bis Fuß ausgefüllt von einem einzigen reinen Gefühl zu sein. Es ist, als würde ich zu mir selbst nach Hause kommen.

Nach fünf Tagen schmeißt er zum ersten Mal nicht einfach das Bild in den Briefkasten. Als ich vom Einkaufen komme, steht er an die Hauswand gelehnt da und sieht mir entgegen, auf seinem Gesicht ein nervöses Lächeln. Sofort kribbelt alles in mir, und ich bemühe mich, nicht schneller zu gehen, obwohl ich dadurch länger in diesem unangenehmen Stadium zwischen *Ich habe dich gesehen* und *Wir sind nah genug, um miteinander zu sprechen* feststecke.

Er sieht schrecklich gut aus.

„Hi", begrüße ich ihn, als ich nur noch wenige Meter entfernt bin.

„Hey", sagte er mit einem etwas ruhigeren Lächeln, weil ich ihm nicht wie einem Feind begegne. „Ich wollte -"

Er stockt und rollt nervös das Papier in seinen Händen, das womöglich ein Bild von mir ist. Fragend hebe ich die Augenbrauen, und er räuspert sich verlegen. Dann fährt er sich mit der freien Hand über den Nacken. „Ich wollte dich um ein Date bitten."

In dem Moment kommen zwei junge Studentinnen an uns vorbei, die eine stößt die andere an und flüstert „Wie süß", ohne dass wir es überhören könnten.

Ich muss leise lachen, was zumindest etwas die Spannung aus der Situation nimmt. Dennoch schlägt mein Herz so heftig, dass ich das Blut in meinen Ohren rauschen höre, so heftig auch, dass ich die schmerzende Wunde nicht ignorieren kann, dort, wo es seine ständige Zurückweisung gespeichert hat.

„Joe." Ich weiß nicht, wie der Satz lautet, der auf seinen Namen folgen sollte. Er hingegen schon.

„Du brauchst Zeit, um zu überlegen, ob ich es verdient habe." Er klingt traurig, aber nicht verletzt. Es scheint, als habe er diese Antwort vorher schon mehr als in Betracht gezogen. Mein wundes Herz stellt sich die Frage, ob er nur hier ist, weil er das Nein geahnt hat.

„Es geht nicht ums Verdienen. Ich habe dich nie anders gewollt, als du bist." Das ist so wahr, so schön und traurig zugleich. „Aber ich weiß nicht, ob du mich nur so lange willst, wie du damit rechnest, dass du mich nicht haben kannst."

Traurig schüttelt er den Kopf. „Ich kann dir nicht übelnehmen, dass du das glaubst, ich kann dir nur mein Wort geben, dass es nicht so ist."

„Ich ertrage es nicht, wenn es noch mal so wehtut." Es erschreckt mich selbst, wie gebrochen ich klinge.

„Okay." Seine Stimme ist dünn. Noch ein trauriges Lächeln, dann hält er mir das gerollte Blatt hin. Als ich es vorsichtig nehme, wendet er sich zum Gehen. Einen kleinen Augenblick habe ich Angst, er kommt nie wieder. Dann dreht er sich noch mal um. „Bis bald."

Die Erleichterung lässt mich lächelnd nicken.

Das Bild des nächsten Tages, das er dem Datum nach erst nach meiner gestrigen Abfuhr gemalt hat, zeigt mich angezogen auf meinem Bett, während ich aus dem Fenster über mir blicke. Auf der Seite, auf der Joe die beiden Male geschlafen hat, liegt ein Herz, aufgeklappt, darin eine kleine Version von mir. Das Herz hat ein Dachfenster.

Auf dem Bild klebt ein Zettel, übersät mit gemalten Buchstaben, Joes Handschrift:

Ich gebe dir alle Zeit, die du brauchst, in der Hoffnung, dass du mich eines Tages mehr brauchst als Zeit. Bis dahin trage ich dich bei mir.

Dein, nur dein Joe

Ich muss ein paar Mal tief durchatmen, ehe ich die Treppen zu meiner Wohnung hinaufsteigen kann.

Du fehlst mir so.

Als es am darauffolgenden Tag an der Tür klingelt, summt es in mir. Ich drücke einfach auf den Türöffner und hoffe auf die bekannten Schritte, und als ich sie wirklich hören kann, überschlagen sich die Schmetterlinge in meinem Bauch. Wenig später steht er vor mir.

„Du solltest nicht hier sein, es ist wirklich schön draußen", sagt er lächelnd.

„Wenn ich nicht hier wäre, wärst du es auch nicht", gebe ich mit erhobenen Augenbrauen zu bedenken, und er lächelt noch breiter.

„Weißt du eigentlich, wie schön deine Stimme ist?"

Die Frage überrumpelt mich, auch wenn sie wahrscheinlich rhetorischer Natur ist.

„Ich kenne keine andere Stimme, die so bunt ist wie deine."

Ich bin völlig perplex, weil plötzlich Sätze wie dieser aus ihm herausfließen, ohne dass er zurückzuckt vor seinen Worten, seinen Gefühlen und nicht zuletzt vor mir. Verlegen lache ich, weil ich nicht recht weiß, was ich darauf sagen soll.

„Okay, ich frage jetzt einfach noch mal: Gehst du mit mir aus?"

„Es ist gerade einmal achtundvierzig Stunden her, dass du mich das gefragt hast."

„Sicher? Kommt mir länger vor."

Ich schüttle leise lachend den Kopf. Diesen Joe bin ich nicht gewohnt.

„Was meinst du, wie lange du brauchst, um Ja zu sagen? Noch mal achtundvierzig Stunden?"

„Womöglich auch ein wenig länger", erwidere ich amüsiert.

„Wenn du *womöglich* sagst, versuche ich es in achtundvierzig Stunden noch mal." Mir entgeht nicht die Unsicherheit, die sich unter seinem Lächeln verbirgt.

„Gib mir ein bisschen Zeit, Joe, okay?" Ich versuche, es nicht wie eine Abfuhr klingen zu lassen, doch er schaut eine Weile auf seine Füße, ehe er mich wieder anguckt.

„Gibst du mir eine ehrliche Antwort, wenn ich dich etwas frage?" Die Finger seiner rechten Hand zucken ein wenig, er wirkt ängstlich.

„Eine ehrliche oder keine", verspreche ich, und seine Finger zucken noch ein kleines bisschen mehr.

„Ich weiß, dass ich dir wahnsinnig wehgetan habe, und ich bin dir dankbar, dass du mir nicht die Tür vor der Nase zugeschlagen, sondern sogar mit mir geredet hast. Aber – glaubst du, dass ich irgendwann noch mal eine Chance bei dir habe? Glaubst du, dass du irgendwann wieder die Gefühle für mich haben kannst, um mit mir zusammen zu sein?"

Ich kann seine Angst sehen. Ich sehe auch, wie viel Überwindung ihn die Frage kostet. In mir regt sich zaghaft ein Glauben an eine gemeinsame Zukunft, auf den ich mich einfach noch nicht einlassen will, weil ich weiß, wie brüchig alles ist.

„Ich glaube, dass du irgendwann ein Date mit mir bekommst, wenn du dranbleibst. Aber ich weiß nicht, ob ich irgendwann mit dir zusammen sein kann, falls es wirklich das ist, was du willst."

„Das will ich."

Er klingt atemlos, und meine Flügel klappen sich ruckartig ein angesichts der Frage, ob er sich gerade selbst Angst macht.

„Und die Gefühle", setze ich dennoch an und meine, in seinen Augen die Mischung aus Angst und Hoffnung gespiegelt zu sehen, die ich seit seiner Wiederkehr mit mir herumtrage. „Die Gefühle waren nie weg, Joe."

Seine Augen schließen sich einen Moment lang erleichtert, und als sie sich wieder öffnen, ist ein Teil der Angst zusätzlicher Hoffnung gewichen.

„Ich habe das noch nie gemacht; um eine Frau gekämpft, meine ich. Also sei bitte etwas nachsichtig, falls ich mich blöd anstelle. Ich gebe echt mein Bestes, weil du das Beste bist, was es für mich auf Erden gibt."

Während mein Herz ein Weilchen aussetzt wegen dem, was er da gerade gesagt hat, lächelt er mich still an.

„Ich gebe dir Zeit", fährt er fort, „aber ich weiß nicht, wie lange ich durchhalte, ohne zurückzukommen, weil du mir so schrecklich fehlst und ich schon zu viel Zeit vergeudet habe."

Wo war dieser Teil von ihm begraben? Wo waren all diese Worte begraben, als ich alles dafür getan hätte, sie zu hören?

In diesem Moment würde ich am liebsten mein Nein zurücknehmen, würde so gerne sagen, dass ich zu einhundert Prozent dabei bin, was das Date angeht. Ich kann es nicht, weil es nur achtzig Prozent sind und ich mein Herz auch für fünfundneunzig nicht ausliefere. Aber seine Worte legen sich behutsam auf die Wunde, die sein Verlust in mir verursacht hat, und beginnen, langsam etwas zu heilen.

Zeit.

Das erste Mal im Leben brauche ich wirklich Zeit.

Kapitel 28

JOE

WARTEN ist furchtbar. Warten mit Hoffnung ist gleichzeitig noch furchtbarer und viel besser.

Es ist, als sei alles in meiner Welt in Lina verpackt. Direkt beim Aufwachen regt sich für den Bruchteil eines Atemzugs die irrwitzige Hoffnung, sie liege neben mir. Ich blicke aus dem Dachfenster über meinem Bett, und unzählige Fragen drängen sich in meinen Kopf: *Malt der Baum schon Schattenflecken durch dein Dachfenster? Ist dein schöner, schlafender Körper schon übersät mit wattig weichen Tupfen des Sonnenlichts?* Meine Hände erinnern sich, wie es ist, die hellen und die dunklen Flecken zu berühren.

Ich habe es ihr nicht erzählt bei meinem persönlichen Silvester-Feuerwerk in Biancas Zimmer, aber manche Sockenpaare, die sie neu zusammengefügt hat, habe ich nicht wieder auseinandergenommen und richtig zusammengelegt. Und jeden Morgen, wenn ich auf ihr Vermächtnis in meiner Sockenschublade schaue, muss ich lächeln und fühle eine Sekunde später einen kleinen Kloß im Hals.

Wenn ich die Treppe hinuntergehe und den alten Holztisch sehe, erinnere ich mich jeden einzelnen Morgen daran, wie ihre Fingerspitzen über die Platte strichen, und wenn ich Kaffee mache, denke ich an unser Gespräch über laktosefreie Milch, an den Besuch im Café, bevor sie ihren einstigen Verlobten entdeckte, ich sie küsste und unsere Finger sich ineinander verwirrten wie meine nicht zusammenpassenden Gefühle und Gedanken – nur noch um einiges schöner.

So geht es den ganzen Tag über weiter. Überall versteckt sie sich; in meinen Stiften, die mich jeden Tag zwingen, sie zu malen, meiner

Jogginghose, die sie getragen hat, meinem Auto, in dem sie eingenickt ist, meinem Kopf, meinem Herzen.

Abstruse Empfindungen wie Eifersucht auf den Baum über ihrem Fenster suchen mich heim, und zwischenzeitlich stelle ich mir die Frage, ob es eine kluge Entscheidung war, mich dem Gefühl für sie so auszuliefern. Die Antwort ist am Ende jedes Mal ein verwirrendes, aber deutliches: Ja.

Nach gut anderthalb Wochen, in denen ich jeden Tag nur ein Bild in ihrem Briefkasten hinterlassen habe, halte ich es nicht mehr aus und klingle an ihrer Tür. Wie jedes Mal warte ich mit Herzklopfen, mit Kribbeln in und auf mir, mit einem Funken Hoffnung, mit einem Haufen Angst. Ich zähle bis zwanzig, doch sie öffnet nicht. Ein paar Sekunden lang schwebt mein Finger über dem Knopf, um noch einmal zu klingeln. Dann lehne ich die Stirn gegen das Holz der Tür und atme tief durch. Was ist, wenn sie mich nicht sehen will? Was, wenn sie absichtlich nicht öffnet? Was, wenn …

„Hallo, Fremder." Ein Hauchen von links, weich wie Samt, der mein Herz einwickelt. Mein Kopf zuckt hoch.

Sie lehnt an der Wand, zwei Meter von mir entfernt, und lächelt mich an. Keine Ahnung, wie lange sie da schon steht, aber sie wird einen Teil der Joe-Show mit angesehen haben. Daran, wie sie sich auf die eine Seite ihrer Unterlippe beißt, sehe ich, dass sie überlegt, ob sie ein schlechtes Gewissen haben sollte, weil sie mich bei meinen inneren Qualen beobachtet hat. Dann scheint sie sich dagegen zu entscheiden und lässt ihre Unterlippe wieder frei. Was würde ich geben, um diese Stelle zu küssen, die für einen Augenblick roter ist als der Rest ihres Mundes.

„Hallo, Fremde."

„Kann ich dir helfen?"

„Du könntest mir sagen, ob ich dir genug Zeit gelassen habe." Meine Stimme klingt nicht so sicher, wie ich gehofft hatte.

„Für was?", fragt sie, ohne das Grinsen ganz verstecken zu können, als sei sie eine Katze, die die Maus immer wieder am Schwanz zu sich zieht.

Meine Hoffnung wächst, dass sie heute Ja sagt. Sie ist nicht der Typ für kokettierende Spielchen, sie würde mich nicht so herausfordern, wenn sie vorhätte, mir wehzutun. Ihre gespielt grausame Art nimmt mir einen Teil meiner Nervosität.

„Liebe Lina, darf ich dich zu einem Date einladen?", frage ich übertrieben höflich.

LINA

„Was hast du dir denn so vorgestellt?" Ich hoffe, dass er mein hämmerndes Herz nicht über die anderthalb Meter Entfernung hören kann.

„Seit wann willst du vorher wissen, wie der Tag endet?", fragt er liebevoll lächelnd und schenkt meinem Herzen damit noch ein paar Extraschläge.

„Wann?", frage ich.

„Wann immer du kannst."

Er klingt so aufgeregt, dass ich beinahe lachen muss. Er merkt es und wird ein wenig rot, was schon wieder so süß ist, dass ich mich gerade auf jedes Date dieser Welt zu jedem Zeitpunkt meines Lebens mit ihm einlassen würde.

„Wie wäre es mit morgen?", höre ich, aber es ist nicht seine Stimme, sondern meine, die sich erhoben hat.

Sein Gesicht ist ein einziges Strahlen. „Perfekt. Soll ich dich um sieben abholen?"

Ich nicke nur.

„Nur so als Vorwarnung: Ich hatte noch nie ein Date. Also wenn ich es vermassle, weißt du, wieso."

„Du hattest noch nie ein Date?", frage ich ungläubig, obwohl es wohl stimmen wird nach all dem, was ich weiß.

„Was soll ich sagen? Ich bin ein verkorkster Kerl", erwidert er halb lächelnd und tritt einen Schritt zurück, damit ich aufschließen kann.

„Ist mir gar nicht aufgefallen", sage ich und lächle die Tür an. Joes Brust ist nur zehn Zentimeter von meiner Schulter entfernt, und ich traue mich kaum, zu ihm aufzusehen, um ihn nicht aus Versehen zu küssen.

„Bis morgen Abend." Seine Stimme ist so zart, dass ich doch aufschauen muss. Dann halte ich den Atem an, weil sein Blick seine Stimme perfekt vervollständigt.

Seine Augen sind eine Sekunde lang auf meine Lippen gerichtet. Ich kann meine Augen nicht daran hindern, seine zu streifen, da, wo mein Mund es nicht kann. Ich lasse den angehaltenen Atem frei und schließe mit zittrigen Fingern die Tür auf, ehe ich mich leise mit ebenso zittrigem Lächeln verabschiede und reingehe.

Bianca lächelt mich an, und ich kann nicht einschätzen, ob es ganz echt ist oder ob sie glaubt, sich zumindest nach außen hin für mich freuen zu müssen. „Hast du das Gefühl, er kann das wirklich durchziehen?", will sie wissen und beantwortet mir damit meine Frage.

Am liebsten möchte ich einmal laut aufbrüllen. Ich hätte auf Isabelles Feierabend warten sollen, anstatt ins Café zu gehen. *Lina an Herz: Wehr dich!*

„Es gibt Männer, die nach wer weiß wie vielen Jahren Ehe verschwinden und die Frau mit fünf Kindern zurücklassen. Hier geht es um ein Date, um herauszufinden, ob es passen kann. Und wenigstens bekommt er frühzeitig Angst. Wenn er einmal mit mir in der Riesenradgondel sitzt, steigt er nicht mehr aus."

„Er weiß, was das Riesenrad macht. Dass es nach oben und danach runter geht. Und dann darf er wieder aussteigen. Aber weiß er, was du willst? Weiß er, dass du heiraten und Kinder willst?"

Ach, Scheiße, Bianca!

Eigentlich weiß ich ihre Ehrlichkeit echt zu schätzen, aber sobald es um Joe geht, raubt sie mir regelmäßig alle Kraft.

„Heiraten muss ich nicht. Aber nein, ich habe ihm nicht gesagt, dass ich Kinder will." Ihr Einwand lässt mich kleinlaut werden. „Ich gehe nach Hause, Bianca. Ich ertrage das gerade nicht. In meinem Inneren sieht es eh aus wie auf einer überfüllten Hüpfburg."

In der folgenden Stunde versuche ich nervös auf meinem Sofa kauernd wieder und wieder, Isabelle anzurufen. Nach einer Stunde und vier Minuten ertönt das erlösende Klingeln.

„Hi."

„Hey, was ist los?" Sie klingt alarmiert. Womöglich waren elf Anrufe in Abwesenheit mindestens fünf zu viel.

„Okay, ich habe mich auf ein Date mit Joe eingelassen und jetzt meinte Bianca", schon bei dem Namen stöhnt Isabelle auf, weil sie wohl nichts Gutes vermutet, „dass er nicht wisse, was ich von der Zukunft wolle, Kinder und so, und nun werde ich panisch."

„Wann trefft ihr euch?", fragt sie ruhig.

„Morgen Abend."

„Meine fünf Minuten-Pausen-Lösung? Sag es ihm direkt zu Anfang, bevor ihr zusammen irgendwo festsitzt, und schau, wie er reagiert."

Ich stutze. „Nicht zu einfach?"

Sie lacht. „Nein. Sogar mit Joe darf es manchmal einfach sein."

„Danke." Ich bin so erleichtert, weil sie meinen Panik-Regler ein entscheidendes Stück herunterfährt.

„Gerne. Und Caro, ich finde es toll, dass du dich drauf einlässt. Wirklich."

„Ich auch", sage ich mit wieder aufflammender Vorfreude. „Bis dann."

Nachdem ich aufgelegt habe, gelingt es mir ganze drei Minuten lang sitzen zu bleiben, ehe ich nach meinen Autoschlüsseln und meiner Jacke greife.

JOE

„Hi." Mats klingt überrascht.

„Hey." Ich weiß gar nicht, wieso ich ihn anrufe, aber ich schätze, es wird schon seinen Grund haben. Manchmal blicke ich durch mein neues Leben einfach noch nicht ganz durch.

„Alles klar bei dir?", fragt er, als ich schweige.

„Ja, alles gut. Und bei euch?"

„Jana ist wieder erkältet, sonst ist alles okay." Er macht eine kurze Pause. „Irgendetwas ist doch los."

„Ich habe ein Date." Ich klinge beinahe stolz.

„Wie süß." Sein Grinsen ist nicht zu überhören. „Ich hoffe doch mal mit Caro, ja?"

„Nein, ich habe an einer Autobahnraststätte so ein Mädchen aufgegabelt, neunzehn, naiv …"

Er lacht, und plötzlich bekomme ich Angst, das Schicksal zu verarschen, könnte mir schlechtes Karma einbringen.

„Natürlich ist es Lina."

„Da bin ich beruhigt. Wann trefft ihr euch?"

„Morgen Abend. Und ich frage mich", räuspern, „ob du mir sagen kannst", räuspern, „ob ich jetzt etwas Großartiges vorbereiten muss oder ob ich einfach etwas Normales machen kann."

„Genau das ist der Punkt, an dem du zugeben musst, dass ich der große Bruder bin." Wieder ist sein Grinsen so breit, dass es laut und deutlich durchs Telefon dringt.

„Ich glaube eher, das ist der Moment, in dem ich auflege."

„Schon gut, ich halte die Klappe. Was würdest du denn gerne mit ihr machen?"

„Eigentlich will ich einfach etwas machen, was entspannt ist, weil ich selbst schon verkrampft genug bin, und etwas, wobei wir uns unterhalten können. Ich mag keine teuren Restaurants, wo man leise reden soll, oder hippe Sachen, wo man brüllen muss."

„Tja, entweder geht es ihr genauso oder nicht. Und wenn nicht, solltest du die Sache ohnehin noch mal überdenken. Und zum Punkt etwas Großartiges planen: Das klappt nicht, glaub mir. Wenn es nicht allein dadurch großartig wird, dass ihr beide da seid, dann such dir eine andere."

Das klingt sehr platt. Und etwas kitschig. Und weise.

„Danke, großer Bruder", sage ich, und er lacht.

„Viel Spaß, kleiner Bruder."

„Danke."

Kurz nachdem ich aufgelegt habe, klingelt es an der Tür. Ich habe mit einigem gerechnet, aber nicht mit der Frau, die in meinem Inneren im Sekundenbruchteil wieder dieses Tohuwabohu anrichtet. Und am Allerwenigsten mit ihrer Begrüßung. „Willst du Kinder?"

„Ich kann dir nicht den Paragrafen nennen, aber ich bin mir recht sicher, dass es illegal ist, Kinder an der Haustür anzubieten."

Sie wirft mir einen Nicht-lustig-Blick zu, dann lacht sie.

„Ich fand die Idee mit dem Date für den Anfang gar nicht schlecht, aber du hattest es ja immer schon etwas eiliger als ich."

„Joe."

„Lina?"

„Ich meine es ernst. Willst du Kinder? Ich will unbedingt irgendwann Kinder."

„Ob du es glaubst oder nicht: Ich habe mir schon gedacht, dass du Kinder willst, und ich habe tatsächlich darüber nachgedacht, bevor ich vor deiner Wohnung aufgetaucht bin. Auch wenn es dich überrascht: Manchmal bin ich ein Kontrollfreak."

Ihre Augenbrauen wandern ein Stück nach oben. „Ach, ehrlich? Und?"

„Ich würde lügen, wenn ich sagte, dass ich keine Angst mehr vor dem Rodeln habe oder davor, mit dir zusammen zu sein, weil ich weiß, dass ich dich jederzeit verlieren kann. Und ich würde ganz bestimmt lügen, wenn ich sagte, dass ich keine Angst davor hätte, Kinder zu haben mit allen Risiken, die da draußen in der Welt auf kleine, unschuldige Geschöpfe wie dich und sie warten."

Sie lächelt zärtlich. Ich schätze, sie hat mich verstanden.

„Aber mir ist eines klar geworden: Ohne Rodeln kein Schnee im Schuh. Und mit niemandem so perfekt Schnee im Schuh wie mit dir."

Ihr Blick huscht zu meinen Lippen. Meine Lippen möchten zu ihren huschen. Es ist grausam, wie schön sie ist, lächelnd in meinem Türrahmen.

„Ich freu mich auf morgen", sagt sie, und mein Herz hüpft im Takt der Melodie ihrer Stimme.

„Ich mich auch."

Dann sehe ich ihren Hüften zu, wie sie sich leicht schaukelnd den Weg zum Gartentor entlangbewegen, und ihren Locken, die wippend folgen.

Der Rest des Tages verläuft unspektakulär, was jedoch in Anbetracht der Tatsache, dass Lina mir heute zuerst ein Date zugesagt und mich später gefragt hat, ob ich theoretische Kinder mit ihr wolle, vermutlich auch nicht sehr überraschend ist. Eine gleichbleibende Spannungskurve wäre nach diesen Ereignissen kaum auszuhalten.

Gleichzeitig kann ich beobachten, wie seit ihrer Zusage ein Countdown gestartet wurde, der mit jeder ablaufenden Minute einen nervösen Schmetterling mehr in meinem Bauch schlüpfen lässt, sodass ich nicht weiß, ob ich bis zum nächsten Abend überlebe. Zum Zeitpunkt dieser Zusage waren bereits erstaunlich viele Tiere in mir unterwegs, bis morgen um sieben werden meinen Berechnungen zufolge Grundpopulation plus rund eintausendachthundertneunzig Schmetterlinge Unterschlupf finden müssen. Das ist niemandem zuzumuten.

Also entscheide ich mich gegen sechs Uhr und nach rund dreihundertneunzig zusätzlichen Schmetterlingen, mich Linas Lebensstil anzupassen, fahre spontan zu ihr und klingle.

„Hallo?"

Ihre nicht ganz rauschfrei durch die Gegensprechanlage klingende Stimme allein bringt mich aus dem Gleichgewicht und rundet die Zahl der neu geschlüpften, bunten Tiere spontan auf fünfhundert auf.

„Ich bin es."

Ohne zu zögern, betätigt sie den Türöffner. Ich haste die Treppen rauf und sehe sie dann in Leggins, Kleid und rosa Wollhausschuhen mit Mausgesicht in der Tür stehen. Ihr Kopf ist leicht zur Seite geneigt, ihr Blick fragend.

Ich weiß, was sich unter den Leggins und dem Kleid befindet, das mehr ein weiter, langer Pullover ist. Ich kenne jede Sommersprosse auf ihren Schultern, die weiche Haut an ihrem Bauch, und ich weiß um ihr Zucken, wenn meine Lippen unerwartet die beinahe weiße Partie der Innenseite ihrer Arme streifen. Ich weiß, wie schön ihr Nabel ist und wie perfekt der Schwung, da, wo ihre Taille in die Hüfte übergeht. Ich habe noch deutlich ihre Beine vor Augen, und meine Hände erinnern sich genau, wie es ist, die Innenseite ihrer Schenkel hinaufzuwandern. Wenn ich sie betrachte, kann ich nicht aufhören, mich an das zu erinnern, was ich sehen und berühren durfte.

Ich habe wohl einen Augenblick zu lange nur andächtig geschwiegen, denn sie hebt mit wachsender Belustigung die Augenbrauen.

„Ich wollte fragen, ob wir unser Date verschieben können."

„Oh." Für einen Augenblick wirkt sie enttäuscht, mehr noch. Besorgt? Verängstigt? Etwas an ihr zieht sich zurück, obwohl sie genau da stehenbleibt, wo sie ist. „Okay. Auf wann?"

„Jetzt?"

Da kehrt sie langsam wieder zu mir zurück. „Hast du morgen keine Zeit?"

„Doch."

Ein irritierter Blick trifft mich.

„Aber ich habe keine Geduld."

Da lacht sie los, und ich lächle bei dem Geräusch zufrieden vor mich hin. Ihrem Lachen zuzuhören, ist jedes Mal wie in mein bequemstes Shirt zu schlüpfen, mich auf die meinem Körper bereits perfekt angepasste, alte Couch zu legen und meinen Lieblingsfilm zu gucken.

„Ich ziehe mir etwas anderes an."

„Du siehst toll aus", sage ich schnell.

„Joe? Hör auf." Aber sie lächelt.

„Womit?"

„Dinge zu sagen, die mich dazu bringen, dich bereits vor dem ersten Date ständig küssen zu wollen. Das gehört sich nicht." Damit dreht sie sich um und lässt mich allein zurück mit meiner Sehnsucht.

Keine Minute später steht sie wieder vor mir und ist dabei, sich Socken an die mauslosen Füße zu ziehen. Der Nagellack an ihren Zehen schimmert bordeauxrot im trüben Flurlicht.

„Du hast es so gewollt", sagt sie. „Ich gehe so. Was haben wir vor?"

„Keine Ahnung. Ich habe Theaterkarten für morgen."

Sie blickt amüsiert zu mir auf, während sie auf einem Bein stehend halb hüpft, halb schwankt, weil die eine Socke noch ihre Kooperation verweigert. Ich bewundere insgeheim das Kleidungsstück, weil es Lina gegenüber so viel Stärke zeigt.

„Ich bin mir nicht sicher, ob die im Theater so flexibel sind wie ich." Vermutlich liegt Lina mit der Einschätzung nicht ganz falsch.

„Hast du schon gegessen?", frage ich sie.

„Nicht wirklich. Da wäre ich dabei."

„Tut mir leid, nicht sehr kreativ", entschuldige ich mich.

„Na ja, du bist da, ich bin da, wird schon nicht so schlimm werden", sagt sie grinsend und schlüpft in ihre halbhohen Stiefel, da sich die Socke ergeben hat.

Ich kann nicht fassen, dass ich geklingelt habe und Lina einfach mitkommt, zufrieden mit einem Essen, und nur, weil ich da bin. Mats' Worte drängen sich in meine Gedanken, und ich danke ihm im Stillen, weil er einen seiner hellen Momente mit mir geteilt hat.

„Worauf hast du Lust?", frage ich, als ich hinter ihr die Treppe hinuntergehe.

„Jetzt wird er schon wieder unanständig", tadelt sie mich mit neckender Stimme, und ich lache auf.

Draußen ist es kalt, gut kalt, ein frühlingsabendkalt, das einem das Gefühl gibt, lebendig zu sein und atmen zu können. Endlich nicht mehr bitterkalt, fröstelnd kalt. Lina ist da, und der Winter ist vorbei.

„Was hältst du von Syrisch?", fragt sie schräg rückwärts vor mir hergehend, um meine Reaktion zu sehen.

„Gerne."

Sie klatscht einmal fröhlich in die Hände, und ich weiß, dass jedes Date mit ihr das beste der Welt wäre.

„Joe?"

Ich gebe ein aufforderndes Brummen von mir und sehe ihr zu, während sie noch immer schräg vor mir herläuft. Langsam frage ich mich, wieso sie nirgendwo gegen stößt. Vielleicht vertraut sie einfach darauf, dass ich einschreiten würde.

„Ich muss dich etwas fragen." Es klingt so ungewohnt offiziell, dass ich mir nicht sicher bin, ob ich lachen oder Angst kriegen soll.

„Dann mach das."

„Ich habe mir jetzt seit Monaten den Kopf darüber zerbrochen. Du musst ehrlich sein."

Jetzt entscheide ich mich ein bisschen mehr für Angst. Wieso kann ich dann nicht aufhören zu lächeln, nur weil sie in meiner Nähe ist? Wieso habe ich nicht vorher verstanden, dass man etwas wie das hier nicht aufgibt?

„Bin ich", verspreche ich ihr.

„Schläfst du mit allen Frauen so wie mit mir?"

Überwältigt von den zahllosen Bildern, die sich alle gleichzeitig auf die Leinwand meines Kopfkinos zwängen, bleibe ich für einen winzigen Moment stehen, ehe ich ein paar Mal blinzle und ihr wieder folge. Damit habe ich in etwa so wenig gerechnet wie mit der Kinder-Frage.

Sie lässt mein Gesicht nicht aus den Augen. Ich muss plötzlich an Enten denken, die selbst beim Schlafen oft nur ein Lid schließen.

„Ich meine so, wie du beim ersten Mal mit mir geschlafen hast, nicht beim letzten Mal." Den letzten Teil des Satzes spricht sie leise und auf eine Art und Weise aus, als handle es sich um ein gemeinsames Geheimnis.

Ich weiß, was sie meint. Ich weiß nur zu gut, was sie meint.

„Nach dem ersten Mal mit dir habe ich mit gar keiner Frau mehr geschlafen." Mir ist wichtig, dass sie das weiß. Und wenn ich ihre Miene richtig deute, ist es für sie auch nicht ohne Bedeutung. „Aber nein."

„Mit manchen?"

Das ist nichts, worüber ich nachdenken müsste. „Nein."

Sie wird langsamer, und ich passe mich ihrem Tempo an.

„Mit einer einzigen anderen?" Ihre Augen kleben an meinem Gesicht, meinen Reaktionen, meinem Mundwinkel, der sich leicht hebt bei der Erinnerung an die Angst, die es mir gemacht hat, so mit ihr zu schlafen.

„Nein."

„Nein", wiederholt sie leise. Nicht als Frage, sondern wie für sich selbst.

„Nein", sage ich trotzdem noch mal, ohne ihrem Blick auszuweichen. „Und du solltest aufhören, solche Sachen zu fragen, wegen derer ich dich bereits zu Beginn des ersten Dates ständig küssen will. Das gehört sich nicht." Eigentlich nicht nur küssen. Oder zumindest nicht nur auf die schönen Lippen.

Eben diese schönen Lippen lachen auf, und Lina dreht sich um, um neben mir weiterzugehen. Die Befragung ist vorbei. Ich wünschte, sie würde wieder rückwärtslaufen, damit ich sie besser ansehen kann. Und dann kommt dieser schräge andere Wunsch; der Wunsch, ihre Hand zu halten.

„Wieso lachst du?", fragt sie. Ich hatte es nicht einmal bemerkt.

„Erzähl ich dir wann anders."

Sie mustert mich eine Weile, ehe sie wieder nach vorne sieht. „Hast du eigentlich keine Fragen an mich?"

„Ich weiß alles, was ich über dich wissen muss. Den Rest werde ich schon im Laufe der nächsten Jahre herausfinden."

Sie lacht leise in Richtung des glücklichen Bodens. Ich beneide ihn, wie ich auch den Baum vor ihrem Fenster beneidet habe. Dann sieht sie wieder in mein Gesicht. „Du meinst das wirklich ernst, hm?"

„Den Satz oder das mit dir?" Ich meine beides so unglaublich ernst, dass ich es selbst nicht glauben kann.

„Beides."

„Ich wünschte, ich könnte es dir zeigen", sage ich ehrlich. „Wie gerne würde ich dir all die Nachrichten zeigen, die ich dir geschrieben und niemals abgeschickt habe. Du traust mir noch nicht über den Weg, oder?"

Eine Weile betrachtet sie mich, als denke sie über die Frage nach.

„Du weißt, dass ich verlobt war", beginnt sie dann und ich nicke. Die Vorstellung, dass sie einen anderen heiraten wollte, tut immer noch weh. „Er hat mich gefragt, ob ich ihn heirate, und ist trotzdem verschwunden. Du hast es bis vor Kurzem nicht einmal in einer Stadt mit mir ausgehalten. Es fällt mir einfach schwer, verstehst du?"

Das Schlimme ist: Ich verstehe es sogar verdammt gut. Aber hier laufen wir nebeneinander her; sie mit Angst, ich mit der Sicherheit, dass ich sie will. Wir haben auf gewisse Weise die Rollen getauscht, und ich weiß am besten, wie mächtig Angst sein kann.

„Ja, tue ich. Ich befürchte nur, dass ich nichts sagen kann, was dir die Sicherheit gibt, die du brauchst. Also lass uns einfach ein normales Date haben – wie immer das aussieht. Ich gebe dir Zeit, und du versuchst, offen zu bleiben dafür, dass ich etwas begriffen und mich geändert habe. Meinst du, dass das geht?"

Ihr Schweigen ist furchtbar lang, dann lächelt sie mich verkrampft an. Das ist kein Lina-Lächeln, und mir schwant nichts Gutes. „Darf ich ehrlich sein?"

In meinem Bauch formt sich alles zu einem Klumpen, aber ich nicke. „Das Problem ist", setzt sie an, und ich würde mir liebend gern die Ohren zuhalten und *lalala* machen. „Du weißt, was ich für dich empfinde, und ich will dir glauben. Ich will dir so sehr glauben, dass ich mir selbst nicht über den Weg traue. Ich will dich küssen und mit nach Hause nehmen, doch in meinem Hinterkopf geht immer dieses Warnsignal an, knallrot, weil ich schon einmal dachte, du könntest dich ändern. Ich habe gesehen, wie du mich angeschaut hast, und dann bist du abgehauen, obwohl ich an etwas geglaubt habe. Irgendwie habe ich daran geglaubt, bis du in diesen Wagen gestiegen und verschwunden bist." Der plötzliche Schmerz in ihrer Stimme bricht mir das Herz, und ich weiß nicht, was ich dagegen tun kann. „Und dann bin ich zusammengeklappt, aber ich bin wieder aufgestanden, weil ich weiter geglaubt habe. Doch du bist einfach weggeblieben. Du hast nicht mit mir gesprochen, und ich weiß, dass du meine Anrufe nicht jedes Mal verpasst hast. Und schließlich kam nichts mehr. Auf einmal stehst du vor meiner Tür und siehst mich wieder so an, noch mehr als zuvor – das ist zu schnell. Vielleicht hätte ich nicht Ja sagen sollen zu dem Date. Vielleicht ist es zu früh. Vielleicht …"

„Stopp, Lina! Stopp." Mir ist zumute, als wäre ich von einer Herde wilder Elefanten überrannt worden. Ich fahre mir mit den Händen über das Gesicht auf der Suche nach einer Auszeit; vergebens versuche ich, diese Angst irgendwie wegzuwischen. Einmal will ich der Mutige von uns sein, will der sein, der aufrecht stehen bleibt, wenn der andere wegzubrechen droht.

„Gib mir ein paar Sekunden, um die Panik loszuwerden, okay?",
bitte ich stattdessen. Das war genau der falsche Satz; einer, der ihrer
Angst in die Hände spielt. Aber die Panik ist da. Die Panik davor, mich
ihr immer mehr auszuliefern.

Bis sie geht.

Die Hände hinter dem Kopf verschränkt, stehe ich vor ihr und atme
ein paarmal tief durch, ehe ich die Arme sinken lasse. Ich will sie, also
muss ich das hier in den Griff kriegen.

Lina ist still. So still. Schaut auf ihre Füße statt auf mich.

„Okay", beginne ich, „ich verstehe das. Ich verstehe, dass du Angst
hast, dass ich das wieder mache. Ich verstehe, dass du mir gerade nicht
glauben kannst. Ich kann das alles nicht zurücknehmen, was ich dir
angetan habe, aber ich kann es dir vielleicht erklären. Darf ich es dir
erklären?"

Ihr Blick löst sich von ihren Schuhen, um meinem zu begegnen. In
ihren Augen glitzern Tränen. Der Anblick und das Wissen, dass ich für
ihr Leid verantwortlich bin, machen mich fertig.

„Darf ich dich bitte mal umarmen?", frage ich leise, während all die
Menschen hinter mir, ihr, uns vorbeiziehen; viel zu viele fremde
Menschen für so einen chaotischen Haufen Emotionen. Sie richtet die
Augen gen Himmel und presst die Lippen aufeinander, um das Glitzern
daran zu hindern, sich in echte Tränen zu verwandeln. Dann atmet sie
einmal aus und nickt.

Langsam trete ich auf sie zu, ehe ich die Arme um sie lege und sie an
mich ziehe. Zum ersten Mal seit Monaten umarme ich wieder Lina. Sie
fühlt sich so gut an. Sie riecht noch immer nach fruchtigem Glück. Ich
halte sie fest und küsse sie ins wirre Haar. Und als ich ihre bebenden
Atemzüge unter meinen Händen fühle und ihr Shampoo rieche und
ihre Locken mich an der Wange kitzeln, weiß ich, dass es verdammt
noch mal Zeit ist, das Schwert zu zücken und die ätzende Hecke
niederzureißen, die mich von dieser Elfe trennt.

Ich lege meine Lippen an ihr Ohr und rede zwischen all diesen
Menschen nur mit ihr. „Lina, ich verstehe, dass du wütend und verletzt
bist und nicht einfach sagst, dass alles okay ist. Du sollst wissen, dass
mir nur allzu bewusst ist, dass ich ein Feigling war. Ich habe immer
noch diese Angst vor der Angst, aber etwas anderes ist größer. Ich will,

dass sich meine Hände nicht nur auf dem Papier an dich erinnern, und dass mein Kopf nicht der einzige Ort ist, an dem ich dich lachen und vorlesen und singen höre. Und nicht der einzige Ort, an dem ich dich nackt sehe. Ich möchte, dass mein Herz nicht der einzige Ort ist, an dem du ständig bei mir bist und an dem dauernd dein Name geflüstert wird. Du glaubst gar nicht, wie laut ein Flüstern sein kann. Ach ja", fällt mir dann noch ein, während ihr Oberkörper nach und nach weniger bebt, „wusstest du, dass mein Herz seit meinem Weggehen nur noch *Ka-Lina-wumm* klopft? Zwei Silben zu viel, aber die richtigen, deshalb stört es mich nicht mehr.

Ich sage dir, wieso ich eben gelacht habe. Ich will sogar deine Hand halten, wenn wir nebeneinander herlaufen. Du hast mir schrecklich gefehlt. Du fehlst mir immer noch schrecklich. Ich kann die Worte Lina und Liebe nicht mehr ohneeinander denken. Sie verschwimmen zu einem einzigen neuen Wort. Du. Fehlst. Mir. So."

LINA

Ka-Lina-wumm?

Ich traue meinen Ohren nicht, doch mein Herz hält ganz still, um kein Wort zu verpassen. Es hat das gleiche gehört. Dann flüstert es seinen Namen und schiebt ihn auf meine Zunge. „Joe", drängt er sich leise zwischen meinen Lippen hindurch.

Ich hebe den Kopf von seiner Brust und sehe zu ihm auf. Seine so vertrauten braunen Augen weichen mir nicht aus, und ich glaube, wenn ich ihn darum bitten würde, würde er alles noch einmal wiederholen, ohne nur einen Moment wegzusehen.

„Ich habe nicht mit dir gesprochen, weil deine Stimme mein Herz in Stücke gerissen hat", sagt er leise und fügt dann hinzu: „Du hast die schönsten Sommersprossen der Welt."

Auf den ersten Blick scheinen die beiden Sätze keinerlei Zusammenhang zu besitzen, und doch ergeben sie so nahe beieinander erstaunlich viel Sinn.

Ich will das hier, ihn, so sehr. Er fehlt mir unglaublich, obwohl seine Arme mich noch immer festhalten. Die Luft um mich herum scheint nur noch Joes Geruch zu tragen. Ich stelle mich ein winziges Stück auf die Zehenspitzen, sein stoßartiger Atem streift meinen Mund. Ich schließe die Augen. Gerade weiß ich vermutlich ungefähr, wie Joe sich auf dem Riesenrad gefühlt hat.

Er rührt sich nicht. Sein Atem trifft weiter meine Lippen und wird zu meinem Atem wie meiner zu seinem wird.

Einatmen. Joe. Ausatmen.

Ich öffne die Augen und sehe in seinen, wie sehr er sich beherrscht, um mich nicht zu küssen. Langsam lasse ich mich wieder auf die Fußsohlen sinken, seine Arme geben mich frei.

„Hunger?", murmle ich, auch wenn es mit Sicherheit nicht die beste Antwort auf seine vielen Worte ist.

„Oh ja." Seiner rauen Stimme folgt ein kleines, erleichtertes Lachen.

Wenige Minuten später hält er mir die Tür des Restaurants auf, damit ich vorgehe. Wir setzen uns in eine Ecke und studieren die Speisekarte. Zwischendurch spüre ich seinen Blick, aber wenn ich aufsehe, schaut er wieder in die Karte.

„Ich nehme an, dass du zahlst?" Ich grinse auf die durchnummerierten Gerichte.

„Ja, tue ich." Ich brauche weiterhin nicht aufzusehen, um zu wissen, dass auch er grinst.

„Na dann." Ich bestelle fünf Vorspeisen statt eines Hauptgerichts und ein Glas Wein. Sobald der Kellner weg ist, streife ich einen Schuh ab und ziehe den Fuß unter den Oberschenkel. Als ich aufblicke, treffe ich Joes amüsierten Blick.

„Wieso machst du das?"

„Ich probiere gerne Verschiedenes und dafür sind Vorspeisen perfekt. Keine Angst. Ich kann selbst zahlen", sage ich dann lächelnd.

Er unterdrückt ein Grinsen. „Gut zu wissen. Aber das meine ich nicht. Ich meine das mit dem Fuß."

„Oh." Unangenehme Erinnerungen an einen Streit mit meinem einstigen Verlobten kämpfen sich hoch. „Ich weiß, dass das nicht höflich ist, aber ich finde es bequem." Ich zeige auf den Schuh. „Soll ich …"

„Nein", unterbricht er mich schnell. „Lass ihn bloß aus."

Jetzt muss ich lachen.

JOE

Wie konnte ich eine Frau verlassen, die mir an jedem Ort der Welt das Gefühl geben kann, ich säße im gemütlichsten Wohnzimmer – einzig und allein durch das Abstreifen eines Schuhs?

Es tut so gut, sie einen ganzen Abend lang anzusehen. Ich bin so ausgehungert nach dem Klang ihrer Stimme, dass ich ihr Unmengen blöder Fragen stelle, nur damit sie nicht aufhört zu reden. Ihr Lachen lässt jedes andere Lachen der Welt so seicht erscheinen, dass ich sie am liebsten zwischendurch kitzeln würde, um die durch die viel zu lange Trennung entstandene Leere wieder mit Leben zu füllen.

Doch wir unterhalten uns, ohne dass sich irgendein Schweigen nach einem Stocken anfühlen würde, und schließlich merke ich, wie sich der erschöpfte Lina-Akku langsam auflädt. Alles, was mich ab und zu in der Euphorie unterbricht, ist das Wissen, dass ich sie nicht einfach über den Tisch hinweg küssen kann.

„Was ist mit dem Buch?", fragt sie irgendwann, und ich habe keine Ahnung, wovon sie redet. „Unser Buch. Ich will das machen."

Ich weiß, dass das heißt, dass sie sich gerade wenigstens wieder bis zu einem gewissen Punkt auf mich einlässt, und juble mit innerlich erhobenen Armen. „Vielleicht können wir etwas über Blasphemie und Blasenentzündung schreiben", schlage ich ernst vor.

„Blasphemie und Blasenentzündung. Der Titel knallt schon." Sie wirkt übertrieben begeistert.

„Abgemacht", grinse ich, und sie hält mir die Hand hin. Ich schlage den Pakt besiegelnd ein, auch wenn ich Titel und Inhalt noch mal überdenken will.

„Wenn du wieder abhaust, klage ich den Deal ein." Sie zwinkert mir zu und sieht weder ängstlich noch schmerzerfüllt aus.

Lina ist Lina, und das heißt auch, dass sie gerade vollkommen in Begeisterung steckt, nicht fähig, sie großartig mit einem anderen Gefühl zu mischen. Die positiven Gefühle sind gerade ein erhebliches Stück größer als die negativen, und das ist ein guter Anfang.

Ich liebe es, Lina dabei zuzusehen, wie sie alles durcheinander isst, immer darauf bedacht, mit jeder Gabel, jedem gedippten Stück den perfekt gemischten Bissen zu erwischen, mit der gleichen Liebe zum Essen wie zum Leben an sich. Und dann wird mir etwas klar. „Weißt du, wieso ich nicht wieder verschwinde?"

„Wieso?" Es hört sich an, als rechne sie mit einem unpassenden Witz.

„Weil ich in deiner Gegenwart glücklich bin, und das heißt potenzielles Leid. Aber nicht bei dir zu sein, heißt garantiertes Leid ohne Potenzial auf Glück. Übersetzt heißt das: Ich wäre verdammt dämlich."

Für die Ewigkeit von drei Sekunden sieht sie mich nur an. Dann zieht sie den beschuhten Fuß ebenfalls auf den Stuhl, kniet sich auf die runde Sitzfläche und lehnt sich über den Tisch. Aus dem Augenwinkel registriere ich den Zipfel ihres Pulloverärmels, der vorübergehend im Hummus landet, doch als ihre Arme sich um meinen Nacken schlingen und sie ihr Gesicht zwischen meinem Hals und meiner Schulter vergräbt, gehen alle Gedanken in dem mächtigen Kribbeln unter, das sich von meinem Bauch aus als Gänsehaut auf meinem gesamten Körper ausbreitet. Da sich der Tisch zwischen uns befindet und ich sie nicht wirklich umfassen kann, tauche ich nur eine Hand in ihre krausen Honiglocken und hoffe, dass sie noch ein wenig bleibt und meinem Hals ihren Atem schenkt.

Ein paar Sekunden verweilt sie noch in dieser Position, dann löst sie sich und lässt sich lächelnd über den Meter Tisch zurück auf ihren Stuhl gleiten. Während ich sie ehrfürchtig anschaue, lacht sie plötzlich los. „Du hast Hummus im Haar."

Die Augen theatralisch verdrehend fahre ich mit den Fingern durch die Strähnen, auf die sie zeigt.

„Ansonsten schlägst du dich ganz gut für dein erstes Date", sagt sie dann grinsend und beißt in ein Blätterteigröllchen mit der genau richtigen Menge Sauce daran, während sie den Fuß in Socke wieder unter ihrem Oberschenkel verstaut.

„Und wenn du jetzt noch die Reste an deinem Ärmel und die Krümel an deinem Bauch entfernst, kann ich das gleiche von dir behaupten", gebe ich grinsend zurück, und sie wischt lachend mit einer Serviette über den Zipfel mit dem Kichererbsenmus, ehe sie den Blätterteig von ihrem Pullover klopft.

Als wir einige Zeit später wieder nach draußen treten, bin ich so zufrieden wie ewig nicht mehr. Die Luft ist klar und wir laufen nebeneinander her durch die spätabendliche Stadt, ich die Hände in den Hosentaschen, um meine Hand davon abzuhalten, nach ihrer zu greifen, sie die Arme um sich geschlungen, um nicht zu frieren.

Als wir an Biancas Café vorbeikommen, wird Lina still.

„Fehlt dir der Job?", rate ich ins Blaue hinein.

„Wie bitte?" Kurz guckt sie irritiert, ehe sie versteht. „Ach so, nein. Gar nicht."

„Tut mir leid, dass ich dir nicht schreiben konnte, wie stolz ich auf dich bin." Im Nachhinein schäme ich mich für mein Schweigen, dafür, dass ich es zunächst hingenommen habe, als sie mich gefeuert hat.

Als ich ihren Blick auf meiner Wange spüre, zwinge ich mich, sie ebenfalls anzusehen.

„Wir wissen beide, dass ich an dem Tag nicht gerade dein Kompliment für meinen Mut gesucht habe."

„Deshalb tut es mir ja besonders leid. Ich bin irgendwie – ich war echt überfordert."

Wir schweigen eine Weile. Da ist noch immer so viel Schmerz zwischen uns, dass ich mich frage, ob er jemals ganz beiseite zu schaufeln sein wird.

„Was ist dann los, wenn es nicht der Job ist?", traue ich mich nach einigen Metern zu fragen.

Sie zuckt die Schultern – nicht wie ein *Ich weiß nicht*, eher wie ein *Ich weiß nicht, ob ich es erzählen will*. Ich fühle mich ein wenig wie auf einer fremden Insel gestrandet: eine verletzte Lina, ein verliebter Joe, ein zu lautes Schweigen. Ich muss mich erst einmal umsehen, eine Palme hinaufklettern, mir eine Hütte bauen, irgendetwas, was mir ein Stück Sicherheit gibt, bevor ich mir überlegen kann, wie wir hier wegkommen.

„Wir haben uns gestritten", hält Lina mir da einen Palmwedel hin. Dankbar greife ich zu.

„Das tut mir leid."

„Deinetwegen."

„Das tut mir noch mehr leid."

„Nicht zum ersten Mal."

Noch eine Steigerung des Satzes kommt mir dämlich vor, also atme ich nur schwer aus und hoffe, sie versteht es als Ausrufezeichen hinter meinem letzten Satz. „Darf ich fragen, wieso?"

„Sie hat von Anfang an nicht daran geglaubt, dass ich Gefühle und Sex trennen kann, und als du dann nach Berlin abgehauen bist und ich dich nicht aufgeben wollte, hat sie es nicht verstanden. Und das hier", sie zeigt zwischen uns hin und her, und ich schätze, sie meint unser Treffen, „versteht sie auch nicht." So wie sie es ausspricht, tippe ich darauf, dass ihre Wortwahl die Wahrheit abmildert. „Ich weiß, dass sie mich nur beschützen will, aber es fühlt sich an, als hielte sie mich für bescheuert. Sie verunsichert mich, und ich bin ohnehin verwirrt genug wegen", sie zeigt noch mal zwischen uns hin und her, „dem hier."

Über die Schulter blicke ich auf die Scheibe, durch die noch Licht aus einem Hinterzimmer zu dringen scheint.

„Kannst du kurz warten?", frage ich, und als Lina mich nur fragend ansieht, gehe ich das Stück zurück zum Café, um zu klopfen. Beim zweiten Mal streckt Bianca den Kopf durch die Tür des hinteren Zimmers, und als sie mich erkennt, wischt sie sich langsam die Hände an einem Handtuch ab, ehe sie sich dafür entscheidet, mir aufzuschließen.

„Wir haben geschlossen", bemerkt sie nicht sonderlich freundlich.

„Deshalb bin ich hier."

Einen Augenblick lang zögert sie, dann tritt sie zur Seite, sodass ich eintreten kann. „Du hast Glück, dass ich noch da bin." Ihr Tonfall lässt mich an der Aussage zweifeln.

„Ich weiß, dass du nicht mein größter Fan bist, bin ich auch nicht. Aber falls Lina sich dazu entschließen sollte, mir eine Chance zu geben, wäre ich dir dankbar, wenn du das auch tun könntest", komme ich direkt auf den Punkt.

Sie setzt sich auf die Kante eines Tisches und verschränkt die Arme. „Ich glaube nicht, dass du die verdient hast", kommt sie genauso direkt zum Wesentlichen. Der Schlagabtausch ist so anders als mit Lina, dass ich mich erst einmal umstellen muss. Aber ich mag direkte Menschen, das macht es einfacher.

„Da magst du recht haben. Aber ich gebe wirklich alles, um sie mir zu verdienen."

„Ich kenne Typen wie dich. Ich war mit genügend von euch im Bett." Tatsächlich hätte es passieren können, dass ich vor einem Jahr noch mit ihr statt mit Lina im Bett gelandet wäre. Der Gedanke ist seltsam.

„Dito."

Eine minimale Regung in ihrem Mundwinkel folgt meiner Bemerkung.

„Du und ich, Bianca – wir wären mit das furchtbarste Paar, das die Weltgeschichte je zu Gesicht bekommen hat. Aber ich halte Lina manchmal auf dem Boden der Tatsachen fest, und sie katapultiert mich dafür geradewegs in den Himmel. Das funktioniert. Du brauchst nur einen Himmelsstürmer."

Sie sieht mich an, als hätte ich ihr etwas Bitteres zum Probieren gegeben.

„Geht es hier plötzlich um mich?", fragt sie mit zusammengekniffenen Augen.

„Nein, es geht die ganze Zeit nur um mich. Ich dachte, dass du mit genügend Typen wie mir im Bett warst, um das zu wissen."

Mit zusammengepressten Lippen schüttelt sie den Kopf. „Du hast sie nicht gesehen. Sie hat gelitten wie nie zuvor, und zwar deinetwegen."

Ich kann ihren ausgestreckten Zeigefinger anklagend mitten auf meiner Brust spüren, obwohl sie noch immer zwei Meter entfernt an dem Tisch lehnt. Ich kann ihre Worte reißend mitten in meinem Herzen spüren.

„Versteh mich nicht falsch, du musst mir nicht trauen, und ich weiß echt zu schätzen, dass du versuchst, Lina vor mir zu beschützen, weil du glaubst, ich wäre schlecht für sie. Aber sie ist das Größte, was mir je passiert ist, und so wenig Lust ich habe, gegen dich zu kämpfen … Ich werde es tun, wenn ich es muss, um sie wieder in meinem Leben zu haben. Du solltest wissen, wie wir Scheißkerle drauf sind."

Sie weiß, dass ich es nur halb ernst meine, aber sie weiß auch, dass eine der beiden Hälften es verdammt ernst meint.

„Ich werde alles tun, um ihr nicht wieder wehzutun. Das verspreche ich dir hoch und heilig." Ich hebe die Hand zum Schwur. „Von Scheißkerl zu Scheißkerl."

Ihre immer noch schmal aufeinanderliegenden Lippen verziehen sich minimal zu einem Lächeln. „Wartet sie draußen?", fragt sie dann.

„Ich hoffe es."

„Dann vertrödle hier nicht deine Zeit", befiehlt sie. „Oh Mann, die Frau ist echt zu gut für dich", murmelt sie noch leise.

„Für uns beide, Bianca, für uns beide", seufze ich zwinkernd und gehe zur Tür. „Schönen Feierabend."

LINA

Es gibt keine Verletzten – das ist die gute Nachricht. Die schlechte ist, dass ich keine Ahnung habe, was da drinnen passiert ist. Joe kommt auf mich zu gejoggt, und als er bei mir ist, setze ich mich bibbernd wieder in Bewegung.

„Tut mir leid. Ist dir kalt?"

„Ja. Was sollte das denn?"

„Ich wollte noch einen Espresso, aber die Maschinen waren schon sauber."

„Ha ha." Ich lasse es dabei bewenden. Bianca wird es mir schon erzählen. „Willst du nach Hause?"

„Nein. Du?", fragt er zurück.

„Willst du ins Kino? Die Spätvorstellung schaffen wir noch. Es sei denn, mir bricht vorher einer der gefrorenen Zehen ab."

„Dann sollten wir uns vielleicht beeilen, bevor du den Gehweg voll blutest."

„Wie mitfühlend." Aber ich muss leider lächeln.

Das Kino ist nicht besonders voll, und wir setzen uns auf zwei freie Plätze, die ein Stück entfernt sind von den anderen, um uns zwischendurch flüsternd unterhalten zu können. Der Film ist richtig schlecht, und wir beginnen, uns Geschichten darüber auszudenken, wieso die armen Schauspieler die Rollen in einem so miesen Streifen annehmen mussten. Wir lachen so laut an den falschen Stellen, dass wir irgendwann ein erbostes „Schscht" ernten. Ertappt lassen wir uns in den Sesseln weiter nach unten sinken, und ich vergrabe mein Gesicht an Joes Schulter, um das Lachen zu ersticken.

Die Berührung legt irgendeinen unsichtbaren Schalter um, der alles zum Erlöschen bringt außer uns. Über den Kinosaal legt sich die gleiche Stille wie auf der Party, als wir eine Minute lang nirgendwohin blickten außer in die Augen des anderen. Ich kann mein Herz hören. Ich kann *sein* Herz hören. Mir fällt auf, wie gerne ich sein Herz habe. Jeder seiner Atemzüge klingt beherrscht, und langsam hebe ich den Blick. Mir fällt auf, wie gerne ich Joe ansehe.

Diese Nähe, diese Sehnsucht, dieses Prickeln, diese Verbundenheit. Diese Angst.

Ich weiche einen Zentimeter zurück, und er, der sich keinen Millimeter zurückzieht, spürt es. Kurz schauen wir uns noch an, ehe ich es bin, die ihren Blick abwendet und wieder auf die vor Unsinn erleuchtete Leinwand blickt. Es ist, als hätten wir die Rollen getauscht.

Vorsichtig tastet seine Hand nach meiner, spürbar bereit, den Rückzug anzutreten, wenn ich ein weiteres Mal zurückschrecke. Doch es ist so unschuldig und so schön, wie sich jeder meiner Finger zärtlich zwischen zwei seiner Finger schmiegen darf, dass ich für einen Augenblick die Augen schließe. Als ich sie wieder öffne und zu Joe blicke, lächelt er mich sanft an und flüstert: „Verdammt, ist das gut."

Da muss ich wieder so laut lachen, dass ein erneutes „Schscht!" zu uns herüberdringt. Aber dieses Mal ist es uns egal.

Später bringt Joe mich nach Hause. Vor der Haustür entwickeln wir lachend eine Idee nach der anderen, wie ein Kinderbuch über die Themen Blasphemie und Blasenentzündung aussehen könnte, um jeder Altersklasse einen angemessenen Grad an Angst vor beidem einzuflößen. Ich bin froh, dass die Ernsthaftigkeit für diesen Abend aus unseren Gesprächen verschwunden ist und wir uns einfach nur noch wie ein ganz besonderer Teil der Verbindung Lina und Joe unterhalten können.

Ich bin hin- und hergerissen zwischen dem Wunsch, die Leichtigkeit zusammen mit Joe in mein Schlafzimmer mitzunehmen, und dem Wissen, dass es eine falsche Entscheidung wäre, weil ich noch nicht so weit bin, ihn ganz in mein Leben zu lassen. Am Ende gewinnt mein Verstand.

Zum Abschied umarmen wir uns lange, und Joe küsst mich einige Sekunden lang liebevoll auf die Stirn, ehe ich verwirrt, aber glücklich im Haus verschwinde.

Kapitel 29

JOE

ZWEI Tage später steht sie unangekündigt vor meiner Tür. „Ich habe etwas Grandioses mitgebracht", begrüßt mich eine aufgedrehte Lina strahlend und hält mir ein kleines Päckchen in Kindergeschenkpapier hin. Drumherum prangt eine üppige Schleife, zu groß für das kleine Rechteck, genau richtig für ein Geschenk von Lina.

„Danke?" Amüsiert nehme ich es entgegen, und sie schiebt mich in das Haus und folgt mir.

„Aufmachen", drängelt sie, und ich gehorche lachend. Zum Vorschein kommt eine Kassette ohne Beschriftung, eine von denen, mit denen man damals eigenhändig Musik aus dem Radio aufgenommen hat. Ich weiß nicht, wie lange ich eine solche Plastikhülle mit sichtbarem braunem Band nicht mehr in den Händen gehalten habe.

Fragend sehe ich sie an. Sie ist kurz davor durchzudrehen.

„Anmachen, anmachen", ruft sie und schaut sich im Wohnzimmer um.

„Ich habe keinen Kassettenrekorder", gebe ich entschuldigend zurück, und sie dreht sich um und öffnet die Haustür, um keine fünf Sekunden später eine kleine, tragbare Anlage hochzuhalten.

„Wie ich sehe, warst du auf meine Unvollkommenheit vorbereitet", witzle ich.

„Ich war auf deine freakige Lasset-uns-die-Vergangenheit-vergessen-Art vorbereitet", sagt sie und lächelt mich liebevoll an.

Ich stecke das Kabel in die Steckdose und lege die Kassette ein, drücke auf Start und warte unter Linas aufgeregtem Blick. Gerade würde ich mich noch am liebsten wegdrehen aus Angst, ihre Erwartungen nicht erfüllen zu können, da quäkt eine Stimme aus dem Lautsprecher *Happy Birthday*, so schief, dass es Lina sein muss. Ganz leise im Hintergrund ist eine zweite Stimme zu hören, womöglich meine. Ich presse eine Hand vor den Mund, um nicht ungläubig dazwischen zu lachen, und lasse mich dann überwältigt neben Lina auf das Sofa sinken.

„Du musst lauter singen", befiehlt die schiefe Stimme.

„Besser nicht", nuschelt die andere, beinahe noch leiser als der vorherige Gesang.

„Doch."

„Nein."

Jetzt lache ich doch los, weil die beiden klingen wie Lina und ich am Riesenrad.

„Wieso?" Mit einem Mal wirkt die kleine Lina besorgt.

„Fotos", nuschelt der Junge nur, als würde das alles erklären, und ich erinnere mich.

„Du hast Angst, die Kassette klaut dir deine Seele?", fragt die kleine Lina mitfühlend.

„Nee, aber vielleicht meine Stimme", hört man den kleinen Jungen leise murmeln, und mit einem Mal fühle ich mich nicht mehr ganz so verkorkst wie sonst. Denn der Kleine da ist echt daneben. Ich gucke zur kichernden Lina.

Die Lina auf der Kassette kichert nicht, sie nimmt den kleinen, schrägen Kerl so ernst, dass ich sie am liebsten drücken möchte. „Weißt du, das kann die nicht. Die ist ja im Rekorder."

Ich schlage lachend eine Hand vor mein Gesicht und spüre Linas Kopf an meiner Schulter. Mit dem freien Arm ziehe ich sie an mich und küsse sie auf den Kopf. Sie war schon immer der Wahnsinn.

„Sicher?" Der Kleine scheint noch nicht überzeugt zu sein, aber er redet schon nicht mehr ganz so leise.

„Guck mal, ich hab ja immer noch meine Stimme. Und die Kassette ist echt fest drinnen."

Die Lina an meiner Schulter lacht bereits, ehe die kleinere Ausgabe von ihr so laut auf den Kassettenrekorder schlägt, dass ich zusammenzucke. „Siehste?"

„Ja", muss auch das verkorkste Kerlchen einsehen.

„Dann noch mal. Sing mit, ja?"

„Okay", gibt der kleine Joe nach.

Lina stimmt an und Joe stimmt ein, immer lauter, bis er beim letzten „to you" fast genauso laut ist wie die beinahe schreiende Lina. Dann folgen Applaus und Jubelrufe – ich schätze Linas. Die Lina an meiner Schulter hebt den Kopf, und ich lasse die Hand sinken und lächle sie an. Im Chor sagen die kleine und die große Lina: „Ich hab dich lieb, Joe." Es treibt mir unerwartet die Tränen in die Augen.

„Ja", sagt der kleine Joe schüchtern, und ich weiß, er hat etwas Wichtiges vergessen.

„Ich hab dich auch lieb, Lina", sage ich und lächle ihr mitten ins strahlende Gesicht, ehe ich sie wieder an mich ziehe.

Weiterhin gehe ich jeden Tag an ihrem Haus vorbei, um ein Bild in ihren Briefkasten zu werfen. Manchmal klebe ich kleine beschriftete Zettel auf das Papier; eine Erinnerung an früher oder ein Satz von ihr, der mich zum Lachen gebracht hat und es jedes Mal tut, wenn ich daran denke. Manchmal klingle ich spontan, manchmal sind wir verabredet.

Sie fehlt mir ständig, selbst, wenn ich neben ihr sitze. Nie ist sie mir nah genug. Am schlimmsten ist es, wenn uns nur wenige Zentimeter trennen, weil wir gemeinsam über einer Zeichnung oder einem Text sitzen oder in meiner engen Küche etwas kochen.

Manchmal, wenn ich mit ihr rede, stelle ich mir vor, ihr die Worte direkt ins Ohr zu flüstern und wie meine Lippen dann bei jeder Bewegung ihre Ohrmuschel streifen – keine tiefsinnigen Worte, nur etwas wie die Bitte, die Nudeln abzugießen. Wenn ich sie zur Begrüßung oder zum Abschied umarme, muss ich mich daran erinnern, sie wieder loszulassen und nicht zu auffällig an ihren Haaren einzuatmen. Wenn sie einen Schuh abstreift und den Fuß unter ihren Oberschenkel zieht, gebe ich mir Mühe, dass sie mich nicht jedes Mal dabei erwischt, wie ich übertrieben glückselig lächle. Wenn sie über einer schwierigen Stelle ihres Buches brütet und die Stirn runzelt, ohne es selbst zu bemerken, sehne ich mich nach der Fähigkeit, jeden Gedanken, der eine Falte hervorbringt, von ihrer Stirn küssen zu können. Wenn ich nur ihren Namen auf ihrer Mailbox höre, möchte ich jubeln.

Ich bin so ekelhaft kitschig in ihrer Gegenwart, dass ich manchmal lachen muss, weil ich mich mit meinen Gedanken selbst verstöre. Wir treffen uns oft, ohne noch einmal offiziell ein Date zu haben. Wir gehen ins Kino und in Biancas Café, wo Lina mir selbst den Kaffee zubereitet, nur um zu beweisen, welch herber Verlust sie für den Laden ist. Mit Bianca werde ich nicht wirklich warm, aber sie behandelt mich neutral, was mir für den Moment genügt. Wir arbeiten an unserer Kinderbuch-Idee, die weder mit Blasenentzündung noch mit Blasphemie zu tun hat, und ich genieße es, wie einfach die Bilder aus mir heraus auf das Papier wandern, wenn Lina erzählt oder vorliest. An manchen Tagen fällt es mir kurzzeitig schwer, ihr zu folgen, weil ich an nichts anderes denken kann als daran, wie schön es ist, sie nicht mehr nur in meinen Gedanken anzusehen, und daran, wie schön es wäre, sie nicht nur ansehen zu dürfen.

Manchmal sitzen oder liegen wir unter einem unserer Dachfenster, um zu arbeiten oder uns zu unterhalten. Ich beobachte, wie der Baum immer größere dunkle Punkte auf ihren Körper malt, und höre nach dem Prasseln des Aprilregens das Rascheln der Blätter im Maiwind, wenn ich ihr Fenster etwas öffne.

Ob wir bei mir oder bei ihr sind: Die Aussicht wechselt, aber sind wir zusammen, ist es immer das perfekteste Dachfenster der Welt. Seitdem ich ehrlich zu mir selbst bin, weiß ich, dass es Linas Stimme ist, die aus schönen Worten eine noch schönere Geschichte macht. Es ist die ungleichmäßige Silhouette ihres Kopfes und ihrer Haare, die in der Dämmerung Fantasielandschaften formt. Es ist das Wissen, dass ihre Hand nur wenige Zentimeter von meiner entfernt auf der Decke liegt, das mein Herz in Aufruhr versetzt, wenn sie nicht gerade wild gestikuliert, um den ganzen Raum zum Leben zu erwecken. Es ist ihr Lachen, das das Zimmer auch unter dem dichtesten Wolkenhimmel hell werden lässt. Es ist all das, was jede Glasscheibe allein durch ihre Anwesenheit zum perfektesten Fenster der Welt werden lässt.

In diesen Situationen sind wir wieder am Anfang, wie zurückgespult. Dann ist der Schmerz übersprungen, womöglich sogar gelöscht. Ich ertappe mich bei diesem einst so beängstigenden Gefühl: Ich bin glücklich.

Es fühlte sich seltsam an, als ich nach den Monaten meiner Abwesenheit das erste Mal wieder in Linas Schlafzimmer war. Die Erinnerungen an unsere nackten Körper, die sich nicht trennen wollten, und an die Angst, die mich so fest umschlossen hatte, an ihre Worte später auf der Straße, raubten mir für einen Augenblick den Atem. Dann bemerkte ich das aufgehängte Bild über ihrer Kommode und trat ein paar Schritte näher, ehe ich mich zu ihr umdrehte. Ihre Augen ruhten noch einen kurzen Moment auf dem Bett, auf dem wir vier Monate zuvor gelegen hatten. Als sie meinen Blick bemerkte, schaute sie auf, und ein paar Herzschläge lang konnte ich nichts sagen, weil wir das gleiche dachten, jedoch nicht zu dem gleichen Schluss gelangten. Dann fand ich meine Worte wieder.

„Du hast es aufgehängt", sagte ich mit vorsichtigem Lächeln.

„Ja." Sie trat ebenfalls zu dem Bild und blickte es an, als sähe sie es nach langer Zeit wieder. „Ich habe es aufgehängt, als ich – gekündigt habe." Es war, als spare sie mit der Pause das Wörtchen *dir* aus. „Ich hatte gehofft, ich würde verstehen, dass ich auch das bin." Ihr Lächeln wirkte wie eine peinlich berührte Entschuldigung dafür, dass sie es auch nur denken konnte.

„Und?", wollte ich wissen. „Hast du es verstanden?"

„Ich glaube, das kann ich nicht. Ich glaube, das kann nur", sie ergänzte den Satz durch ein Achselzucken anstatt durch ein Wort, und ich gab mich zufrieden, auch wenn ich das Ende ihrer Gedanken gerne gehört hätte.

Als sie das erste Mal wieder in meinem Schlafzimmer war und ich etwas aus dem Arbeitszimmer holte, stand sie bei meiner Rückkehr sprachlos vor meiner geöffneten Sockenschublade. Eine Weile sah sie mich nur an, während ich unter ihrem Blick immer unsicherer wurde.

„Ich wollte mir nur ein Paar rausnehmen. Warst du das?" Ihre Stimme wankte, in ihrer Hand hielt sie ein ungleiches Pärchen.

„Das warst du", murmelte ich leise und schlängelte mich an ihr vorbei zu meinem Platz auf dem Bett, um ihrem Blick zu entgehen. Doch als ich mich umdrehte, hatte sie sich mir zugewandt und sah mich immer noch seltsam forschend an.

„Ich werde dich nicht nach dem Warum fragen", sagte sie dann leise, legte die Socken zurück und schloss die Schublade, ehe sie sich wieder neben mich setzte.

Manchmal schlägt sie mir spielerisch auf den Arm oder die Stelle knapp über meinem Knie oder sie witzelt mit mir auf die gleiche Weise wie mit Isabelle oder Bianca. Dann wächst die Angst in mir, dass ich mich doch auf das Abstellgleis katapultiert habe. An dessen Ende prangt für alle Ankömmlinge deutlich sichtbar das Schild *Guter Freund*. Ich kann weder dieses Schild noch das mit der erhofften wiederkehrenden Aufschrift *Du bist es* sehen, aber ich rolle stetig weiter, nicht wissend, wohin genau. Zwischendurch blitzen an den Fenstern kleine Wegweiser auf, die mich hoffen lassen – wenn ich sie dabei erwische, dass ihr Blick einen Moment an meinen Lippen hängenbleibt, wenn sie befangen wirkt, nachdem unsere Körper sich in der engen Küche gestreift haben, oder wenn sich eine bestimmte Art der Zuneigung in ihre Stimme mischt.

Kapitel 30

JOE

EINES Abends Mitte Juni sitzen wir wieder auf meinem Bett, sie schreibt, ich lese einen Artikel, den ich illustrieren muss. Ich bin müde vom stundenlangen Starren auf meinen Bildschirm und würde am liebsten schlafen, doch ich will nicht, dass Lina geht, und konzentriere mich deshalb nur halb auf die Worte und beobachte sie zwischendurch an den Blättern vorbei.

Sie liest eine Szene, und ihre Finger schweben über den Tasten, bereit, ihre Gedanken in schwarze Buchstaben auf weißem Grund zu verwandeln. Ihr rechter Zeigefinger zuckt im Takt der gelesenen Silben, als warte er sehnsüchtig darauf, dass er sich endlich wieder an die Arbeit machen kann. Wie viel Zärtlichkeit ein zuckender Zeigefinger in mir auslösen kann, ist schon erstaunlich. Mein Verlangen, meine Hand auf ihre zu legen, mit meinem Zeigefinger ihren entlangzufahren, um ihn zu beruhigen, ist so groß, dass auch mein Finger zu zucken beginnt.

Plötzlich drängt sich mir eine Frage auf. Gut zwei Monate bin ich nun wieder da, unser Date liegt sieben Wochen zurück. Je länger ich mir alles durch den Kopf gehen lasse, desto mulmiger wird mir zumute, bis sich in meinem Bauch etwas verknotet und sich langsam, aber stetig meiner Lunge entgegen schiebt, um ihr ihre Aufgabe schwerzumachen. Als Lina sich das nächste Mal streckt – wie ich mittlerweile weiß, ein Zeichen dafür, dass sie wieder aufgetaucht ist aus ihrem Paralleluniversum –, gelingt es mir nicht länger, still zu bleiben.

Die Frage muss raus.

„Hey." Meine Stimme ist etwas rauer, als sie sein sollte, und Lina sieht zu mir herüber. „Weißt du eigentlich, dass ich noch mit dir zusammen sein will?"

LINA

Überrumpelt öffnet und schließt sich mein Mund wie bei einem Fisch, ohne dass ein Laut herauskäme. Was soll ich sagen?

Das Kribbeln in meinem Bauch ist in Joes Gegenwart weiterhin ein treuer Begleiter. Seitdem er zurück ist, denke ich ständig an ihn, und sobald wir uns nach einem Treffen trennen, fehlt er mir. Andauernd denke ich daran, ihn zu küssen, ihn zu bitten, über Nacht zu bleiben, und am Ende hält mich nur eines davon ab: Angst. Die Angst, dass er sich nicht nach mir sehnt, sobald sich die Tür zwischen uns schließt, dass er nicht ständig an mich denkt, dass seine anfängliche Euphorie der Freundschaft gewichen ist.

Er hat mich nicht noch einmal nach einem Date gefragt, und wir sind irgendwie wieder da, wo wir waren, bevor er mich zurückgelassen hat. Seit sieben Wochen wächst in mir die Panik, dass er wieder verschwindet, sobald ich ihm zu nah komme. Also bleibe ich mit meinem Herzen lieber in sicherer Entfernung.

Seine Frage trifft mich völlig unvorbereitet. Ob ich weiß, dass er noch mit mir zusammen sein will?

„Nein, ich -" Ich stocke, weil sich in mir das Gefühl breitmacht, in eine Falle tappen zu können. „Ich war mir nicht sicher." Es klingt wie eine Frage.

„Oh", macht er.

Ich habe keine Ahnung, was ich darauf antworten soll.

Seine Stimme klingt fremd, als er nach einer Pause weiterspricht. „Ich stelle mich wohl wirklich ganz schön dämlich an."

Ich wünschte, er würde irgendetwas Klares sagen. Er sieht auf die Bettdecke mit den blauen Streifen, auf der er sitzt, und scheint nachzudenken.

„Soll ich gehen?", frage ich, hölzern wie sein Esstisch. Mit einem Mal ist die ganze Stimmung so angespannt, dass ich wünschte, jemand würde sie durchkneten.

Sein Blick zuckt ruckartig hoch zu mir. „Nein."

„Okay, ich dachte nur."

Er sieht mich an, weiterhin nachdenklich, aber auch irritiert und unsicher. Ich will gerade ganz weit weg. Es ist, als bröckele irgendeine Fassade, die wir errichtet haben. Nur wusste ich bis gerade eben nicht, dass es sich um ein Trugbild handelt, hinter dem die verstockte Realität lauert. Wenn das hier die Wahrheit ist, will ich die Illusion zurück.

„Das ist ja furchtbar", murmelt er plötzlich, und ich denke sofort, dass ich diesen Satz hätte sagen müssen. Dann rutscht er vom Bett.

„Komm mal mit."

Kurz zögere ich, ehe auch ich vom Bett klettere und ihm folge. Unser Ziel ist sein Arbeitszimmer eine Tür weiter, wo er das Licht anknipst. Dann zeigt er auf eine Wand, an der einige Leinwände lehnen, die Vorderseiten uns abgewandt. Mit einem fragenden Blick gehe ich zu den bezogenen Holzrahmen, und als er nickt, drehe ich das erste Bild um. Es ist abstrakter als seine sonstigen Bilder, aber ich weiß sofort, dass es mich zeigt.

Ich wende ihm mein erstauntes Gesicht wieder zu, und er nickt in Richtung der anderen Bilder. Also drehe ich das zweite um. Ich, schlafend. Wieder dieser Frieden. Auch wenn ich mir denken kann, was folgt, kann ich nicht aufhören. Es folgt ein Akt von mir, so schön, wie ich niemals sein werde. Es ist gleichzeitig seltsam und beglückend, dass er mich so sieht.

Das nächste. Ich mit meinem Laptop, wie ich das Kinn in die Hand gestützt aus einem unserer Dachfenster in die Wolken sehe. Sie scheinen sich gemeinsam mit meinen Gedanken zu bewegen. Das nächste. Ich auf einer Wiese voller Vergissmeinnicht. In meinen Augen findet sich das gleiche Blau wie in den unzähligen Blüten. Während ich über das dicke Papier streiche, fühle ich mich selbst wie etwas, das wert ist, niemals vergessen zu werden. Jedes einzelne Bild ist überzogen mit diesem liebevollen Film wie mit einer Schicht süßestem Zuckerguss.

Als ich mich mit stockendem Atem umdrehe, erschrecke ich. Er steht keinen Meter entfernt hinter mir. „Das sind nur die der letzten Wochen, die anderen sind in Berlin", murmelt er und weist dann auf einen Stapel Blöcke auf seinem Schreibtisch.

Ich greife nach dem obersten und schlage ihn auf. Ein Ausschnitt meines Gesichts, die Sommersprossen neben meiner Nase und mein Auge mit ein paar Locken. Ich blättere weiter. Ich. Immer nur ich.

„Ich dachte nur, das beantwortet vielleicht die Frage. Ich will definitiv noch mit dir zusammen sein."

„Ja?", frage ich gerührt.

„Ja."

Alles in mir kribbelt.

„Okay", flüstere ich.

Niemand regt sich, während unsere Augen lächelnd aneinanderhängen. Ich weiß selbst nicht, worauf ich warte, aber etwas fehlt. Was er jetzt braucht, weiß ich ebenfalls nicht.

„Okay", murmelt schließlich auch er und dreht sich dann zögernd um, um das Licht wieder zu löschen.

Ich gehe ins Bad, stütze mich auf das Waschbecken und betrachte im Spiegel mein Gesicht. Langsam, aber zittrig atme ich aus.

Was willst du, Lina?

Ihn, nur ihn.

Wieso ist dann mit einem Mal wieder dieses Ziehen, dieser Schmerz an der Rückseite meines Herzens da, genau dort, wo gerade eine Party gefeiert werden sollte, eine Vernissage für die eben gesehenen Bilder. Mir ist, als habe sich das Schmerzende wochenlang nicht zu rühren gewagt, aus Angst, es könne mich mit der falschen Bewegung zerreißen. Nun treibt es mir Tränen in die Augen.

Für einen kurzen Augenblick denke ich darüber nach, Bianca anzurufen, um sie den bösen Bullen spielen zu lassen. Sie würde die schmerzende Stelle souverän ausfindig machen und etwas Spitzes hineinstechen. Aber ich will nicht mehr gestochen werden. Ich will nur verstehen.

Eine ganze Weile stehe ich da und betrachte mich im Spiegel auf der Suche nach einem Anhaltspunkt. Ich finde ihn nicht. Dann kehre ich zurück in Joes Schlafzimmer.

Er schläft. Vollständig angezogen liegt er einfach da, langgestreckt auf der rechten Seite des Bettes.

Einige Sekunden bleibe ich in der Tür stehen und betrachte ihn. Den linken Arm hat er ein wenig ausgestreckt, als erwarte er jemanden, dem die andere Seite gehört. Ich sehe sein leicht nach links gedrehtes, friedliches Gesicht, seinen Brustkorb, der sich gleichmäßig hebt und senkt, seinen linken Fuß, der zwischendurch kaum sichtbar zuckt und dessen Socke eine minimal andere Farbe hat als die rechte. Lautlos lache ich, erfüllt von einer Zärtlichkeit, die ich mir nicht nur durch verschiedenfarbige Socken erklären kann. Könnte ich malen, würde ich jetzt zu Stift und Papier greifen. Lächelnd trete ich an den Schrank, ziehe leise die Wolldecke heraus und breite sie über ihm aus. Er wacht nicht auf.

Leise, um ihn nicht zu wecken, packe ich meine Sachen zusammen und schleiche hinaus. Doch gerade, als ich das Licht an der Tür ausschalten will, überlege ich es mir anders. Ich lege den Stapel auf den Boden und ziehe die Socken und meine Strickjacke aus. Dann schlüpfe ich unter den Teil der Decke, auf dem Joe nicht liegt, und drehe mich auf die Seite, das Gesicht ihm zugewandt.

Wo könnte ich besser über ihn nachdenken als hier?

Aus der Nähe kann ich die kurzen, dunklen Bartstoppeln sehen, die seit dem letzten Rasieren auf Wangen und um seinen Mund herum gewachsen sind. Ich gebe meinen Fingern nicht nach, die sich danach sehnen, über die raue Fläche zu streichen.

Ich erinnere mich, wie sanft seine Lippen küssen können. Diese Lippen haben die Fähigkeit, Worte hervorzubringen, die mich in Millionen ausgefranster Fetzen reißen. Sie können Worte bilden, die sich zärtlich an meine Seele schmiegen. Sie können Laute formen, die mich dazu bringen, nichts anderes zu wollen, als mit ihm zu schlafen. Sie können mir eine Gänsehaut verursachen, wenn sie nah an meinem Ohr wispern. Sie können mit mir, für mich atmen.

Ich denke daran, wie wir uns verabschiedet haben. Wie ich für ihn ausgeatmet habe, damit er Luft bekommt, damit er nicht erstickt an seiner Angst, die ausgelöst wurde durch einen einzigen Satz von mir. *Ich liebe dich, und ich wünschte wirklich, du könntest mich auch lieben.*

Und plötzlich verstehe ich.

Diese Lippen können unzählige Dinge. Aber ihnen gelingt kein *Ich liebe dich.* Es traut sich nicht über die Schwelle. Es traut sich nicht zu mir. Es pocht an der Rückwand meines Herzens. Die wunde Stelle ächzt unter dem fehlenden Satz.

Hast du Angst vor den Worten, Joe, oder hast du Angst vor dem Gefühl? Bist du noch mit einem Fuß in Berlin? Oder schon wieder?

Mit einem Mal so unsagbar müde lösche ich das Licht.

JOE

Es ist dunkel. Es ist mein Dachfenster. Und dennoch fühle ich mich seltsam orientierungslos, weil ich ein Anders in dem so vertrauten Zimmer wahrnehme. Erst, als ich ein paarmal geblinzelt habe, begreife ich es: Mitten in der Nacht schwebt Linas ruhiger Atem nahe meinem Ohr durch das Zimmer. Wie mir das gefehlt hat.

Langsam kehrt die Erinnerung an den Abend zurück, an die Bilder. Daran, dass sie gestaunt, sich aber nicht bewegt hat. Daran, dass sie danach verschwunden ist und ich mit der Frage darüber, ob das eine Zurückweisung ist, wohl eingeschlafen bin – vor Müdigkeit und wegen all der Angst vor ihrem endgültigen Nein.

Ich habe ihr mein Herz zu Füßen gelegt und ihr erlaubt, alles damit zu machen, was sie will. Wieso ist sie noch hier? Das bloßliegende Herz klopft wild vor sich hin. Es fragt sich, was mit ihm passieren soll, wundert sich, wieso es noch lebt, will wissen, wie lang seine Schonfrist sein wird. Sind Linas tiefe, ruhige Atemzüge eine Henkersmahlzeit oder sind sie der Vorgeschmack auf eine Zukunft voller gemeinsam durchatmeter Nächte?

Tief hole ich Luft. Ihr schlafender Körper liegt so dicht neben meinem, dass ich die Sonne, in der sie den Tag über gesessen hat, noch auf ihrer mondbeschienenen Nachthaut riechen kann. Wie gerne würde ich mit den Fingerspitzen über die weiche Hülle dieses schönen Menschen streichen, der so nah ist, wie ich es nicht mehr zu hoffen gewagt habe.

Es ist halb drei, und ich will nicht mehr schlafen. Hier zu zweit in der Dunkelheit fühle ich mich zum ersten Mal in meinem Leben so sicher, dass ich mir nicht vorstellen kann, dass irgendeine Gefahr da draußen stärker ist als wir zwei. Kein schlecht groß kann jemals stärker sein als dieses gut groß.

Der Halbmond wirft sein Licht auf die mir zugewandt schlafende Lina und malt tausend Bilder in das Zimmer, während ich ihr friedliches Gesicht betrachte: Lina, die meine Hand hält, weil ich mich davor fürchte, dass ein Foto für die Geburtstagswand im Kindergarten meine Seele stehlen könnte. Lina, die mir im Rahmen des Heckfensters hinterherwinkt, als ich sie als Neunjähriger zum ersten Mal verlasse. Lina, die im rot flackernden Licht staunt, wie gut ich schon zeichnen kann. Lina, die in eine Zitrone beißt, um mir zu beweisen, dass es nicht schlimm ist.

Zwei Linas, die mir im Chor sagen, dass sie mich lieb haben.

Lina, die sich schlafend in meinen Armen zusammenrollt wie eine zufriedene Katze. Lina, die das Zimmer betritt, nackt und so schön, dass ich wünsche, sie würde in meiner Gegenwart nie wieder etwas anziehen.

Lina. An allen Wänden, in dem Muster der Bettdecke und in jedem Atemzug. Und dann ein ohrenbetäubendes *Ka-Lina-wumm* mitten in meiner Brust. Für meine beste Freundin, die ich seit einer Ewigkeit liebe. Immer anders, aber immer mit ganzem Herzen.

Wie sie so daliegt im Mondschein, erinnert mich ihr Anblick an den auf der zugeschneiten Wiese. Damals schnürten die Erkenntnis, dass ich in sie verliebt bin, und der Vorgeschmack ihres Verlusts in meinem Inneren einen schmerzhaften Knoten.

Ein weiteres Mal lässt das fahle Licht sie erscheinen wie ein Fabelwesen. Genau wie damals überkommt mich das Bedürfnis, sie zu küssen. Doch heute will ich es nicht, um mir zu beweisen, dass sie da ist. Heute will ich sie so unbedingt küssen, weil ich fühle, dass wir beide da sind – voll und ganz und mit allem, was uns ausmacht. Ich will sie küssen, weil wir zusammen Lina und Joe sind. Und weil sie Lina ist.

Lina, die einen Schuh abstreift, um die Welt in ein Wohnzimmer zu verwandeln. Die schräg vor mir rückwärtsläuft, die Augen zu Schlitzen verengt, als lausche sie auf die Worte zwischen den gesagten. Lina, die minutenlang nur für mich ausatmet, ehe sie im Rückspiegel immer kleiner und in meinem Inneren immer größer wird. Lina, die selbst zu Liebe und Schmerz wird, weil sie es so sehr empfindet.

Für ein paar Sekunden ist alles still außer meinem Herzen, das von Schlag zu Schlag friedlicher wird, als wäre die Erkenntnis ein weiches Kissen, auf dem es sich endlich ausruhen kann.

Hier unter diesen Decken fühle ich mich ein weiteres Mal an die unzähligen Höhlen erinnert, die wir als Kinder bauten. Doch hier und jetzt denke ich zum ersten Mal auch an die unzähligen Höhlen, die wir in unserem Leben noch gemeinsam errichten werden.

All die improvisierten Höhlen stehen für das einzigartige Heim, für das wunderschöne, bunte Haus, das wir in über dreißig Jahren Lina und Joe erschaffen haben. Die Steine bestehen aus Erinnerungen, die nur uns gehören. Da sind ein paar kleine blaue aus gemeinsam genommenen Atemzügen, ein riesiger, funkelnder, der beim Rodeln vor ein paar Monaten entstanden ist. Viele kleine, aber stabile zum Füllen der Lücken sind aus dem Schnee gemacht, der mir dank Lina schon als Kind trotz bestens geschnürter Stiefel nasse Füße eingebracht hat. Es gibt liebevoll gemeißelte rötlich schimmernde Steine aus Küssen, butterblumengelbe aus Umarmungen, unzählige aus Kirschpfannkuchen und Kakao mit Sahne. Und es gibt diesen einen von außen womöglich unscheinbar erscheinenden, aber so kostbaren Edelstein aus dem gemeinsamen Wissen, dass meine Mutter die Fähigkeit besaß, eine Hand immer mit dem richtigen Druck zu halten.

Das schützende Dach besteht aus all dem, wovon ich lange Zeit dachte, es wäre das, was mich selbst zum Einsturz bringen würde. Es ist das, was Linas Fehlen mit mir gemacht hat. Denn ihr Fehlen war das, was mir am meisten gezeigt hat, dass Leben und Lieben nicht mehr ohne sie gehen. Unser Zuhause hat Ziegel aus Atemzügen, die meine Lunge nie bis zum Rand füllten, weil es viel zu lange keine Luft gab, die aus Linas Lunge stammte. Ziegel aus den letzten Tränen eines neunjährigen Jungen und den ersten Tränen eines vierunddreißigjährigen Beinahe-Mannes.

Ohne Dach kein echtes Zuhause. Ohne Lina kein Dach.

Dieses Zuhause hier besteht daraus, dass wir uns nie ganz losgelassen haben. Daraus, dass ich in der furchtbarsten Nacht meines Lebens gewünscht habe, sie wäre da. Dass nach einem Vierteljahrhundert Trennung noch immer ein Foto von uns in ihrer Küche hing. Ein Foto, das ich auch noch ein weiteres Vierteljahrhundert später erkannt hätte, ohne es jemals besessen zu haben. So wie ein Teil von mir Lina auf einer dunklen Tanzfläche wiedererkannt hat.

All das fügt sich plötzlich zusammen zu einem Satz, den meine Seele samtweich der ihren zumurmeln will. Und noch während ich staune, wie sehr meine Seele danach verlangt, fällt mir auf, dass etwas für mich die ganze Zeit so selbstverständlich war, dass ich es Lina noch gar nicht gesagt habe, etwas, das ihr Nein vielleicht aufhalten könnte.

„Lina?", flüstern meine Seele und ich leise.

LINA

Mein Name dringt wie durch weiche Wolken an mein Ohr.

Brummend hebe ich die Lider. Für einen Moment bin ich noch orientierungslos, dann holt mich eine Berührung in einen von Mondlicht erfüllten Raum zurück. Ich liege in Joes Bett, es sind seine Finger, die zärtlich ein paar störrische Locken aus meiner Stirn streichen und ein Kribbeln auf meiner Haut hinterlassen.

„Hey", flüstert er. „Ich habe vergessen, dir etwas zu sagen." Er sieht mich an, als wäre es wichtig, dass ich ihm zuhöre. Seine Finger auf meiner Haut fühlen sich genauso an. Warm und kribbelnd und wichtig.

„Ich liebe dich, Lina. Du bist es."

Wort für Wort schweben seine Sätze durch die mich noch einhüllenden Restwolken und sinken watteweich mitten in mein Herz. Das *Ich*, das *dich* und das von uns eingerahmte *liebe*. Und es scheint ihm keinerlei Angst zu machen. Das *Du bist es* legt sich wohlig seufzend dazu und hält das *Ich liebe dich* im Arm. Und inmitten der schönen Worte und noch schöneren Gefühle – mein Name.

Mein Herz schwappt über.

Langsam nähern sich unsere Gesichter einander an, und zum ersten Mal bin ich mir nicht sicher, wer auf dem Weg hin zum anderen welchen Zentimeter zurückgelegt hat.

„Sag das noch mal", wispere ich.

„Ich liebe dich so sehr." Der Satz endet beinahe im gleichen Moment, in dem Joes Lippen meine berühren. „Oh Gott, fühlt sich das gut an", murmelt er, und seine Lippen kitzeln bei jedem Wort meine, als sollten sie lächeln. Doch das tun sie schon längst, denn ich höre deutlich, dass er nicht nur den Kuss, sondern auch seinen Satz meint.

Im nächsten Moment berührt seine Zunge meine. Und dieser Satz schmeckt auch so unglaublich gut.

Plötzlich ruckelt etwas unter mir, und ich brauche einen Moment, um zu verstehen, dass wir nicht unter der gleichen Decke liegen und er versucht, zu mir zu gelangen. Endlich versucht er, zu mir zu gelangen.

Die Erkenntnis umhüllt mich so wärmend, wie es keine Decke dieser Welt vermag.

Ohne unsere Lippen zu trennen, stützt er sich hoch, und ich ziehe die Decke unter ihm und über mir weg, sodass er sich halb auf mich rollen kann. Joes Körper ist warm vom Schlaf, und als unsere Hände die Haut des anderen finden, seufzen wir beide erleichtert auf.

Mit ihm zu schlafen, ist so anders als die Male zuvor. Seine Finger zeichnen jede meiner Rundungen nach, als benötige er zum ersten Mal keine Leinwand, um mir nah zu sein. Ich darf mich fallen und auffangen lassen. Ich darf mich festhalten an ihm und seinem *Ich liebe dich*. Es fühlt sich so stabil an wie das perfekt gegossene Fundament einer gemeinsamen Zukunft.

Er betrachtet mich und er sieht alles. All das, was wir waren, all das, was wir sind, all das, was sein Herz ihm so lange verboten hat zu sehen.

Er sieht *mich*. Und er reißt sein Herz auf ohne Schild und ohne Schwert, damit mir nichts von ihm verborgen bleibt. Zum ersten Mal kann ich auch all die Anteile sehen, von denen ich bis heute nur gehofft habe, dass sie zu ihm gehören. Und als die körperliche Verbindung endet, bleibt alles andere bestehen.

Lange liegen wir einfach nur da und beobachten gemeinsam, wie ein neuer Tag und ein neues Leben beginnen. Mein Kopf ruht auf Joes Brust, während wir uns so nah sind, dass ich nicht sagen könnte, welcher Teil der Liebe zu wessen Herz gehört. Während seines ruhig und zufrieden vor sich hin klopft, als habe es mir unendlich viel zu erzählen, wird mir bis ins Letzte klar, dass das hier das erste Mal ist, dass Joe mir in seinem eigenen Haus nahekommt. Kein Fluchtweg weit und breit.

Er wird nicht verschwinden.

Und sobald ich begreife, dass er gerade sein Zuhause zu meinem hat werden lassen, wie ich meines immer wieder für ihn geöffnet habe, morst mein Herz dem seinen aufgeregt und glücklich unzählige Dinge zu, die es so lange nicht zu sagen gewagt hat.

Als hätte er es gehört, küsst Joe mich mit einem leisen Brummen ins Haar. Mein Kopf hebt sich, um ihn anzusehen. Statt Angst blitzt in seinen Augen nur ein zärtliches Lächeln auf.

„Hallo, Lina", murmelt er sanft, so als hätten wir uns gerade erst kennengelernt.

„Hallo, Joe", murmle ich. Denn irgendwie hat er recht.

Danksagung

Zunächst einmal möchte ich all jenen danken, die diesem Buch eine Chance gegeben und es gelesen haben. Jede(r) einzelne von euch ist ein Puzzleteilchen, das dazu beiträgt, dass mein Leben ein schöneres Bild ergibt. Meinen Traum leben zu dürfen, ist ein großes Privileg, und ich hoffe so sehr, dass ihr das Buch zufrieden zuklappt.

Vielen, vielen Dank an Tim Rohrer und Julie Hübner vom FeuerWerke Verlag, weil ihr in meinen Geschichten etwas gesehen habt, in das ihr vertraut. Ihr macht mich ständig so herrlich glücklich. Das ist unsagbar schön!

Liebe Claudia Grundschok, durch all das Feingefühl und die Leidenschaft, die du während des Lektorats in das Buch investiert hast, sind aus Lina und Joe endgültig Lina und Joe geworden. Das bedeutet mir so viel. Danke!

Ganz besonders und aus tiefstem Herzen möchte ich meiner kleinen Familie und den anderen lieben Menschen um mich herum danken. Für jedes Mal, dass ihr mir den Rücken freigehalten habt. Dafür, dass ihr mich inspiriert und angestupst habt, wenn ich nicht weiterwusste. Und dafür, dass ihr mir Mut gemacht habt und mich habt träumen lassen.

Das sind Geschenke. *Ihr* seid Geschenke.

Eine kleine Bitte zum Schluss …

Wir hoffen, Ihnen hat dieses Buch gefallen …

Der schnellste Weg, andere Leser da draußen an Ihren Erfahrungen mit diesem Buch teilhaben zu lassen, ist eine Rezension im Online-Buch-Shop. Ihr Feedback hilft nicht nur anderen Lesern, Neues zu entdecken, sondern auch dem Autor, zu verstehen, was aus Lesersicht in diesem Buch gut und weniger gut ist. So kann sich der Autor weiterentwickeln und Ihnen sowie anderen Lesern in Zukunft noch schönere Geschichten präsentieren. Außerdem sind Ihre Erfahrungen, Erkenntnisse und Eindrücke als ehrliches Leser-Feedback eine enorme Wertschätzung vieler liebevoller Arbeitsstunden, die in dieses Buch geflossen sind.

Danke also schon im Voraus, wenn Sie sich zwei bis drei Minuten Zeit nehmen und eine kleine Bewertung zum Buch z.B. auf Amazon veröffentlichen.

Mehr zum Autor finden Sie auf
www.facebook.com/pg/eljajanusschreibt/ und
www.feuerwerkeverlag.de/elja-janus/

Abonnieren Sie auch unseren Verlags- und Autoren-Newsletter und erfahren Sie so als Erster von unseren **Neuerscheinungen, Autorennews** und exklusiven **Buch-Gewinnspielen**:
www.feuerwerkeverlag.de/newsletter

Weitere Bücher des Verlages

Wenn gestern unser morgen wäre

Kristina Moninger

Sara hat innerhalb weniger Tage so ziemlich jeden Fehler begangen, den sie begehen konnte. Als sie inmitten dieses Chaos ausgerechnet Matt vors Auto läuft, ist plötzlich nichts wie zuvor. Die Uhren wurden zurückgedreht und all das, was in der Woche vor dem Unfall passiert ist, scheint ungeschehen. Sara hat nun die unbezahlbare Möglichkeit, die wichtigsten Tage ihres Lebens noch einmal neu zu erleben. Um endlich alles richtig zu machen. Aber irgendwie sind ihr Kopf und ihr Herz sich gar nicht so ganz einig darin, was eigentlich falsch und was richtig ist...

Eigentlich nur dich

Kristina Moninger

Mona ist nicht auf der Suche nach der großen Liebe. Eigentlich ist sie ganz zufrieden mit ihrem unkomplizierten Leben – bis sie Milan begegnet. Aber noch bevor die beiden, die so perfekt füreinander scheinen, sich wirklich kennenlernen können, reißt ein fatales Ereignis Mona für Monate aus dem Alltag. Eine Zeit, in der Milan glaubt, dass Mona ihn vergessen hat, und dabei keine Ahnung hat, dass er der seidene Faden ist, an dem Monas Leben hängt. Als sie sich endlich wiedersehen, hat sich vieles verändert. Nur die Anziehungskraft ist ungebrochen. Doch das Schicksal hat anderes mit ihnen vor, denn manchmal steht zwischen Glück und unerfüllter Liebe nur ein kleines, zerstörerisches Wort: Eigentlich …

Verrücktes Herz

Liv Eiken

Vollzeitmutter Ava würde am liebsten für immer auf eine Karibikinsel flüchten oder sich mit einer Rakete auf den Mond schießen. So einfach ist das jedoch leider nicht, wenn alle Erwartungen an einen gerichtet sind und man selber so schlecht nein sagen kann. Dass sie aber anstelle der Karibik in der Klapse landet, hätte selbst sie nicht für möglich gehalten. Peinlich nicht nur vor den Nachbarn, sondern auch deswegen, weil ihr ausgerechnet jetzt die große Liebe über den Weg läuft …

Wenn das Meer leuchtet

Jessica Koch

Was, wenn dein Leben am neuen College von Ausgrenzung und Ablehnung bestimmt ist? Was, wenn du eigentlich handeln müsstest, aber deine Angst vorm Scheitern dich wieder einmal lähmt? Was, wenn deine letzte Zuflucht eine Kunst ist, für die man dich jedoch verachtet? Und was, wenn der einzige Mensch, der dir plötzlich noch zur Seite steht, derjenige ist, von dem bislang die größte Gefahr ausging? Vertraust du ihm?